JE TE MANGERAI...

Diane MOTT DAVIDSON

JE TE MANGERAI...

Traduit de l'anglais (États-Unis)
par Jean-Pascal Bernard

Michel LAFON

Titre original :
Tough Cookie

7-13, boulevard Paul-Émile-Victor - Île de la Jatte
92521 Neuilly-sur-Seine Cedex

À Triena Harper,
première adjointe au coroner du comté de Jefferson,
Colorado, pour le dévouement, la persévérance,
et l'humanité qu'elle met au service
de ses concitoyens.
Merci.

Avide, elle se gorgeait du fruit sans retenue,
Ne sachant point qu'elle mangeait la Mort.

JOHN MILTON, *Le Paradis perdu*,
Livre IX, 791-792

« ***Cuisine au sommet !*** »
en direct du
BISTRO DES CIMES

17 décembre
Station de sports d'hiver de Killdeer, Colorado

***

Nems à la mexicaine sauce guacamole épicée
Zinfandel rouge Caves de Cline 1996

*

Chèvre frais, tomates olivettes et asperges sur lit de frisée,
Vinaigrette à l'échalote et au sancerre

*

Gâteaux de crabe du Chesapeake sauce gribiche
Sancerre Sauvignon Les Monts Damnés 1997
Crottin de Chavignol

*

Gressins de Turin

*

Biscuits glacés au gingembre
Sauternes Château Suduiraut 1983

1

Le show-business et la mort ne font pas bon ménage. J'allais le découvrir à mes dépens, alors que je présentais depuis peu une émission culinaire à la télé.

Jusque-là, j'avais pris plaisir à jouer les chefs cathodiques. J'étais payée au lance-pierre, mais c'était la loi du genre à la télévision publique, et Arthur Wakefield, le régisseur de plateau, aimait à rappeler que « cinq mille dollars pour six émissions » était mirifique comparé à ce que touchaient certains de mes confrères du petit écran. Il aurait pu ajouter : *Sans compter qu'ils n'ont pas été fermés par les services sanitaires du comté, eux !* Mais Arthur n'avait rien dit de tel, car peu savaient que ma petite affaire de traiteur s'était vu décerner un joli papillon rouge : « Fermé jusqu'à nouvel ordre. »

Autrement dit, bien payée ou pas, j'étais trop contente d'avoir ce job – et surtout d'avoir conservé le droit d'exercer dans le domaine de la bouffe. Mais ça, seuls mes proches savaient pourquoi.

Comment avouer à mes plus prestigieux clients – ceux qui avaient fait de *Goldy Restauration, la cuisine aux petits oignons !* le traiteur phare d'Aspen Meadow – que notre plomberie n'était pas aux normes ? Pire, que mon cher et tendre Tom ratissait la maison à la recherche d'objets de valeur dont la vente nous permettrait d'acheter des conduits dernier cri et ainsi de rouvrir au plus vite ?

Le cauchemar remontait au mois de septembre, lorsque, grisé par l'effet de sa visite surprise, l'inspecteur des services d'hygiène m'avait obligée à suspendre mes activités sur-le-champ. Un calme terrifiant s'était alors abattu sur la cuisine ; le téléphone avait cessé de sonner, et les fournisseurs m'avaient demandé par lettre recommandée si je souhaitais garder un compte chez eux. *Oui, oui,* répondais-je en forçant mon entrain, *je prévois de rouvrir très bientôt !* Bientôt ? La bonne blague.

Privée de mon entreprise, ce trésor que j'avais mis plus d'une décennie à bâtir, je m'enfonçai dans un brouillard mental aussi épais que la brume grise qui s'infiltre à l'automne entre les monts de Colorado. J'abandonnai le yoga. Je m'abreuvai de tisane tout en relisant mes vieux *Gourmet.* Passai des journées entières plantée à la fenêtre d'une cuisine aussi somptueuse que défectueuse. Et répétai à Tom combien j'en étais folle, bien que je ne puisse plus y travailler...

Je n'exagérais rien : elle était vraiment sublime. Qu'y pouvait-elle si l'administration exigeait désormais des éviers anti-reflux ? Quelques mois plus tôt, Tom avait fini de la réaménager lui-même, après qu'un entrepreneur véreux nous eut lâchés. Mon mari s'était mis en congé de la brigade criminelle du comté de Furman pour m'installer des comptoirs en marbre, des placards en merisier, des fenêtres onéreuses, un parquet en chêne massif... et de mauvaises canalisations.

Pour y remédier, il passait à présent des heures entières couché sous les entrailles des trois nouveaux éviers, et s'était mis en tête de vendre une paire de vieux skis en bois achetés quelques années plus tôt dans une foire d'objets militaires. Dès octobre, j'avais à cet effet commencé de contacter quelques antiquaires, tout en me demandant comment j'allais garder un pied dans le milieu de la bouffe en cas de fermeture prolongée.

Ces skis n'intéressant personne, il était devenu urgent de trouver un autre gagne-pain. Mais où exercer mes talents ailleurs qu'à la maison ? En postulant dans une cantine scolaire ? En ouvrant une baraque à burritos sur la grand-rue d'Aspen Meadow ?

Pour finir, c'est de ma vieille copine Eileen Druckman qu'était venue la solution. Divorcée depuis deux ans, elle avait investi une partie de sa fortune dans le rachat du Bistro des Cimes, au cœur de la très chic station de sports d'hiver de Killdeer. La quarantaine belle et blonde, un regard de bleuet et une bouche pulpeuse à nouveau souriante, Eileen avait embauché comme chef un jeune bellâtre du nom de Jack Gilkey, réputé dans tout Killdeer pour ses mets exquis, et leur collaboration avait rapidement tourné à l'idylle. Dès qu'Eileen eut vent de mes malheurs, Jack et elle me proposèrent un poste de co-chef au Bistro. Mais je ne pouvais pas travailler de 7 heures à minuit, à quatre-vingts kilomètres de la maison...

Eileen, qui a toujours eu le cœur sur la main, avait alors soumis à Front Range Public Broadcasting System, la chaîne publique locale, l'idée d'un show culinaire dans l'enceinte du Bistro des Cimes. Les producteurs avaient dit banco. Restait juste à me convaincre d'endosser l'habit d'animatrice. Eileen souligna que non seulement l'émission augmenterait sa clientèle et lui permettrait de substantiels abattements fiscaux, mais qu'elle m'offrirait en outre un parfait tremplin pour la nouvelle voie que m'assignait le destin : devenir un chef à domicile, c'est-à-dire œuvrant directement dans la cuisine des clients, sur des missions ponctuelles.

J'avais donc cédé à l'appel du show-business. La Killdeer Corporation m'avait offert deux laissez-passer pour les remontées mécaniques, un pour moi et l'autre pour Arch, mon fils de quatorze ans. Débordante d'espoir et d'enthousiasme, j'avais hâte de retrouver mon tablier et mes chaussures de ski. Je remplaçai illico la tisane par des expressos nappés de crème fouettée, et dès novembre je retrouvai les joies de la vie active.

J'étais attendue au Bistro des Cimes tous les vendredis matin pour faire mon numéro devant la caméra. Les premières émissions m'infligèrent un trac fou, et nous connûmes quelques contretemps. Mais, Dieu merci, *Cuisine au sommet !* était enregistrée. Les téléspectateurs ne me virent jamais m'entailler la main en désossant la dinde de l'épisode pilote, laisser tomber deux rôtis à terre, ni m'éclabousser avec un saucier de béarnaise. Et une fois ces bévues coupées au montage, je devais me ranger à l'avis général : l'émission diffusée le samedi matin avait une sacrée tenue.

Pour enrober ma prestation, je racontais des blagues tout en crémant une purée à l'ail ; j'improvisais sur les vertus rajeunissantes des amandes grillées pendant que j'incorporais du beurre fondu dans ma pâte à gâteau ; je m'épanchais sur les joies et les peines du ski en même temps que je détaillais des montagnes de chocolat, avant de clamer que ma recette produisait les cookies les plus appétissants et les plus moelleux de la station. Et je suivais à la lettre les consignes de dégustation d'Arthur : *Croque une bouchée. Ronronne. Remue les hanches et roule des yeux, puis lâche : « Mmmmm, aaah, ooooh ! Oui ! Oui ! »* À la vue des rushes, Tom suggérerait que l'on rebaptise l'émission *Cuisine-moi chérie.*

En définitive, les quatre premières semaines de diffusion furent concluantes, sans engranger pour autant les commandes escomptées : j'avais reçu une seule proposition, pour la semaine suivante, émanant d'Arthur Wakefield lui-même. Celui-ci complétait ses fins de mois en important du vin à destination de riches particuliers, de sommeliers ou de cavistes. Il m'avait chargée de confectionner le repas d'une dégustation qui se tiendrait chez lui à quelques jours des fêtes.

L'un dans l'autre, l'heure semblait plutôt à l'embellie. Mais il ne faut jamais parler trop vite. Pour son cinquième numéro, *Cuisine au sommet !* se heurta à un phénomène somme toute fréquent par nos contrées : une tempête de neige.

– C'est la cata ! geignit Arthur au téléphone le 16 décembre au soir, veille de l'enregistrement.

Éloignant l'écouteur de mon oreille, j'envisageai mentalement mon correspondant : petit, mince, les traits fins, les cheveux noirs et drus. Il était célibataire, et ses deux métiers lui assuraient un train de vie cossu. Mais sur un plateau télé comme au milieu de ses bouteilles, il avait toujours l'air sinistre. Dans son uniforme chemise-pantalon noir et ses derbys marron à semelles de crêpe, il faisait les cent pas, le dos voûté, le visage rongé d'angoisse. *Ce type est resté coincé dans un accélérateur de particules*, disait de lui mon fils, qui avait pris option physique au lycée. J'imaginai Arthur à sa fenêtre, se dévissant le cou pour évaluer avec désolation l'épaisseur de la couche de neige.

Sans même dire bonsoir, il improvisa un bulletin météo alarmiste :

– Killdeer s'enfonce à vue d'œil sous la neige. Il est déjà tombé quatre-vingt-dix centimètres. Je ne pouvais même pas ouvrir ma porte ce matin. (Il s'interrompit pour boire quelque chose.) Et de ton côté, ça vient ?

Dans le Colorado, cette expression renvoie davantage à la neige qu'au sexe.

– Une trentaine de centimètres, répondis-je.

Notre petite ville de montagne se trouvait soixante-dix kilomètres à l'est du Continental Divide, et soixante-cinq à l'ouest de Denver. En un hiver, il tombait au total entre un mètre cinquante et deux mètres de poudreuse, soit beaucoup moins qu'à Vail, Keystone, Breckenridge ou Killdeer, les principales stations de la région.

– Tu penses, les skieurs et les surfeurs sont ravis ! reprit mon patron. Mais comment veux-tu que le camion-régie grimpe une côte ensevelie sous deux mètres de neige demain matin ? Mon équipe est en train de faire la bringue, comme s'il fallait se dire adieu. (Je l'entendis avaler ce que je supposai être du vin.) Les lâches... Tu sais ce qu'ils pensent, à l'heure qu'il est ? Ils pensent qu'on n'y arrivera jamais !

Le récepteur calé sur mon épaule, je mis du lait à bouillir : c'était la soirée idéale pour un chocolat chaud.

– Dans ce cas, Arthur, pourquoi ne pas reporter l'enregistrement ?

– Parce que j'ai une mauvaise nouvelle : on tourne en direct.

– Quoi ? m'étranglai-je.

– Je t'explique, dit-il entre deux nouvelles gorgées. Tous les ans, nous organisons avant Noël une grande collecte de fonds en mémoire d'un collègue de PBS qui nous a quittés il y a quelques années. Ce show devait avoir lieu ce soir, en direct du Bistro, mais le vent nous a contraints à fermer de bonne heure, car dès que les rafales dépassent les soixante kilomètres-heure, Killdeer Corporation arrête le téléphérique.

Il faut savoir que ce téléthon rapporte environ dix mille dollars qui permettent à la chaîne de renouveler son matériel, et il ne saurait être question de renoncer à une telle manne. C'est pourquoi le boss vient d'annoncer aux téléspectateurs qu'au lieu de retrouver leur cuisinière préférée samedi matin, ils auraient exceptionnellement droit à une version live de *Cuisine au sommet !* demain matin.

Je tapotai nerveusement mon comptoir en marbre flambant neuf.

– Tu veux dire qu'on devra collecter des fonds pendant l'émission ?

Il se racla la gorge.

– On n'a pas le choix, Goldy. Les experts te diront que si tu fais patienter les généreux donateurs trop longtemps, ils oublient où ils ont rangé leur chéquier. Mais ne t'en fais pas, j'ai des volontaires pour tenir le standard.

Les doigts crispés sur l'écouteur, j'avisai la rue à travers la baie vitrée que Tom venait d'installer. Sous un ciel d'encre, de lourds flocons tourbillonnaient dans la lumière d'un lampadaire à l'ancienne. S'engouffrant dans la cheminée, le vent poussait dans le salon un sifflement lugubre. Je soupirai. Pourquoi risquer sa vie en mémoire d'un type déjà mort ?

– Et qui est ce collègue auquel nous rendrons hommage ?

– Je ne te l'ai pas dit ? Il s'agit de Nate Bullock. Tu sais, l'animateur du célèbre *Par monts et par vaux*. Tu dois connaître.

Nate Bullock... Une vague de tristesse m'envahit. Oui, *Par monts et par vaux* m'était familier, ainsi que son défunt présentateur. Sa femme Rorry et moi étions amies autrefois.

– J'ai un autre appel, prévint Arthur. Sûrement un fournisseur qui se sera couché dans le fossé avec un camion plein de champagne. Je te reprends tout de suite.

Me tournant vers la fenêtre, mes doigts jouant machinalement avec le fil du téléphone, je convoquai mes souvenirs. Nate Bullock avait emménagé à deux pas de chez moi onze ans plus tôt, et j'avais partagé de bons moments avec son épouse Rorry en enseignant le catéchisme à l'église épiscopalienne de Saint-Luc. Puis nos chemins s'étaient séparés lors de leur départ pour Killdeer. Dans *Par monts et par vaux*, magazine phare de PBS, Nate s'était intéressé aux multiples aspects de la vie dans le Colorado, de la chasse aux couguars jusqu'aux évacuations pour risques de crues subites. Quand Arch était petit, nous avions souvent suivi ces aventures télévisées, pelotonnés sous des plaids, une tasse de chocolat à la main.

Nate avait péri trois ans plus tôt dans une avalanche. Il était officiellement parti traquer le lynx, bien que la chaîne ait toujours nié avoir eu vent d'un tel projet. Selon la presse, on ignorait les causes de l'avalanche, et pourquoi Nate s'était trouvé sur son chemin. L'enquête n'avait rien donné, et sa mort demeurait une énigme. Pauvre Rorry. J'étais triste dès que je pensais à elle. Elle n'avait jamais répondu à ma longue lettre de condoléances.

La voix d'Arthur ressuscita ; il venait de tancer un cameraman. Il tenta sans succès de réprimer un rot puis reprit :

– Alors voilà. À 6 heures du mat, deux cameramen, une poignée de volontaires et moi-même monterons en camionnette par la route de derrière, dont on m'a promis qu'elle serait dégagée. Ta camionnette est un 4 × 4 ?

– Non. Et mes pneus sont tout lisses.

Autres victimes collatérales de mon découvert bancaire...

– Dans ce cas, prends le téléphérique. Puisque les employés du Bistro n'ont pas pu préparer tes trucs, la proprio et son chef t'aideront. Surtout, ne te tracasse pas pour le direct. Les spectateurs n'attendent pas la perfection, et les bourdes font partie du jeu.

– Et tu parles d'un jeu !

Faire éplucher une montagne d'oignons en un temps record à une amie nulle en bouffe et à son cuistot de jules, j'avais connu plus amusant...

– Vise d'être là à 7 heures, conclut Arthur. Inutile de venir trop tôt, tu risquerais de me gêner. En arrivant là-haut, tu indiqueras à Eileen et à Jack ce dont tu as besoin et je te brieferai sur le conducteur de l'émission. On prend l'antenne à 8 heures. Ciao !

Il raccrocha. Les gémissements du vent chahutaient toute la maison. Dans une tasse je mélangeai crème fraîche, sucre en poudre et cacao, y versai le lait fumant, et nappai allègrement le tout de chantilly. Puis, tandis que montaient peu à peu mes angoisses quant au lendemain, je disposai sur une assiette deux biscuits aux noisettes aussi fondants qu'odorants. L'exquis mélange cacao-cookie me ragaillardit sur-le-champ. *Oublie l'émission ! Concentre-toi sur le chocolat ! Puis tu iras sagement te coucher, car les téléspectateurs n'aimeraient pas que leur chef affiche une mine de déterrée.*

Le téléphone sonna de nouveau.

– Salut poulette, comment ça va ? lança l'ineffable Doug Portman avec sa glaçante familiarité. Tu montes à Killdeer demain ?

– Oui, Doug.

Dépitée, je trempai les lèvres dans ma tasse. Doug Portman n'était pas une vague connaissance : je l'avais fréquenté un (court) moment juste après m'être débarrassée de l'Enfoiré, ma brute d'ex-mari. Si Doug se distinguait surtout par son arrogance et sa pingrerie, c'était aussi un grand collectionneur d'objets militaires. Nos problèmes de canalisations l'avaient donc ramené dans notre orbite.

– Tu souhaites toujours vendre ces skis de la Seconde Guerre mondiale, ceux qui portent la signature d'Ike ? demanda-t-il d'une voix plus grasse que jamais.

– Si tu es prêt à y mettre le prix.

La paire avait appartenu à un combattant de la 10e division de montagne, qui avait gravé sur ses spatules le nom de chaque village de Savoie où il s'était battu. Mieux, il avait obtenu qu'Eisenhower soi-même appose son diminutif, Ike, sur le ski gauche. Un antiquaire avait estimé cette paire à dix mille dollars, mais n'en offrait lui-même que la moitié. Me rappelant alors l'indéfectible passion de Doug pour ce type de relique, et consciente du prix exorbitant d'une nouvelle plomberie, j'avais décroché mon téléphone pour lui proposer ces skis à neuf mille dollars. Il avait refusé. Cela remontait à deux semaines.

– J'ai changé d'avis, m'annonça-t-il. Je t'en donne huit mille. Cash. C'est à prendre ou à laisser.

– Ça marche, répondis-je, agréablement surprise.

– Alors on n'a qu'à se retrouver sur le plateau de ton émission. (Doug habitait Killdeer.) Au fait, puisque je vais t'acheter tes skis, tu me feras bien goûter à tes petits plats... (Un silence, puis il ajouta :) On m'a dit qu'il fallait payer neuf dollars pour s'asseoir dans le public. Tu pourrais me laisser une invitation à l'accueil ? Puis on redescendra tous les deux à ski. Ce sera chouette.

J'acquiesçai, tout en grimaçant. Une entrée gratuite... Il s'apprêtait à jeter huit mille billets par les fenêtres, mais il trouvait le moyen de mégoter sur neuf dollars. Pas de doute, c'était bien Doug. Je lui dis bonne nuit et raccrochai.

Avec dans une main ma boisson chaude, que j'espérais soporifique, et dans l'autre le deuxième cookie géant, je retournai à la fenêtre de la cuisine, que les bourrasques criblaient de gros flocons. Je reposai ma tasse pour caresser la vitre froide, que je sentis vibrer sous ma paume. Le lampadaire du perron illuminait un rideau de neige, et le porche lui-même disparaissait sous quarante centimètres de poudreuse. Je priai pour que Tom soit en sécurité à Denver, où l'avait retenu une affaire d'escroquerie. Au moins, les pneus cloutés de sa Chrysler étaient en bon état... J'allais m'amuser, moi, à monter jusqu'à Killdeer dans mon tacot à propulsion arrière.

Mais cette émission valait son pesant de sueur ; la forte audience de *Cuisine au sommet !* demeurait le meilleur tremplin pour ma reconversion. Et puis, sachant que le direct de demain serait dédié au défunt mari de Rorry, je ne pouvais décemment me défiler.

Je contemplai la neige tout en mâchant mon biscuit. Bien qu'à neuf jours de Noël, je peinais à m'imprégner de l'esprit de la Saint-Nicolas. J'avais acheté un surf des neiges pour Arch – il en rêvait toutes les nuits – et un nouveau revolver pour Tom. Loin de moi la passion des armes à feu, mais je savais, du peu qu'il m'avait dit, que son équipement faisait pâle figure au vu des risques qu'il prenait. Même s'il n'avait, jusqu'ici, tiré qu'à l'entraînement...

Donc, les cadeaux étaient prêts ; notre sapin étincelait dans le salon ; nous prévoyions de confectionner des gâteaux de Noël en famille... Et pourtant, ne sachant quel serait mon gagne-pain après le jour de l'An, j'abordais les fêtes à reculons.

La situation aurait pu être pire, me raisonnai-je entre deux gorgées de boisson chaude. J'aurais pu me trouver dehors sous la tempête. J'aurais pu m'apprêter à passer un nouveau Noël sans mari, comme cette pauvre Rorry.

Le bouillonnant Nate Bullock avait sans cesse défié – et miraculeusement déjoué – les pièges de la montagne, jusqu'à cet accident fatal qui fut la fois de trop. Mais était-il vraiment parti sur les traces du lynx du Canada, introduit dans la chaîne de Front Range après que l'urbanisation eut décimé l'espèce locale ? Qui pouvait le dire ? On savait seulement qu'il s'était aventuré dans la vallée de Killdeer, zone interdite aux promeneurs comme aux skieurs car propice aux avalanches, qui étaient légion dans le Colorado.

« La vallée est un périmètre défendu », répétaient inlassablement les dirigeants de la ville, sous l'épée de Damoclès de leur responsabilité pénale. « Les avalanches peuvent survenir à tout moment, sans crier gare. » Bien entendu, cela n'avait pas empêché la Killdeer Corporation d'entreprendre l'extension du domaine skiable jusqu'au versant adjacent à la vallée : dès l'année prochaine une nouvelle remontée conduirait skieurs et snowboarders à quelques mètres de l'endroit où Nate avait péri. Pauvre Rorry ! pensai-je de plus belle avec un brin de culpabilité. Assisterait-elle à la collecte ? Accepterait-elle de me parler, à moi qui m'étais seulement fendue d'une lettre de condoléances ?

Je finis mon biscuit et vidai ma tasse. La nuit qui avance grossit les soucis comme une loupe. Il était temps d'aller au lit pour un sommeil réparateur. Le reflet de ma tête blonde dans la vitre givrée en confirma l'urgence.

Le lendemain, avant les premières lueurs du jour, j'enfournai l'antique paire de skis dans ma camionnette. La tempête avait à peine molli : le temps d'un aller-retour dans l'allée du garage, elle me recouvrit d'un tulle de flocons blancs. Je laissai un mot à l'attention de Tom, qui m'avait rejointe sous les draps vers 2 heures du matin, chargeai mon matériel personnel, fis le tour du véhicule pour vérifier l'état des pneus – médiocre –, et mis le cap sur Killdeer.

Comme je m'engageais sur la chaussée encroûtée de la grand-rue, une rafale de vent déversa un paquet de neige sur mon pare-brise. Je me rangeai aussitôt sur le côté, sortis de la voiture et reçus en plein visage une gerbe de gui entortillée dans une guirlande lumineuse. Une boutique venait de perdre ses décorations. Je remontai dans la camionnette, m'ébrouai et amorçai ma lente progression vers l'autoroute.

Une fois lancée sur l'Interstate 70, direction ouest, je mis les essuie-glaces à fond. La circulation était fluide. Au bord de la route, un troupeau de moutons bighorn, spécialité des Rocheuses, s'était réfugié sous un panneau lumineux signalant du verglas sur les deux voies du tunnel Eisenhower. Au niveau d'Idaho Springs, la radio annonça qu'une avalanche était survenue la veille au soir sur le domaine skiable de Loveland et que les automobilistes ralentissaient pour observer les travaux de déblaiement.

– Génial, grommelai-je.

Vingt minutes plus tard, je freinai à la suite d'une longue file de voitures. À travers le blizzard, je distinguai les camions-bennes et les pelles mécaniques sur le parking de Loveland, à la conquête d'un magma de neige, de pierres et d'arbres haut comme un immeuble de deux étages. En dessous gisait un bâtiment des services techniques. Le speaker de la radio fit état d'une rumeur selon laquelle l'avalanche aurait été déclenchée par un skieur hors piste. La coulée avait dévalé tout un flanc de montagne, brisé comme des allumettes un bouquet de pins et enseveli le bâtiment vide. Des passagers du téléphérique auraient vu le coupable se sauver à temps et prendre la fuite.

Concentre-toi sur la route, me dis-je en m'enfonçant dans le purgatoire du tunnel, ce boyau sombre creusé sous le Continental Divide, la ligne de partage des eaux. Quelques minutes plus tard, un tapis blanc se détachait au loin dans une aurore grise. À peine avais-je émergé du tunnel qu'une violente bourrasque fouetta la camionnette, qui se mit à tanguer. La neige revint à l'assaut du pare-brise.

Qu'est-ce que ça fait, de mourir dans une avalanche ? me demandai-je.

2

À 6 h 20, mes pneus faisaient craquer la neige fraîche du parking de la station de Killdeer, tandis qu'à l'est se formait un ciel d'étain. Mes doigts étaient fourbus d'avoir serré le volant. Je coupai le moteur, ouvris la portière et sautai à terre. Une brise glaciale transperça mon blouson de ski. Je rabattis ma capuche, nouai le cordon et enfilai des moufles.

Le panneau digital du parking affichait par intermittence un pétillant – 7 degrés. Bienvenue au pays du ski !

La majesté du mont Killdeer s'effaçait derrière le contre-jour des projecteurs bordant les pistes ; des colonnes de neige tombaient en vrille autour des pylônes, cependant qu'un nuage noir coiffait la station. Le panneau célébrait également une couche de 215 centimètres, nappée de 84 centimètres de poudreuse !

Je sortis du coffre mes Rossignol, achetés en solde des années plus tôt. J'en aurais besoin pour redescendre du Bistro avec Doug après l'émission. L'autre paire, celle de valeur, serait à lui dans moins de trois heures. Je plantai mes bâtons et enfilai mes après-skis. Le vent me cinglait les yeux. Le panneau proclama : « *Encore plus de NEIGE à venir !* », suivi d'un visage souriant et du réglementaire « PRUDENCE *sur les pistes !* »

Je dépliai trois plaids par-dessus les skis de collection, dont j'avisai quelques scarifications : *Abetone*, *Della Vedetta*, *Corona*... C'étaient deux belles pièces que Tom avait dénichées là, et j'aurais aimé qu'il les conserve. Sans compter qu'Arch, qui s'était pris d'intérêt pour la Seconde Guerre mondiale, avait bondi en apprenant notre intention de les vendre. Je voyais déjà sa réaction quand il apprendrait notre forfait : sévère et prolongée, comme toujours à l'adolescence.

J'étais censée reprendre Arch après l'émission chez son meilleur ami, Todd Druckman, le fils d'Eileen, dans leur luxueux chalet de Killdeer. Il avait passé deux jours là-bas, à la faveur d'un stage de formation de l'équipe enseignante du lycée. Les garçons étaient tous deux fanas de snowboard.

Je jetai une bâche par-dessus les trois couvertures et verrouillai la camionnette.

On distinguait le cliquetis assourdi du téléphérique cinq cents mètres plus loin. À l'évidence, les gros vents de ce matin n'avaient pas suffi à retarder le démarrage de 6 heures, où la patrouille de pisteurs gagnait le sommet. Résignée, je hissai sac à dos, skis et bâtons sur mes épaules et traversai l'immense parking. *Allez, courage !* me dis-je. *L'émission et l'argent de Doug te permettront de rouvrir bientôt.*

Une fumée de cheminée me piquait le nez, les flocons me brûlaient les yeux ; une brise arctique tirait sur mon écharpe, et mes semelles rigides glissaient sur le sol gelé. Je me traînai ainsi dans le clair-obscur, fuyant le vent que l'aire ouverte du parking avait déchaîné. Malgré mes résolutions optimistes, je me demandai pourquoi l'on concevait l'enfer comme un lieu de flammes et non de glace...

À bout de souffle, les cuisses et les orteils engourdis, j'atteignis enfin la pancarte en bois sculpté souhaitant la bienvenue à Killdeer. J'y appuyai mon attirail, en nage sous mes vêtements molletonnés. Plus loin brillaient les réverbères jalonnant l'accès au téléphérique. J'extirpai un mouchoir de ma poche, m'essuyai les yeux et ajustai mon regard sur les échoppes de style victorien ou bavarois alignées sur la rue comme dans un roman de Dickens. Les lampadaires ne s'éteignaient qu'une fois le jour complètement levé. Au cours de ce mois de tournage, les journées avaient raccourci, et le soleil poignait de plus en plus tard. J'avais taquiné Arthur en disant que d'ici la fin de l'année nous tournerions dans le noir. Il avait répondu d'un soupir las, avant de me suggérer une émission sur le petit déjeuner au champagne, que les Vins Wakefield se feraient un plaisir de fournir – comme chaque fois que nous citions un vin. Pour l'heure, avec mes doigts gelés, je me demandais si Arthur conservait du schnaps au Bistro. Et si oui, oserais-je m'en servir une rasade juste avant le direct ?

En fait, je n'avais pas envie de champagne ou de schnaps, mais de *café* ! Au diable tous ces laïus comme quoi la caféine resserre les cellules du skieur et réduit la température corporelle ! Cuisiner au sommet tout en récoltant de l'argent exige d'être un minimum réveillé. Et pour cela, il me fallait ma dose de jus, voire plusieurs.

Par bonheur, je connaissais un endroit qui serait ouvert à cette heure matinale. Pleine d'espoir, je ramassai mon barda et m'enfonçai dans la charmante petite rue. Ses vitrines scintillant de mille feux faisaient passer la grand-rue d'Aspen Meadow pour un intérieur de Quakers. D'ici quelques heures, ces boutiques bourdonneraient d'activité commerciale. Je ne serais pas de la fête, mais tant pis.

Je flairais déjà l'arôme du marc noir en déchiffrant l'écriteau « ouvert » à la porte du Pause Cannelle. Je laissai mes affaires au pied du porche en lattes et montai les marches.

– Tiens, Goldy ! cria Cinda Caldwell depuis sa fenêtre embuée.

Sa chevelure, qui déclinait une gamme de roses allant de pourpre à barbe à papa, semblait étinceler.

– Entre, entre ! dit-elle. Je dois te parler d'un truc.

J'avais lié connaissance avec cette femme grande, athlétique et toujours souriante au cours du mois écoulé.

– Tu as une mine pire que d'habitude ! lança-t-elle gaiement. Tu fais toujours ton émission ?

– Oui, mais c'est *ton* café qui fera de moi une présentatrice dynamique. Dynamique et *réchauffée.*

– Je te mets trois ou quatre doses ? demanda-t-elle en riant. Et une pâtisserie, c'est moi qui offre. Allez, dépêche-toi ! Il faut que je te parle.

– D'accord, d'accord. Va pour un triple express. Et un roulé à la cannelle me comblerait.

Je me félicitais d'être arrivée en avance : que pouvais-je bien faire, pendant qu'Arthur terminait d'installer le plateau, sinon m'autoriser quelques gourmandises gratis ?

Enfin je m'engouffrai dans la chaleur du salon de thé. Le Pause Cannelle abritait un petit comptoir et huit tables rondes tapissées d'autocollants de surf, entre lesquelles grouillait un ensemble hétéroclite de sièges en plastique ou en bois. L'écran géant qui diffusait des vidéos de snowboard était éteint. Cinda, célèbre dans ce milieu pour en avoir été l'une des premières championnes, s'affairait dans son espace de travail étriqué. Elle était vêtue d'un col roulé jaune poussin et d'un fuseau de ski violet, assortis au bandeau jaune et mauve qui maintenait sa tignasse. Sur le mur derrière elle, le poster d'un surfeur suspendu dans les airs côtoyait une planche fluo entourée d'une vieille guirlande lumineuse, sous une étagère soutenant les trophées de la patronne, catégorie free-style.

– C'est presque prêt ! promit-elle.

À voir son enthousiasme, on était loin d'imaginer qu'elle s'était brisé les genoux quelques années plus tôt sur le half-pipe de Killdeer – ce demi-tube à ciel ouvert qui permettait toutes les acrobaties – et n'était jamais remontée sur un surf depuis lors.

– Allez, bois, dit-elle en posant sous mon nez un gobelet fumant et un roulé glacé à la cannelle. Écoute, avant d'en venir aux choses sérieuses, j'aimerais savoir un truc. (Ses yeux marron pétillaient, illuminant son visage d'elfe criblé de taches de rousseur.) Faut-il impérativement mettre du grand marnier dans ta recette de truffes au chocolat ? Parce qu'il me reste un vieux fond de gnôle, et je me disais que ça ferait peut-être l'affaire...

J'avalai une gorgée tout en me demandant si je pouvais à la fois descendre un double expresso, dévorer une pâtisserie, mentir poliment, et savourer à plein l'effet roboratif de la caféine et du sucre. Probablement pas.

– Les truffes seront meilleures avec un alcool de qualité, avouai-je. Cognac, oui. Gnôle, non.

Cinda se pencha soudain sur moi. Elle sentait la vanille.

– Alors j'ai une autre question. N'ai-je pas lu dans le journal que tu es la femme d'un flic ? Qui bosse pour le shérif du comté de Furman ?

– C'est exact.

Alerte rouge ! Quoi qu'en dise le thermomètre du parking, mon esprit n'était pas transi au point que je ne pusse reconnaître le café, le roulé et la question sur les truffes comme les prémices d'une requête.

– Tu as besoin d'aide ? demandai-je d'un air avenant.

Cinda tripota son bandeau psychédélique.

– Je me fais sûrement des idées, mais on n'est jamais trop prudent. Voilà : l'autre soir, un type est entré, complètement beurré, pour commander un café auprès de Davey, mon employé. Je connaissais le bonhomme. Barton Reed. Un ancien snowboarder, qui avait disparu quelque temps suite à des ennuis judiciaires. Le genre gros dur, avec à peu près vingt piercings à chaque oreille, pour la plupart des croix ou des médailles religieuses – alors qu'il prétend avoir perdu la foi depuis des années, mais passons. Bref, on sert ce Barton, et il nous raconte qu'il a mis la main sur une substance qui peut tuer un homme au simple toucher.

Je considérai le liquide de ma tasse avant de réagir :

– Et il comptait l'utiliser ?

– Il prétend avoir glissé des patchs de poison dans une enveloppe. T'ouvres ton courrier, et t'es mort. Tu te rends compte ?

– Il a montré la lettre à Davey ?

Elle scruta la salle vide d'un air méfiant.

– Non. Mais c'est là que ça se gâte, Goldy. Barton a déclaré qu'il allait bientôt remettre cette enveloppe piégée à quelqu'un. À un flic.

Je fus parcourue d'une frisson. J'entendis ma voix se durcir à mesure qu'affluaient les questions :

– Sais-tu où ce Barton habite ? As-tu prévenu quelqu'un ? (Elle secoua la tête.) Et le flic en question ? Il a révélé son nom ?

Cinda attrapa son chiffon et essuya le comptoir autour de mon gobelet à moitié vide.

– Non, mais on a d'abord cru qu'il plaisantait. Et puis, qui veux-tu que j'alerte ? La patrouille à skis ? Les gardes forestiers ? Je vois mal les hommes du shérif se déplacer jusqu'ici, au fin fond du comté, pour entendre parler d'un poivrot qui menace d'adresser une carte de vœux piégée à un flic. (Elle haussa les épaules.) Alors je me suis dit que je t'en toucherais deux mots si tu passais aujourd'hui, pour savoir ce que ça t'inspire.

Je devais prévenir Tom. Ayant laissé mon portable dans la camionnette, j'empruntai le téléphone que Cinda hissa sur le bar. J'essayai les deux lignes de la maison, personnelle et professionnelle, mais je tombai dans les deux cas sur le répondeur. Tom avait dû partir de bonne heure. Alors je joignis le commissariat et laissai un message sur sa boîte vocale, lui demandant de rappeler Cinda Caldwell au sujet de menaces proférées à l'encontre d'un policier. Je raccrochai, puis cherchai mon portefeuille dans mon sac à dos rempli d'ustensiles. J'en sortis la carte de visite de Tom.

– Tiens, Cinda. Appelle à ce numéro d'ici une demi-heure, et répète à Tom tout ce que tu m'as dit. Dans trente minutes. Promis ?

Avec une moue hésitante, elle prit la carte du bout des doigts. Je l'imaginai disant à Tom : *Goldy m'a demandé de vous appeler, c'est sûrement inutile, mais elle a pensé que ce pouvait être important...*

Je renfilai mes moufles.

– Allez, le devoir m'appelle. L'émission d'aujourd'hui passe en direct. Exceptionnellement, nous organisons la collecte en mémoire de Nate Bullock. Tu te souviens de lui ?

Les yeux rivés sur la carte de visite, Cinda hocha la tête.

– L'espèce d'aventurier, là ? Oui, je me souviens.

– Je vais faire des nems à la mexicaine, des gâteaux de crabe et des biscuits au gingembre.

Elle releva les yeux, appâtée.

– J'essaierai de regarder. Mais tu te doutes bien que mes clients préféreront une vidéo de glisse extrême à un show culinaire.

J'achevai le roulé moelleux, asséchai mon gobelet en deux lampées, et la remerciai à nouveau.

Dehors le vent glacial me cueillit de côté. Je croisai la vitrine de la Galerie d'art de Killdeer, où se trouvaient pêle-mêle des clichés en noir et blanc de snowboarders s'élançant dans le vide, des huiles colorées d'Amérindiens posant à côté de leurs tipis, une série de chalets à l'aquarelle, et en arrière-plan des collages réalisés à partir de catalogues de ski. Quand le Colorado encensait l'art occidental, il ne visait pas Michel-Ange.

La dernière boutique de la rangée s'appelait Fourrures de stars. Ah ! la célébrité... Le populo en rêve, la vedette en bave, l'affreux la fuit. Dopée par le café serré de Cinda, je songeai tout en descendant les marches que mon début de gloire ne m'était d'aucune utilité. Animer un programme culinaire ne m'avait amené ni clients ni fans, mais seulement des râleurs qui écrivaient, appelaient, m'arrêtaient au supermarché pour demander s'ils pouvaient remplacer le beurre par de la margarine, le parmesan d'importation frais par une cochonnerie de poudre sèche, ou le vrai chocolat noir par je ne sais quel ersatz brunâtre. Au point que Tom m'avait offert en guise de cadeau de Noël anticipé un tee-shirt proclamant : « *INUTILE DE DEMANDER. ON NE REMPLACE RIEN.* »

Être l'épouse d'un lieutenant de police me valait un autre type de reconnaissance sociale, comme le démontraient les confidences de Cinda. Je me comparais parfois à une femme de pasteur, celle à qui l'on rapporte les mœurs incestueuses de certains paroissiens, de peur d'embêter son mari. Un type décide d'empoisonner un flic ? *N'embêtons pas le flic ! Laissons Goldy s'en charger.*

J'empruntai le petit pont enjambant le Killdeer Creek, qui gargouillait sous son manteau de glace. Noël et les promesses de neige allaient drainer une armée de skieurs. Mais assez pensé aux fêtes, et à toutes ces commandes qui me passeraient sous le nez.

Vends les vieux skis. Remplace ta plomberie. Développe ton service de cuisine à domicile, puis rouvre ton entreprise. Et cesse de t'inquiéter !

Je remontai l'allée pavée de neige jusqu'au bruyant téléphérique. L'employé, coiffé d'un bonnet à cornes orange façon bouffon, la peau parcheminée par des overdoses d'ultraviolets, m'arrêta une cabine. Je m'installai avec sac et bâtons sur l'un des six sièges pendant que le type accrochait mes skis au râtelier externe, tout en sifflotant un chant de Noël bourré de fausses notes. Puis la cabine décolla.

Je m'élevai d'un mouvement continu vers le Bistro. S'il neigeait encore, le ciel s'était éclairci, et sa couleur évoquait désormais l'aluminium poli. Seuls parvenaient à mes oreilles les grincements étouffés du câble tandis que défilaient sous moi les cimes d'arbres enneigées et les pistes immaculées. Ces dernières n'ouvriraient que dans une heure et demie, ce qui expliquait que je fusse la seule passagère de la remontée. Les quelques spectateurs de l'émission arrivaient en général vers 8 heures moins le quart. Les skieurs matinaux, quant à eux, se terraient au Karaoké Café ou chez Cinda devant un chocolat chaud, étudiaient la carte des *back bowls* de Killdeer, ces puits de poudreuse non balisés où se risquaient les plus téméraires, faisaient régler leurs fixations chez les loueurs, ou tout simplement contemplaient les crêtes enneigées depuis leurs fenêtres. Eux, au moins, se préparaient à passer un bon moment...

Je pivotai sur mon siège glacé pour regarder en bas des pentes. Les engins de damage entamaient leur ballet. Lorsque je redescendrais vers 9 heures, la neige fraîche serait compactée en rangées de bosses parallèles, comme les couloirs d'une course d'obstacles.

Arrivée à mi-parcours, la cabine s'immobilisa. Cela se produisait régulièrement, quand un enfant trébuchait à la montée et que ses parents se mettaient à paniquer. Mais il était trop tôt pour ça. Je cherchai la station du regard, mais elle n'était plus visible. Une soudaine rafale ballotta la nacelle. Je frissonnai et baissai les yeux sur les pistes. J'étais incapable d'estimer ma hauteur.

Pense à autre chose, Goldy... à ce que tu vas faire ensuite... vendre les skis de Tom. Cramponnée aux barres d'appui, je détachai mes yeux de la piste. *Les skis de Tom... Doug Portman...* On faisait plus réjouissant comme sujet de réflexion, mais c'était mieux que rien.

Ancien expert-comptable aux dents longues, Doug Portman avait réussi à s'imposer dans l'appareil de l'État. Tiré à quatre épingles dans des costumes en toile de coton ou en velours côtelé, il était de toutes les mondanités du style vœux du maire ou pique-nique de la police. J'ignorais comment il gagnait sa vie aujourd'hui, et préférais ne pas le savoir. Je savais seulement qu'il avait épousé une fille friquée, ce qui lui permettait d'assouvir sa passion de collectionneur. J'éprouvais quelques remords à lui vendre ces skis en cachette de mon mari, mais je me voyais mal dire à Tom : *Au fait, chéri, je vais vendre l'un de tes biens les plus chers à un ancien petit ami... Oui, j'ai gardé son numéro, pourquoi ?*

Derrière la vitre, les flocons s'épaississaient. J'avais le visage congelé. Je lâchai un court instant la barre pour resserrer ma capuche. La période de Noël était normalement un temps de rire, de fête, de shopping, de décoration, de cuisine, de famille. Alors pourquoi m'infligeait-on une fermeture administrative, une collecte en direct pour un camarade casse-cou mort dans une avalanche, et un fêlé aux oreilles trouées comme du gruyère qui voulait empoisonner les flics ? Sans compter ces transactions honteuses avec un type que je m'étais juré de ne jamais revoir...

3

Je fis ouf quand le téléphérique redémarra, aussi mystérieusement qu'il s'était arrêté. Arrivée là-haut, je bondis de la cabine, décrochai mes skis et gagnai à pied le sommet arrondi de la montagne. Au moment de me chausser, une bourrasque me projeta sur la plaque croûtée, et une atroce douleur fusa dans mes genoux. Pauvre Cinda, pensai-je tandis qu'une pisteuse en rouge m'aidait à me relever. Avait-elle autant souffert lorsqu'elle s'était brisé les rotules ?

– Ça va aller ? s'inquiéta la jeune femme bronzée. Besoin d'aide pour rallier le plateau de tournage ?

– Merci, ça va aller.

Revenue sur mes deux pieds, je les glissai avec mille précautions dans les fixations, que je verrouillai d'un mouvement sec du talon. *Allez, cette émission sera bientôt de l'histoire ancienne,* me dis-je tout en passant mes poignets dans les dragonnes des bâtons.

Je parcourus en zigzaguant la centaine de mètres me séparant du Bistro des Cimes. Celui-ci occupait le tiers est du Refuge Chapparal, un immense chalet niché au milieu d'un bouquet de pins, qui hébergeait également un snack et le QG des sauveteurs. Sous une vaste terrasse sur pilotis se trouvaient les râteliers à ski, les sanitaires et les cabines téléphoniques. Je songeai, tout en me déchaussant, que je n'avais jamais eu affaire aux pisteurs avant ce matin-là. Leur travail consistait aussi bien à évacuer les blessés qu'à fermer les pistes dangereuses ou à confisquer le forfait des skieurs inconscients. Visiblement, ils s'estimaient aussi en devoir de ramasser les vieilles trentenaires qui ne tenaient pas sur leurs jambes.

Je priai pour que quelqu'un ait eu la bonne idée d'allumer la cafetière.

La lourde porte du Bistro était fermée à clef, et le martèlement de mes phalanges gelées n'y fit rien. Les stores opaques étaient tirés, et l'agitation du plateau devait couvrir mes bruits. À moins que la camionnette de PBS fût bloquée en bas de la route... Mais ça, je refusais de l'envisager.

Comment étais-je censée entrer ? Eileen m'avait appris que l'immense sous-sol abritait la réserve, une chambre froide, le local à ordures et une paire de rails menant à l'arrivée du téléphérique, qui permettaient de convoyer des conteneurs de déchets comme des palettes de marchandise. Je traversai la terrasse jusqu'à l'arrière du bâtiment, et là, en baissant les yeux, je découvris la camionnette, munie de chaînes et recouverte de neige. L'équipe était bien arrivée. Bonne nouvelle.

Des flocons fondus ruisselaient sur mon visage. Mes chaussures de ski aux pieds, il me faudrait une dizaine de minutes pour atteindre l'entrée du sous-sol. Alors je rebroussai chemin, et essayai les six portes du haut, jusqu'à ce que l'une d'elles cède. *Victoire !*

La cafétéria était sombre et déserte. Au moins j'étais à l'intérieur. De prime abord, avec toutes ses portes cadenassées, ses passes informatisés et ses drapeaux rouges indiquant : « Danger ! Piste fermée ! », Killdeer ressemblait à une annexe du Pentagone. Mais en y regardant de plus près, on remarquait les cordons de sécurité détachés, les panneaux renversés, les bureaux mal fermés, les fraudeurs passant sous les tourniquets et, pire que tout, des cuisines ouvertes au tout-venant !

– Y a quelqu'un ? lançai-je dans l'obscurité.

Pas de réponse. Ni Eileen Druckman ni Jack Gilkey n'étaient en train de hacher les ingrédients des nems. Le néon d'une veilleuse révélait plusieurs comptoirs en inox, des batteries de casseroles et d'ustensiles, des blocs de couteaux, des étagères couvertes d'ingrédients.

En pénétrant dans la pièce d'à côté, où se trouvaient de

grands éviers et l'entrée de la seconde chambre froide, je décelai au loin quelques grondements de voix. Alors j'ôtai mon anorak et mes bottes, enfilai les tennis que je réservais pour l'émission et poussai les portes battantes donnant sur le restaurant.

Je fus aussitôt aveuglée par la lumière des projecteurs. Curieusement, celle-ci n'altérait en rien l'atmosphère intime de la salle à manger. Faux bois de cerfs montés en candélabres, lierre peint au pochoir sur des murs en stuc, épaisse moquette vert épinard, cheminée en pierres mousseuses... rien ne manquait. Des roses en tissu et des bougies décoraient les nappes damassées d'un blanc impeccable. Une femme blonde était en train d'accrocher des cadres au mur. *Un somptueux restau gastronomique à plus de trois mille mètres d'altitude ? Y a qu'à demander !*

Dès qu'il me vit, Arthur tout de noir vêtu ramassa ses notes, son éternelle bouteille de Pepto-Bismol, et fondit sur moi, voûté comme un lutteur. Son air sévère et tendu le faisait paraître plus vieux que ses vingt-neuf ans. Il portait un casque grâce auquel Lina, la réalisatrice paraplégique qui quittait rarement le camion-régie, lui donnait ses instructions. Toujours rasé de près, Arthur ramenait ses cheveux frisottés sur le devant, façon empereur romain. Les larges cernes sous ses yeux trahissaient une gueule de bois patente. Je me préparai à subir sa mauvaise humeur.

– Te voilà enfin ! Tu as quatre minutes de retard, Goldy.

Il fit claquer sa langue comme un instituteur puis ajouta :

– Rorry Bullock devait se pointer à 7 heures, mais personne ne l'a vue. Et Eileen Druckman aurait déjà dû arriver avec son cuistot. Je sens que ça va pas être de la tarte – ni du gâteau...

– Rorry n'est pas là ? relevai-je, mes remords soudain ravivés.

J'aurais dû l'appeler, proposer de passer la prendre...

– Tu la connais ? demanda Arthur.

– Oui, Nate et Rorry étaient nos voisins du temps où ils habitaient Aspen Meadow. J'ai donné des cours de catéchisme avec elle.

Me revinrent en mémoire les fous rires que nous avions partagés avec les élèves du cours moyen, notamment lorsque nous avions joué la « Vision des ossements desséchés » : toute la classe se tortillant sur le lino du presbytère tandis que l'interprète d'Ézéchiel nous exhortait à reprendre vie...

– Savais-tu qu'elle était enceinte au moment de l'avalanche ? reprit Arthur. Cela faisait des lustres qu'ils essayaient. Mais elle a perdu le bébé peu après la mort de Nate.

Il soupira, et je me demandai si cette fausse couche expliquait qu'elle n'ait pas répondu à mes lettres. J'aurais dû la relancer...

– Tout le monde appréciait Nate chez PBS, et son émission faisait un tabac chez les vieux babas cool, poursuivit Arthur tout en cherchant en vain un antiacide dans ses poches. C'est pourquoi nous organisons cette collecte à sa mémoire tous les ans. Mais la Commission fédérale de la Communication autorise uniquement les levées de fonds au profit de la chaîne. Ce qui est d'autant plus dommage que Rorry a besoin d'argent. À ce propos, je me disais que tu pourrais peut-être la présenter aux téléspectateurs. Je lui ai suggéré de prononcer quelques mots à l'antenne, mais elle a refusé.

– C'est-à-dire que... On ne s'est pas vues depuis longtemps.

Il lissa machinalement ses bouclettes.

– Fais-le pour moi, d'accord ? Tu as ton script ?

Je hochai la tête. Il jeta un œil morne sur son bloc-notes.

– Tu verras, le direct diffère peu d'un enregistrement. En cas d'imprévu, il suffit de lancer une bonne blague. Plus important : que faire si le téléphone cesse de sonner ? Une seule chose : un gros plan sur les standardistes dépités. Alors surveille ton moniteur. Je veux te voir prête à 8 heures moins le quart. Ça roule ?

J'acquiesçai. Arthur replongea dans ses notes. Je cherchai du regard la silhouette mince et brune de Rorry Bullock. Qu'allais-je lui dire ? Pourquoi n'avais-je rien su de sa grossesse ?

Arthur indiqua une rangée de chaises vides sur le côté de la salle.

– C'est là que nous disposerons le standard.

Je gagnai mon poste de travail, un comptoir carrelé prolongé d'une table de cuisson, parallèles au mur du fond. J'entendais encore Arthur m'expliquer, cinq semaines plus tôt, que tourner en direct poserait d'insurmontables problèmes techniques. Avait-il changé d'avis, ou espérait-il un miracle ? Bien que, au générique, mon nom fût sous-titré l'« Experte », je doutais de rester maîtresse de la situation, et craignais depuis le début d'avoir causé l'abus de Pepto-Bismol d'Arthur. Au fait, cela affectait-il ses papilles gustatives ?

Je disposai mes assiettes et plats sur le comptoir puis filai en cuisine. Dieu merci, Eileen et Jack étaient enfin là.

– Goldy ! s'écria mon amie en se jetant dans mes bras. Tu as réussi à venir !

Je la trouvai splendide, avec ses cheveux plus courts et plus blonds que la dernière fois, son pull moulant bleu roi et un fuseau de ski noir.

– Tu penses que les garçons pourront surfer dans ce déluge ? demanda-t-elle.

– Si tu crois que la neige va arrêter des ados de quatorze ans !

Jack Gilkey leva le nez de ses échalotes pour me sourire timidement. Il était pâle et mince, le visage taillé à la serpe, une sorte d'Adonis préhistorique avec des yeux de jais et une queue de cheval acajou.

– Merci pour le coup de main, lui dis-je.

Il répondit d'un hochement de tête, et je me demandai de nouveau pourquoi Arthur avait refusé qu'il m'assiste durant l'émission. Arch et moi avions goûté sa cuisine dans le chalet d'Eileen, et nous n'avions pas été déçus. Sans compter qu'il avait un physique bien plus télégénique que le mien. Mais la télévision publique regorge de mystères insondables...

Nous répartîmes dans des bols en verre haricots noirs, dés de blanc de poulet, cheddar râpé et feuilles de brick. Puis, munie de ma liste, je pénétrai dans la chambre froide et piochai un sachet de feuilles de frisée ainsi qu'un cœur de radicchio. À raison de deux ou trois recettes par émission, je n'avais pas le temps de remuer la salade, mais j'en dirais un mot ; je recommanderais notamment, sur les conseils d'Arthur, de remplacer le vinaigre ou le jus de citron de l'assaisonnement par le vin du repas. Quant aux gâteaux de crabe, que j'avais tenu à inclure tant mes anciens clients en raffolaient, ils étaient faits à partir de crabe en boîte, et donc enfantins à réaliser.

– Pas de réouverture en vue ? me demanda Eileen après que nous eûmes agencé nos ingrédients de manière à laisser visible le moniteur de contrôle.

Le pépiement des standardistes l'obligeait presque à crier.

– Pas encore, marmonnai-je tout en surveillant les sièges du public.

Je reconnus soudain le visage de Rorry Bullock, dont le buste émergeait derrière le moniteur.

Je poursuivis mes préparatifs tout en cherchant les mots pour l'aborder. Plus que quinze minutes avant l'antenne, et il restait à agrafer mon micro. Mais Arthur me fit signe d'aller voir Rorry sur-le-champ. Je confiai à Jack et à Eileen le soin de vérifier ma liste, et m'éclipsai gorge nouée derrière les caméras, où la veuve de Nate se tenait debout, dans un sweat-shirt gris informe, trempant un sachet de thé dans une tasse d'eau chaude.

– Rorry ? demandai-je avec appréhension. Tu te souviens de moi ? Goldy. On enseignait le caté ensemble au presbytère. On avait demandé aux mômes de graver les Dix Commandements dans des tablettes d'argile.

Mais le summum demeurait ce jour où nous avions tenté d'abattre les murs de la paroisse en jouant du clairon, comme à Jéricho...

Elle me dévisagea avec une surprenante hostilité.

– Je suis désolée, dis-je tout en regrettant la légèreté de mon ton. Cette journée doit raviver le souvenir de Nate...

– Ça fait un bail, dit-elle d'un ton amer, avant de tremper les lèvres dans son thé. Mais tu n'as pas à être désolée.

– Je suis navrée, insistai-je malgré tout. Je ne voulais pas te blesser...

– Je ne suis pas blessée, coupa-t-elle. Juste perplexe.

– À propos de quoi ?

Je compris aussitôt l'ineptie de ma question. Arthur me

tendit un micro-cravate, que je passai sous ma veste croisée de chef.

– Deux minutes, annonça-t-il. Madame Bullock, j'imagine que vous ne souhaitez toujours pas prononcer quelques...

– Non !

Sa tasse tremblait, expulsant quelques gouttes de thé vert. Arthur s'esquiva.

– Je viens seulement d'apprendre que tu avais subi cette... autre perte. J'ignorais que tu étais enceinte, mais je sais combien tu aimais Nate...

– Je n'ai jamais aimé d'autre homme, cracha-t-elle.

Mais pourquoi tant d'agressivité ? Mes joues s'empourprèrent. Une dernière tentative :

– Je sais que tu...

– Tu ne sais rien du tout, Goldy.

Sur ces mots, elle recula jusqu'aux sièges du public et s'assit lentement. Je glapis. Du temps où je partageais la vie du gynécologue-obstétricien John-Richard Korman, alias l'Enfoiré, j'en avais pourtant croisé, des ventres ronds. Alors pourquoi ne l'avais-je pas vu plus tôt, et pourquoi ne m'avait-on rien dit ? Trois ans après le décès du seul homme qu'elle disait avoir aimé, Rorry Bullock était enceinte de huit mois.

Mais je n'avais pas le temps de méditer sur l'état physique de mon amie. Arthur réapparut pour me prier de tester le micro. Je déglutis et articulai, la bouche pâteuse : « Un, deux, six... ». Arthur reparti, je me servis un verre d'eau à l'évier du plateau. Rorry s'était-elle remariée ? Avait-elle un amant ?

« Les téléspectateurs verront tout de suite si tu as la tête ailleurs », m'avait prévenue Arthur lors du premier enregistrement. Le même rappela dans son micro l'ordre des prises de vue, vérifia une dernière fois l'appareillage des six standardistes, puis m'apprit en vitesse quelques nouvelles règles d'or :

– N'avoue jamais t'être plantée. Garde un œil sur le moniteur. Surveille l'heure. Mais reste naturelle. On insérera à mi-chemin des extraits du programme de Nate. Je te donnerai le signal.

Je clignai des yeux sous les projecteurs, tentai de m'éclaircir les idées, et survolai mes notes. *D'abord les nems. Enchaîner aussitôt sur les gâteaux de crabe. Rappeler combien un plat de crustacés chaud requinque après le ski.* En marge de mon plan de travail se trouvait une série de gâteaux de crabe déjà prêts, pour montrer à la caméra le résultat final. *En dernier, le dessert.* J'aurais aimé une recette au chocolat, mais Arthur jugeait cela incompatible avec un troisième vin. Nous avions donc opté pour des biscuits au gingembre, accompagnés d'un cru à soixante-quinze dollars la bouteille.

D'un air agonisant, Arthur demanda le silence, puis décompta cinq secondes. La lampe rouge de la caméra numéro un s'alluma. Tremblante, je pris mon souffle.

– Bienvenue à Killdeer ! lançai-je en espérant être la seule à déceler les trémolos de ma voix. Une émission très spéciale aujourd'hui, puisque nous commémorons la disparition d'un ami cher au cœur de Front Range PBS...

Et d'expliquer le souvenir que nous gardions de Nate Bullock, et l'empreinte qu'avait laissée son émission dans la mémoire de ses nombreux fidèles, avant de dicter le numéro à composer pour faire un don. Là-dessus j'enchaînai, tout sourire, sur la présentation du menu.

La régie envoya le visuel des nems à la mexicaine. Dès que je revins à l'image, je mélangeai le fromage avec les épices et enveloppai le tout en un tournemain dans les feuilles de brick. Puis je plongeai les nems crus dans une huile que Chef Jack avait fait chauffer en coulisse. N'eussent été les deux caméras braquées sur moi, j'aurais été au septième ciel. Je ne suis jamais aussi épanouie que derrière les fourneaux.

Je fis mon topo sur les différents types de crabe en boîte, avant d'adjoindre au mien une série d'éléments basiques. Souriant au public, je recouvris mes galettes de chapelure. Elles craquèrent délicieusement en plongeant dans l'huile bouillante de la sauteuse. Les appels redoublèrent ; j'improvisai quelques considérations sur les vertus comparées de la générosité et de la nourriture.

Postée au côté de son homme, Eileen rayonna de joie quand je recommandai le Bistro des Cimes et son cadre romantique pour ponctuer une journée de ski. Arthur, en revanche, lança un regard noir à Jack, entre deux gorgées de Pepto-Bismol. J'enchaînai.

On pouvait boire un vieux zinfandel [1] avec l'entrée, et un sauvignon blanc avec le plat principal, chantonnai-je, arrachant au sombre Arthur son premier sourire de la journée. La réalisatrice zooma sur le standard, où trois bénévoles s'entretenaient avec des donateurs. Profitant de ce que j'étais hors champ, je promenai mon regard sur le public, et faillis m'étrangler en découvrant Doug Portman, l'amateur d'antiquités. Il semblait avoir vieilli, grossi, et perdu des cheveux depuis notre dernière rencontre. Grand seigneur, il me salua du bout de ses doigts boudinés, bien que j'eusse omis de lui réserver une place gratuite.

Soudain, toutes les lignes se mirent à sonner. Je cherchai le visage de Rorry Bullock. Malgré le succès manifeste de la collecte, elle plissait les yeux d'un air tourmenté. Qu'est-ce qui n'allait pas, bon sang ? Arthur inscrivit sur son ardoise : « CLIP DANS 10 SEC. » Je transférai dare-dare la sauteuse dans l'évier et introduisis la séquence sur Nate.

Celle-ci lancée, je m'assis, bus un verre d'eau et révisai mon script. J'avais cinq minutes devant moi. Le public s'ébrouait sur les sièges. Mes mains étaient moites, mon cœur battait la chamade, et pourtant je ne désespérais pas tout à fait de survivre à cette épreuve. J'avais à peine fini de rassembler les ingrédients du dessert quand Arthur agita son ardoise. « 30 SEC. »

– Les qualités aphrodisiaques du gingembre, de la cannelle et de la muscade qui parfument ces biscuits pimenteront votre vie amoureuse ! repris-je d'une voix roucoulante. Surtout si vous les agrémentez d'un bon vin de dessert.

Sur cette habile transition, je brandis mon batteur électrique d'un air malicieux et attaquai une motte de beurre. Les fouets s'immobilisèrent aussitôt. J'eus beau m'acharner sur le bouton, le moteur gémissait sans résultat. Le bloc était dur comme du bois. Je relevai les yeux. La poisse du direct avait

1. Vin californien. (*N.d.T.*)

frappé. Mon entourage immédiat – Eileen et Jack, les deux cameramen et Arthur Wakefield – me fixaient du regard, pétrifiés. J'avais l'impression d'être le pilote du *Hindenburg*.

Mes oreilles se mirent à bourdonner ; les mots de Rorry résonnèrent dans mon crâne : *Tu ne sais rien du tout, Goldy*. Les secondes s'égrenaient ; les caméras me fusillaient. Je renfonçai la touche du mixeur. Le moteur peina, et les fouets restèrent inertes. Les téléphones se turent.

Le temps d'un sourire crispé à la caméra, je débranchai et rebranchai le mixeur, et effectuai une nouvelle tentative. Rien à faire. Autant vouloir mixer une brique. Jack et Eileen n'avaient-ils pas pensé à ramollir le beurre ? « Température ambiante » signifiait-il quatre degrés lorsque nous étions à trois mille mètres d'altitude ?

Le visage d'Arthur se décomposa. On aurait dit que son meilleur ami venait de périr à bord du *Hidenburg*.

Dans un ultime essai, le moteur geignit, geignit, geignit encore, avant de me claquer littéralement entre les doigts, m'envoyant en guise de dernier soupir un jet de fumée noire au visage. Je me mis à tousser. Que préconisait Arthur en pareille situation ? *Raconte une blague*. Ma cervelle devait contenir tout un rayon d'anecdotes culinaires. Mais aucune ne me vint à l'esprit.

Dissipant la fumée avec la main, je clignai des paupières tout en cherchant Arthur du regard. Il gribouilla en catastrophe un ordre sur son ardoise : « CUISINE !!! »

Je décidai de coincer mon saladier sous un éléphantesque batteur à pied. Miracle ! Ses fouets eurent raison de mes briques de beurre, que je pus enfin compléter de sucre roux. Ragaillardie, je me risquai à casser un œuf sur le rebord du récipient, et la chance me sourit de plus belle : le blanc et le jaune tombèrent docilement dans ma mixture tourbillonnante.

– Aussi facile que soit la confection de biscuits, certains préféreront passer leurs journées sur les pistes, commentai-je avant d'ajouter, souriant de toutes mes dents : dans ce cas, qu'ils n'hésitent pas à s'adjoindre les services d'un chef à domicile !

Nems à la mexicaine sauce guacamole épicée

Pour 16 nems :

- *1,5 kg de blancs de poulet dégraissés coupés en petits dés*
- *2 oignons finement hachés*
- *1 ou 2 cuillerées à soupe de poudre de chili, selon la force recherchée*
- *250 g de haricots noirs en boîte, soigneusement égouttés*
- *100 g de piments verts hachés*
- *200 g de cheddar râpé*
- *200 g de gruyère râpé*
- *100 g de coriandre finement hachée*
- *1/2 piment rouge, épépiné et finement haché*
- *3 cuillerées à soupe de salsa picante*
- *1 cuillerée à café de sel*
- *16 carrés de feuilles de brick*
- *huile*

Dans une grande poêle, faire chauffer à feu moyen deux cuillerées à soupe d'huile. Y faire blondir les oignons et le poulet en tournant régulièrement, puis ajouter la poudre de chili et continuer de tourner. Lorsque les oignons ont fondu et que le poulet est juste cuit, retirer la poêle du feu et ajouter haricots, piments, fromage, coriandre, salsa, sel. Mélanger et réserver. Sur une surface légèrement farinée, étendre l'une après l'autre les feuilles de brick ; les remplir de garniture et les rouler.

Faire chauffer 1 cm d'huile dans une sauteuse, y frire les nems, 3 minutes sur chaque face, jusqu'à ce qu'ils soient bien dorés. Égoutter sur des feuilles d'essuie-tout. Servir avec le guacamole.

Guacamole :

- *1 avocat réduit en purée*
- *1 jus de citron vert*
- *2,5 dl de crème fraîche*
- *1 verre de salsa picante*
- *60 g de coriandre finement hachée*
- *1/2 oignon haché*
- *1/2 piment passé au hachoir ou au mixeur*

Mélanger l'ensemble ; l'écraser manuellement, ou bien le passer au mixeur ou au hachoir jusqu'à l'obtention d'une purée homogène. Mettre au frais et servir comme sauce avec les nems.

Gâteaux de crabe du Chesapeake sauce gribiche

Pour 6 gâteaux :

- *100 g de céleri finement haché*
- *1 oignon finement haché*
- *2 gousses d'ail concassées*
- *1 bonne cuillerée à soupe de mayonnaise allégée*
- *1 cuillerée à café de moutarde*
- *1/2 cuillerée à café de paprika*
- *1 cuillerée à café de sel*
- *1 ou 2 pincées de poivre de Cayenne*
- *500 g de chair ou de miettes de crabe*
- *160 g de chapelure, divisés en deux portions égales*
- *huile*

Dans une poêle, faire chauffer une cuillerée à soupe d'huile à feu moyen, y verser le céleri et l'oignon, puis baisser le feu et ajouter l'ail. Faire fondre sans colorer à feu modéré en tournant régulièrement pendant 3 à 5 minutes. Réserver.

Dans un grand bol, mélanger la mayonnaise et les épices. Ajouter le crabe, la moitié de la chapelure, puis le céleri, l'oignon et l'ail. Bien mélanger. Diviser en 6 portions égales, en faire des galettes de 10 à 12 centimètres de diamètre.

Étaler la seconde portion de chapelure sur une assiette et paner les galettes.

Préchauffer le four à 150°. Graisser légèrement un plat à gâteau rectangulaire.

Dans une grande poêle, faire chauffer une cuillerée à soupe d'huile à feu moyen. Lorsqu'elle se fige, y faire rissoler trois galettes, quatre minutes par face, puis les mettre au four dans le plat à gâteau. Remettre une cuillerée à soupe d'huile dans la poêle et recommencer l'opération avec les trois galettes restantes. Laisser les 6 gâteaux au four le temps de préparer la sauce.

Sauce gribiche :

- *1 échalote hachée menu*
- *2 cornichons émincés*
- *1/2 cuillerée à soupe de câpres*
- *1 cuillerée à soupe de persil finement haché*
- *1/2 cuillerée à soupe d'estragon frais finement haché*
- *1 cuillerée à café de jus de citron*
- *1/2 cuillerée à café de sauce Worcestershire*
- *1/4 cuillerée à café de moutarde*
- *1/2 cuillerée à café de sel*
- *1/4 cuillerée à café de sucre*
- *poivre noir du moulin*
- *1 verre de mayonnaise allégée*
- *1 gros œuf dur finement haché*

Dans un petit hachoir (ou un moulin à café propre), réduire en purée les échalotes, les cornichons, les câpres, le persil et l'estragon pendant 5 secondes environ. Réserver. Mélanger le jus de citron, la sauce Worcestershire, la moutarde, le sel, le sucre et le poivre, puis incorporer dans la mayonnaise avec l'œuf et le mélange aux échalotes. Servir avec les gâteaux de crabe.

Biscuits glacés au gingembre

Pour 5 douzaines de biscuits :

- *250 g de beurre doux ramolli*
- *350 g de sucre roux*
- *2 œufs*
- *1 cuillerée à soupe de mélasse brune*
- *2 cuillerées à café de vinaigre de cidre*
- *600 g de farine*
- *4 cuillerées à café de gingembre en poudre*
- *1 cuillerée à café de cannelle en poudre*
- *1/4 cuillerée à café de noix de muscade fraîchement râpée*
- *1/4 cuillerée à café de clous de girofle en poudre*
- *1/4 cuillerée à café de poivre de la Jamaïque*
- *1/2 cuillerée à café de bicarbonate de soude*
- *1 cuillerée à café de levure chimique*
- *1/2 cuillerée à café de sel*

Préchauffer le four à 170°.

Travailler le beurre en pommade. Y mélanger le sucre roux et les œufs jusqu'à obtenir un ensemble homogène, puis ajouter la mélasse et le vinaigre et battre vigoureusement. Tamiser ensemble tous les ingrédients secs et les incorporer progressivement dans la mixture. À l'aide d'une cuiller en bois, former des boules de pâte et les poser sur des feuilles de papier sulfurisé, en les espaçant de 5 cm. Faire cuire entre 10 et 12 minutes, jusqu'à ce que les biscuits aient gonflé et paraissent légèrement secs. Les laisser refroidir sur la feuille 1 minute, puis sur une grille.

Glaçage :

- *350 g de sucre glace*
- *2 cuillerées à soupe de crème fouettée*
- *2 cuillerées à soupe de lait*
- *1/4 cuillerée à café de vanille liquide*

Dans un saladier, mélanger tous les ingrédients avec un fouet. Y tremper le dessus des biscuits refroidis en les tenant par les côtés. Les laisser reposer sur une grille, jusqu'à ce que le glaçage ait durci, puis les superposer entre des couches de papier sulfurisé dans un récipient hermétiquement fermé.

Arthur abrégea ma séquence d'auto-promo en brandissant son ardoise : « GROUILLE !!! »

Le deuxième œuf se montra moins coopératif et m'explosa entre les doigts. Comble de malchance, la réalisatrice changea de caméra juste à temps pour suivre les miettes de coquille s'enfonçant dans la pâte visqueuse. J'imaginai les téléspectateurs atterrés se jetant sur leur téléphone : *Les coquilles font vraiment partie de la recette ? Cette femme exerce depuis longtemps ?*

Pestant en mon for intérieur, je coulai de la mélasse dans la pâte, y versai un verre entier de vinaigre, et m'emparai d'une râpe tout en soulignant la nécessité de râper la noix de muscade soi-même. Joignant le geste à la parole, je m'éraflai pas mégarde les phalanges de ma main droite, répandant quelques gouttelettes de sang au milieu de la poudre. Sans prendre soin de tamiser la farine et les épices, je jetai d'un bloc le reste des ingrédients dans le saladier et allumai le batteur. Lequel cracha en rugissant un nuage de poudre poivrée. Je cherchai à tâtons un torchon pour m'essuyer le visage, tandis que mon micro sifflait.

Arthur avait-il débouché la bouteille du dessert, et si oui, me laisserait-il la siffler une fois l'émission terminée ?

Fulminante, je segmentai la pâte en petites boules de la taille d'une balle de ping-pong, tandis que les bénévoles du standard échangeaient des regards consternés. Puis je plaçai les biscuits dans ce qu'Arthur appelait le « faux four » et tâchai de m'ébaudir en quelques mots sur les projets d'investissements de la chaîne.

Deux lampes s'allumèrent au-dessus du standard, qui ressuscita de son silence. Je me rinçai les mains et les essuyai au torchon. Ma montre étant recouverte de pâte, j'ignorais combien de temps il me restait. Je repris mon monologue, en recommandant aux pique-niqueurs mes gâteaux de crabe en sandwich.

La caméra numéro un fit un plan large sur l'ensemble des plats terminés, puis zooma sur les standardistes... de nouveau oisifs. Blême, Arthur fit envoyer le bandeau indiquant le numéro vert, suivi d'une séquence enregistrée rappelant quelques précautions élémentaires face aux avalanches : *Évitez les pentes abruptes et venteuses. Soyez attentifs aux bulletins d'alerte. Si vous êtes pris dans une neige instable, accrochez-vous à un arbre et ne bougez plus. Et surtout : ne vous aventurez hors piste sous aucun prétexte.*

Dommage qu'Arthur n'ait pas diffusé de tels conseils pour la cuisine en direct. Je me sentais honteuse, mortifiée. *Tu ne sais rien du tout, Goldy.* Rorry ne croyait pas si bien dire...

Je cherchai son visage dans la salle.

Elle n'était plus là.

4

Pendant que défilait le générique, j'examinai l'intérieur du Bistro. Arthur discutaillait avec la régie via le micro de son casque, et Jack tendait à Eileen une coupe à champagne remplie de jus d'orange – à moins qu'il ne s'agisse d'un cocktail orange-champagne. Elle leva son verre en lui offrant son plus beau sourire. Personne ne vint me féliciter ou m'annoncer les sommes recueillies. Certes, les accidents de biscuit avaient un peu gâché la fête, et l'absence à l'antenne de Rorry ne nous avait guère aidés. Mais il devait bien y avoir une bonne nouvelle quelque part.

Hélas ! la seule nouvelle à mon intention avait la forme d'un Doug Portman replet, qui me faisait signe tout en fendant la foule. Je déglutis. Comment accueillir un homme avec qui l'on est sorti trois malheureuses fois, huit ans plus tôt ?

– Salut, Goldy ! aboya-t-il. Tu as oublié mon invitation !

– Désolée, mais j'ai...

– Prête à swinguer ? Ça tombe sec, dehors !

Les regards convergèrent sur lui.

– Ouais, j'arrive.

Je dégrafai mon micro et considérai le bazar sur le comptoir. Dieu merci, le nettoyage était assuré par le personnel du Bistro.

– Arch et Todd sont partis suivre un cours de snowboard, m'informa Eileen en surgissant dans mon dos. Un mimosa avant de partir ?

– Non, merci. J'ai une affaire à régler, et il vaut mieux que je sois à jeun. Tu vas redescendre à ski ?

Elle répondit qu'elle restait un peu pour s'entretenir avec l'équipe de PBS.

Vu le monde, je ne pouvais me changer dans la cuisine. Alors j'attrapai mes vêtements et pris le couloir menant aux toilettes des dames, suivie d'Eileen.

– Désolée pour le beurre, soupira-t-elle alors que j'enfilais mon fuseau. Il était quasiment congelé dans la chambre froide. Mais le micro-ondes est en panne, et je craignais de lui donner un sale aspect si je le travaillais à la main.

– Ne t'en fais pas, Eileen. Dis-moi, Jack compte-t-il descendre tout de suite ? Je tenais à le remercier pour son aide.

– Non, il doit préparer le déjeuner. Tu es sûre que ça va, Goldy ?

– Oui, bien sûr.

Au retour vers la salle nous fîmes halte devant la baie vitrée. Le ciel était blanc argenté, et la neige déferlait sur la piste dite la « Faiseuse de Veuves ». Il n'en fallut pas plus pour que je repense à Rorry.

– Tu peux rester chez nous si la météo ne s'arrange pas, proposa Eileen. Arch est déjà invité pour la nuit prochaine.

– C'est gentil, mais j'ai promis à Tom de rentrer dans l'après-midi. Je récupérerai Arch demain, en revenant de chez Arthur.

– Je te souhaite bien du courage, si tu comptes rejoindre Aspen Meadow par ce temps.

– Tout ira bien, promis-je avant de prendre congé et de la remercier une dernière fois.

Au loin se détachait la combinaison de ski noire métallisée de Doug, ainsi que son chapeau de cow-boy en cuir. Il crapahutait en direction des râteliers enneigés. Avant de décrocher ses skis, il scruta les environs. À ma recherche, sans doute. Il ôta son couvre-chef nappé de flocons et le frappa contre sa cuisse. L'objet atteindrait-il le bas de la montagne, ou rejoindrait-il les cinquante autres Stetson qui croupissaient aux objets trouvés du chalet ?

Je fermai mon anorak, enroulai mon écharpe et nouai le

cordon de ma capuche. Voyant la coupe à champagne vide dans la main d'Eileen, je priai pour qu'elle ne reprenne pas les skis dans un futur proche.

Dans la salle à manger, le personnel du restaurant déblayait les vestiges de l'émission pendant que les standardistes dévoraient mes plats, sans couteau ni fourchette. À croire que l'action caritative ouvre l'appétit ! Une bénévole, épouse d'un membre du club de chasse de Killdeer, enfourna un nem dans sa bouche avant d'expliquer péniblement qu'on avait levé six mille dollars en une demi-heure.

– C'est très bon ! conclut-elle, sans que je sache si elle parlait du score ou de mon plat.

Elle se resservit deux fois avant d'ajouter :

– Surtout avec ce qui nous est tombé dessus !

Ayant regagné le restaurant, Doug Portman arpentait les lieux avec impatience. Je n'aimais pas qu'on me bouscule, mais il ne servait à rien de lambiner. Alors je renfilai mes nouvelles moufles – un cadeau de Tom – et mes chaussures de ski, et gagnai l'entrée aussi gracieusement que possible, ce qui, dans cette tenue, était une gageure.

– Il neige de plus en plus, m'informa Doug dans le vestibule. On va prendre la Faiseuse de Veuves, puis la Vallée des Biches et le Toboggan. On se retrouve au Grand Plan.

Comme son nom l'indiquait, le « Grand Plan » était une immense carte de la station plantée au pied des pistes, et par là même un important point de ralliement. Même seule, je saurais le retrouver sans problème. Mais pour ce qui était du parcours choisi par Doug – une piste noire toute bosselée, une verte qui promettait d'être verglacée et une autre noire –, ce serait sans moi.

– Tu n'as qu'à passer devant, dis-je avec diplomatie. Je préfère prendre un autre itinéraire, quitte à arriver quelques minutes après toi.

– Ah non ! Je ne veux pas que tu skies *derrière* moi, mais *avec* moi. Et je suis déjà à la bourre. (Après un instant d'hésitation, il ajouta :) Tom sait qu'on se voit aujourd'hui ?

– Bien sûr, mentis-je.

– Parfait. J'ai quelque chose pour lui dans ma voiture.

Fais-moi penser à te le remettre. (Il me posa la main sur l'épaule.) Ça fait plaisir de se revoir, Goldy.

Me libérant en douceur, j'avançai jusqu'à la porte sans dire un mot. Sans les skis de collection, cette rencontre n'aurait jamais eu lieu, et Doug était bien le seul à y prendre *plaisir*. Je consentis à le suivre, mais à mon rythme.

Dehors, d'épaisses stalactites pendaient aux gouttières du perron, et la neige pleuvait par nappes drues. Doug décrocha ses skis du râtelier, sauta dans les fixations, et prit le large sans même se retourner, aussitôt avalé par la neige.

Plus timorée, j'attaquai la Faiseuse de Veuves par son côté lisse. Le poids sur le ski aval, on appuie sur la voûte plantaire, m'avait appris mon premier moniteur. Je tâchai d'appliquer au mieux ses conseils.

La neige qui tombait, l'absence de soleil, mes lunettes teintées, tout cela réduisait ma visibilité. Doublée à toute allure par d'autres skieurs, je restai concentrée sur le tapis blanc que je voyais se dérouler à moins de deux mètres devant moi. Si je trouvais d'ordinaire le ski relaxant et revigorant, il n'en était rien sur des pentes aussi ardues. Je m'entendais souffler comme un bœuf, et craquer de tous mes os.

La plupart des pistes sont comme des pièces montées à étages : de longs versants entrecoupés de brefs paliers, sur lesquels on peut retrouver des amis, son chemin ou ses forces. M'arrêtant au premier d'entre eux, je découvris un panneau indiquant deux pistes vertes. L'une était la Vallée des Biches mentionnée par Doug, qui débouchait sur des noires. L'autre s'appelait la Piste des Oursons, nom rassurant au demeurant. Puisqu'elle permettait également de rattraper le Toboggan, je décidai de m'y engager.

Je ne fus pas déçue. La pente était lisse et moelleuse, sans être trop faible. Ma confiance retrouvée, je m'offris un peu de vitesse. Après toute la tension de l'émission, ce fut une délivrance. J'avais l'impression de voler.

Au terme d'un long dérapage je fis halte sur le dernier palier. L'entrée du Tobbogan était barrée d'un cordon jaune tendu entre deux pancartes signalant : « Piste fermée pour cause de mauvais temps. » Quelle autre solution Doug aurait-il retenue ? Adjacente au Toboggan, se trouvait une noire deux étoiles – le summum de la difficulté – au doux nom de « Chair à Cercueil ». Seuls les skieurs les plus expérimentés ou les plus casse-cou s'y aventuraient. C'est là qu'avait dû passer Doug. Et c'est là que je n'irais pas.

Sur ma gauche, une flèche annonçait la Boogie-Woogie, une verte. J'attendis pour m'y rendre que soit passée une jeune classe de snowboarders conduite par un moniteur en tenue bleue. Gravant des sillons dans la couche neigeuse, les gosses épousaient les reliefs du sol, bras déployés comme des ailes, couchés dans les virages, aussi agiles et véloces que des surfeurs aquatiques. Je crus reconnaître Arch dans son nouveau blouson bordeaux, mais en criant son nom je n'obtins aucune réponse. Le groupe tout entier me frôla sans un regard.

Grelottante sous mon anorak, le visage mordu par des miettes de glace, je rejoignis la Boogie-Woogie, que je savais sinueuse mais sans surprise majeure. C'est un Doug furieux que je retrouverais en bas. Mais il était hors de question que je m'aventure sur la Chair à Cercueil.

Les quelques lignes droites de la piste étaient bordées d'arbres à gauche et d'une corde jaune à droite. Au bout de quelques instants, je me rangeai le long de la corde pour souffler. Si la grisaille dissimulait les monts éloignés, le panorama sur la vallée était époustouflant. Derrière la ligne jaune, un no man's land de cailloux et de pins me séparait du Toboggan et de la Chair à Cercueil. Sur cette derrière, une poignée de pros godillait au milieu des bosses. Dieu merci, je n'aperçus aucun surfeur : voir Arch sur une piste noire m'aurait sûrement achevée.

Je repartis tout schuss jusqu'au virage suivant, où s'était formé un attroupement. Poussant sur mes cuisses, j'enfonçai mes carres dans la neige et freinai dans un geyser de flocons.

Pourquoi s'étaient-ils tous arrêtés ?

Je sentis quelque chose me frôler la joue : une grosse cendre. Ou un morceau d'emballage. J'essayai aussitôt de l'attraper. Il s'agissait bien de papier froissé. C'est alors que je vis des dizaines de confettis similaires tournoyer dans l'atmosphère.

Comme si l'on avait lâché du téléphérique un journal en lambeaux.

– Eh, maman ! Par ici ! lança la voix d'Arch.

Je cherchai mon fils du regard, en vain. Autour de moi les skieurs se jetaient sur les papillons gris.

– Où es-tu, Arch ? répondis-je.

– Ici, maman ! fit-il en dérapant à ras de mes skis.

Emmitouflé dans son ensemble bordeaux et sa cagoule de terroriste, les lunettes relevées sur son front, il serrait dans son gant une liasse de papiers.

– Du fric ! s'exclama-t-il, l'œil pétillant. Ce sont des billets de cent dollars ! Ils tombent du ciel ! Tiens. (Il me les fourra dans la main.) Range-les dans ta poche.

Je n'eus pas le temps de protester qu'il s'élançait sur son surf pour continuer sa cueillette.

La foule se mit à glapir quand une rafale de vent souleva les billets du sol, comme si le ciel voulait reprendre son bien. Un pisteur apparut et appela les gens au calme, sans succès.

Interloquée, je contemplai bêtement l'argent dans ma main, avant de le plonger dans ma poche. Puis je poussai sur mes bâtons pour atteindre l'extrémité droite de la piste. Mais le vent tourna d'un coup et rabattit dans ma direction une nouvelle salve de billets, dont deux m'aveuglèrent en se collant à mes lunettes. Me dégageant le visage, je tentai de discerner leur source. Elle semblait se situer en contrebas de la piste.

Le cordon sur ma droite était détaché, qui s'enfonçait dans la poudreuse entre deux piquets. Derrière ceux-ci, une rangée de pierres barrait l'accès à la piste d'en dessous. Après un instant d'hésitation, je franchis la limite interdite et m'avançai avec prudence sur les pierres, jusqu'à la corniche dominant le Toboggan. Un bouquet d'arbres et de nouveaux rochers m'empêchaient de distinguer la piste. L'argent continuait de pleuvoir. J'avais un mauvais pressentiment, en dépit des cris de joie des autres skieurs. Utilisant le pas d'escalier que connaissent tous les débutants, je remontai de quelques mètres pour contourner la coulée de pierres.

C'est alors que j'avisai, au pied d'un petit peuplier dénudé, un chapeau de cow-boy. Je tressaillis. Bloquant ma respiration, je m'avançai jusqu'au bout de la corniche.

Étendu entre deux bosses, Doug Portman gisait dans la poudreuse. Ses jambes paraissaient brisées par un ski, et son bras gauche était complètement démanché. Une flaque de sang imprégnait la neige.

– Vite, les secours... chuchotai-je pour moi-même tout en remontant vers la Boogie-Woogie.

Les skieurs continuaient de chasser les billets volants.

– À l'aide ! criai-je.

Personne ne réagit.

J'ouvris mes fixations, dressai mes skis et les plantai en croix dans le sol, le code pour alerter les sauveteurs. Puis je retournai en trottant à l'extrémité de la corniche. Doug allait sûrement s'en sortir. Il serait évacué en hélico et vite réanimé...

– Maman ! cria Arch en se frayant un chemin jusqu'à moi, poussant son surf d'un pied. Qu'est-ce qui se passe ? Où sont tes skis ?

Des deux mains je lui fis signe de rester où il était. Puis je jetai un coup d'œil par-dessus la corniche. Doug n'avait pas bougé.

Je ne voulais pas qu'Arch le voie. Je savais que Doug Portman était mort.

5

– Pourquoi as-tu croisé tes skis, maman ? Tu es blessée ? demandait Arch, distant d'une dizaine de mètres.

Je secouai la tête pour le rassurer. Que faisaient les secours, bon sang ? Un nouvel essaim de billets jaillit. La foule des curieux augmentait, se jetait littéralement sur cet argent inespéré, quand une femme émit un cri d'effroi.

– Ah ! C'est dégoûtant ! fit-elle en lâchant une poignée de billets. C'est du sang ! Il y a du sang sur les billets !

Levant les yeux, elle nous aperçut, mon fils et moi, derrière mes skis en croix, et disparut aussitôt.

Les autres ralentirent leurs mouvements, examinèrent les coupures à la lumière, et bientôt tout le monde se débarrassa de son butin. Les nouveaux billets tachés ne trouvèrent pas preneur et salirent la neige d'un filet rose. Les skieurs se dispersèrent sans demander leur reste.

– Qu'est-ce qui se passe ? répéta mon fils.

– Que se passe-t-il ? s'enquit en écho un skieur surgissant derrière lui.

Grand et mince, il portait des lunettes profilées à la mode, un bandeau rouge et un uniforme. Pas trop tôt !

– Tu vas bien ? demanda-t-il à Arch. À qui appartiennent ces skis ?

Arch pointa le doigt dans ma direction, et je fis de grands gestes. Un autre skieur s'arrêta à mon niveau, m'aspergeant le visage de neige. Lui aussi voulut savoir de quoi il retournait.

Mais le secouriste le congédia en affirmant qu'il avait la situation en main.

– Pouvez-vous parler, madame ? Vous êtes blessée ?

Les yeux bleu clair, les cheveux grisonnants et la peau hâlée du sauveteur lui donnaient un air expérimenté qui m'inspira confiance.

– Éloignez mon fils, dis-je avec fermeté, comme si j'avais parfaitement évalué la situation. Je vous en prie. Ce que j'ai à vous montrer n'est pas de son âge.

Après un instant d'hésitation, il se retourna vers Arch.

– Jeune homme, pourrais-tu nous attendre au chalet des sauveteurs, en bas des pistes ? Je m'occupe de redescendre ta mère.

Arch me dévisagea avec inquiétude. Je lui fis signe que tout allait bien. Alors il consentit à nous laisser.

– Vous êtes blessée ? reprit le type. Comment vous appelez-vous ?

Je lui dis mon nom et ce que j'avais vu sur le piste d'en dessous, avant d'indiquer l'endroit sur la corniche d'où le corps était visible. S'élançant en pas de canards il fut rendu en un clin d'œil. Il avança la tête au-dessus du précipice, siffla de stupeur, et empoigna son talkie-walkie pour débiter une série d'instructions.

– Avez-vous vu chuter cet homme ? me demanda-t-il après avoir éteint son appareil.

Je secouai la tête.

– Avez-vous vu quelqu'un l'agresser ?

Non plus.

– Il n'y a personne d'autre sur cette piste, remarqua-t-il d'un air intrigué.

– Elle est fermée.

– Ah bon ? Depuis quand le Toboggan est-il fermé ?

– Je l'ignore.

– Depuis combien de temps êtes-vous ici ?

– Ça doit faire un quart d'heure. Écoutez, je suis frigorifiée et mon fils a besoin de moi. (J'ajoutai, après un instant de flottement :) Il faut que je vous dise quelque chose. Je... je connais cet homme. Nous sommes partis ensemble du sommet de la montagne, et nous avions rendez-vous en bas, mais il skiait beaucoup plus vite que moi et...

– Les secours vont arriver. Comment s'appelle-t-il ?

Je lui répondis, et il hocha lentement la tête.

– À présent, madame Schulz, j'aimerais que vous regardiez là scène à nouveau, afin que vous me disiez si l'homme est exactement dans la même position que lorsque vous l'avez découvert. C'est très important.

Le bruit de motoneiges s'élevait du bas du Toboggan. Je me penchai une dernière fois au-dessus du vide, incapable d'imaginer comment Doug Portman avait pu faire une telle chute. Son corps était désarticulé, le tronc vrillé, comme un gros épouvantail renversé par une tempête. Si les flocons n'avaient pas terminé de recouvrir son visage, ses habits clinquants s'effaçaient par endroits sous une couche de neige fraîche. Son deuxième ski avait fini sa course cinq mètres plus bas, et un bâton gisait au beau milieu de la piste. Ce qui ressemblait à ses lunettes trônait au sommet d'une bosse. Deux choses avaient bel et bien changé depuis la découverte du drame : il y avait davantage d'argent dispersé, et l'affreuse tache de sang s'était élargie sous son épaule.

Une question du secouriste me laissait songeuse : *depuis quand le Toboggan est-il fermé ?* Avant ou après le moment où Doug s'y était engagé ?

Trois motoneiges s'arrêtèrent devant le corps inanimé. Des bribes de phrases s'élevèrent jusqu'à mes oreilles. *Dégagez... Soulevez... Doucement.* En un clin d'œil le traîneau était chargé et prêt à redescendre. L'empreinte de Doug dans la neige était écarlate et jonchée de billets.

Qui avait fermé la piste ? Et quand ?

Quelqu'un savait-il que Doug transportait une telle somme d'argent ?

Vivre avec un lieutenant de police me rendait peut-être paranoïaque. Et pourtant, je tendais à croire que Doug avait été frappé. Le problème, c'est qu'en déplaçant le corps on faisait disparaître des indices.

– Pourrez-vous descendre toute seule, madame Schulz, ou préférez-vous que je vous accompagne ?

– Attendez, pourquoi évacuent-ils la victime ? Je veux dire... avant même l'arrivée des toubibs ou... de la police ?

– Ils ne font qu'appliquer la procédure, répondit le patrouilleur en me dévisageant d'un air méfiant. Ne vous inquiétez pas pour M. Portman. Nous avons la situation en main. Mettons-nous en route, voulez-vous ?

J'acquiesçai. Il murmura dans son talkie, regagna avec agilité le bord de la Boogie-Woogie, et attendit que je rechausse mes skis. Dix minutes plus tard, transis mais entiers, nous arrivâmes au poste de patrouille de la station, un petit chalet aux ornements verts jouxtant la boutique de location. Arch, qui nous guettait par la grande fenêtre, se précipita pour nous ouvrir la porte.

– Tu vas bien, maman ? demanda-t-il d'une voix blanche.

– Appelle Tom, répondis-je. Demande-lui de venir à Killdeer au plus vite. Dis-lui que nous sommes sains et saufs mais qu'il y a une urgence. Tu veux bien, mon chéri ?

Arch hocha la tête et gagna la cabine téléphonique au fond de la salle. Avec ces murs couverts de cartes d'état-major percées de punaises colorées, on se serait cru dans un poste de commandement militaire. Une poignée de patrouilleurs postés dans un coin m'étudièrent avant de reprendre leur conversation.

– Allons dans la pièce du fond, madame Schulz.

Mon escorte aux cheveux gris me conduisit à un petit bureau, où il me fit asseoir avant de s'excuser un instant.

J'avais à peine ôté mon blouson que mon fils passait la tête dans l'embrasure de la porte. Il avait les cheveux en pagaille, et les joues cramoisies.

– J'ai eu Tom, annonça-t-il. Je lui ai expliqué que tu avais eu un accident de ski mais que tu étais indemne. Les mecs en uniforme ont refusé que je te le passe. Tom a demandé pourquoi, et j'ai répondu que je n'en savais rien. Il a dit qu'il partait sur-le-champ, et qu'il sera là d'ici une heure et demie. (Arch remonta ses lunettes de vue sur son nez, puis ajouta :) Sérieusement, tu n'es pas blessée ?

– Non, mon chéri, je n'ai rien.

– Mais qu'est-ce qui s'est passé ? Un type aux poches pleines de fric s'est planté ?

– Ce doit être ça. Une mauvaise chute.

Il tourna la tête vers le hall, avant de chuchoter :

– J'ai l'impression qu'ils s'engueulent, là-bas. Je te laisse.

Quelques instants plus tard le patrouilleur réapparut, flanqué d'un colosse d'une quarantaine d'années, brun, au visage sombre et buriné, vêtu d'une combinaison bordeaux frappée du logo de Killdeer. Il se présenta : Joe Magill, de la police municipale de Killdeer. Puis posa sous mon nez un gobelet fumant.

– Votre fils nous a confié votre goût pour le café, dit-il.

– Merci, répondis-je.

Je regardai le jus sans y toucher.

Magill déclara d'un air pincé qu'il prenait en main cette affaire. Puis, indiquant le patrouilleur, il supposa que je connaissais déjà Ted Hoskins et m'invita, si je le voulais bien, à répondre à quelques questions. Je les laissai s'asseoir sans protester, alors que je connaissais le protocole en la matière : seul le shérif du comté de Furman pouvait ouvrir une enquête ; il s'adjoindrait le concours de l'Office des forêts, qui louait ses terres à la station, et de la patrouille à ski. Autrement dit, pour ce qui était de *prendre en main cette affaire*, la police municipale de Killdeer ne venait qu'en quatrième position.

– Alors voilà, commença Joe Magill, nous aimerions que vous racontiez votre journée, à partir du moment où vous vous êtes levée.

– Excusez-moi, monsieur Magill, mais... vous êtes de la police municipale, n'est-ce pas ?

– Tout à fait, madame Schulz. Chaque fois qu'il se produit un incident sur les pistes, c'est nous qui nous sommes chargés d'enquêter. Avez-vous vu l'accident ?

– Pourriez-vous me dire où se trouve Doug Portman à l'heure qu'il est ?

Magill se renversa sur son siège, visiblement agacé.

– Portman est mort sur le chemin de l'hôpital. Je suis désolé.

– Je vois...

– Votre fils nous a dit que votre mari est de la police ? reprit-il.

– C'est exact. Il est en route.

– Comprenez que ceci n'a rien d'un interrogatoire officiel, madame Schulz. Cela, le bureau du shérif s'en chargera dès qu'il aura dépêché un homme sur place. La station veut juste savoir si vous avez été témoin de l'accident.

– Et en quoi cela peut-il l'intéresser ?

Magill s'éclaircit la voix.

– Dans ce genre d'affaire, en l'occurrence la mort inexpliquée d'une figure emblématique de Killdeer, il faut s'attendre à certaines retombées. C'est pourquoi nous tenons à savoir ce qui s'est réellement passé.

Le café posé devant moi m'aurait sans doute fait du bien, mais je m'abstins d'y toucher, pour ne pas donner l'impression de concéder un point à Magill, que je connaissais trop peu pour lui accorder ma confiance. En outre, je savais d'expériencc qu'il faut se méfier des propos que l'on tient, et que Tom m'aurait conseillé d'attendre l'émissaire du shérif pour parler.

– Au fait, monsieur Magill, avez-vous songé à prévenir Mme Portman ? demandai-je, tout en essayant de me rappeler son visage.

J'avais rencontré Elva Portman lors d'un barbecue de la police voilà quelques années, et l'avais revue un bref instant lors d'un vernissage dont j'assurais le buffet. Cheveux de jais et teint diaphane, elle était chic et sophistiquée. Aimait les impressionnistes. Détestait les poivrons.

Magill remua de nouveau sur son siège, faisant froufrouter sa combinaison.

– Elva et Doug Portman ont divorcé il y a un ou deux ans, m'apprit-il. Elle vit désormais en Italie. Donc, vous connaissiez Portman, mais vous êtes restée longtemps sans nouvelles ? Le patrouilleur Hoskins m'a dit que vous skiiez ensemble...

Je levai les yeux au plafond, rongé d'humidité. *Ce type n'a pas besoin de connaître mon histoire.* Même Tom ignorait que Portman devait acheter ses skis. Et je voyais déjà le titre du journal : *Une personnalité locale meurt en allant retrouver la femme d'un policier.* Comme je regrettais d'avoir repris contact...

Je vis que mon silence exaspérait Magill.

– La patrouilleur Hoskins m'a dit que vous étiez liée à Portman. Mais votre fils affirme ne pas le connaître...

– Mon fils ? Vous avez dit *mon fils* ? Vous devez pourtant savoir qu'il est interdit d'interroger un mineur en l'absence de ses parents !

L'uniforme de Magill grinça lorsqu'il se pencha en avant.

– Je ne suis pas là pour vous embêter, madame Schulz. Je sais que vous êtes traiteur, je sais que vous animez une émission culinaire. (Il se mordit l'intérieur de la joue, puis demanda d'une voix traînante :) Dois-je comprendre à votre silence que vous êtes en service commandé pour votre mari ?

– En service commandé pour mon mari ? répétai-je, abasourdie.

D'où lui venait une idée pareille ? Il savait pourtant que je présentais mon émission. Et tant qu'on y était, j'aurais aimé qu'il sache aussi que j'avais enduré coup sur coup une tempête de neige, un ratage qui resterait dans les annales du direct, et la découverte d'un ami agonisant. C'est-à-dire suffisamment pour que Monsieur me fasse grâce de ses élucubrations ! Mais que faisait la police, bon sang ?

À cet instant, comme si le ciel exauçait ma prière, un petit homme brun et moustachu vêtu de vert surgit dans le minuscule bureau. Je lus sur son insigne « Sergent Bancock, adjoint au shérif ».

– Excusez mon retard, madame Schulz, mais je me trouvais à proximité du tunnel Eisenhower quand on m'a prévenu. J'ai fait aussi vite que j'ai pu. (Se tournant vers Magill :) Je vous tiendrai au courant. (Puis vers l'autre :) Hoskins, vous restez.

Furieux d'être évincé, Magill sortit en claquant la porte. Tirant un calepin de sa poche, le sergent Bancock s'assit et me posa une série de questions de routine : nom, prénom, les raisons de ma présence à Killdeer, etc. Comme Magill, il me demanda de décrire ma journée, ce à quoi je consentis cette fois.

J'étais parvenue dans mon récit au moment où je me penchais par-dessus la corniche, quand apparut la carcasse mon mari. *Dieu soit loué !*

Avec son physique d'ours, ses doux yeux verts et ses épais cheveux châtains, Tom n'avait pas besoin de préciser qu'il maîtrisait la situation. Cela allait de soi.

Bancock se leva pour lui serrer la main.

– Salut, Schulz. On a commencé sans toi.

– Voici le patrouilleur Hoskins, dis-je en me levant à mon tour.

Tom salua Hoskins d'un hochement de tête, avant de m'enlacer.

– Tu vas bien, Miss G. ? Tu veux prendre l'air quelques instants ?

– Merci, mais j'ai hâte qu'on en finisse. Est-ce que... ?

– Oui, Arch est reparti avec les Druckman. Il passera une deuxième nuit là-bas. Je te raccompagnerai à la maison, si tu le souhaites. La camionnette pourra rester ici.

« Oh oui, ramène-moi à la maison ! » voulais-je crier. Mais je me contentai d'assurer que j'allais bien. Tom me sourit tendrement, et nous nous rassîmes l'un à côté de l'autre. Le sergent Bancock tourna la page de son carnet.

– Ce ne sera plus très long, madame Schulz. Du moins, pour l'instant ; le coroner souhaitera peut-être vous entendre ultérieurement. En outre, libre à vous de vous confier à la police municipale de Killdeer, mais sachez que rien ne vous y oblige. (Il relut rapidement ses notes.) Donc, vous avez déclaré au patrouilleur Hoskins que vous deviez retrouver Douglas Portman un peu plus tard dans la matinée. Est-ce exact ?

J'adressai à Tom un regard coupable. S'il percevait mon remords de ne pas lui avoir dit à qui j'allais vendre ses skis, peut-être saurait-il me pardonner...

Mais il parut moins contrarié qu'ébahi :

– Retrouver Doug Portman ? Tu allais vendre mes skis à *Doug Portman* ?

– Je savais qu'il collectionnait ce genre de trucs et...

– Où l'aviez-vous rencontré ? m'interrompit Bancock tout en tançant Tom du regard.

– Voyez-vous, sergent, Tom et moi sommes mariés depuis moins de deux ans. Avant cela, j'étais une mère divorcée, et il m'arrivait de sortir. C'est ainsi que j'ai passé deux ou trois soirées avec Doug Portman, ce qui a suffi à m'apprendre qu'il collectionnait les reliques militaires. Et qu'il allait s'engager en politique. Du temps où nous sortions ensemble, il exerçait comme comptable assermenté auprès des tribunaux. Je l'avais engagé dans le cadre de ma procédure de divorce d'avec mon premier mari. Puis nous nous sommes perdus de vue pendant des années. Je savais qu'il s'était marié. Et j'apprends à l'instant qu'il était séparé. Il m'est arrivé depuis de le croiser dans les pique-niques de la police. Je l'ai rappelé quand Tom a décidé de vendre une paire de skis datant de la Seconde Guerre mondiale, et nous sommes convenus de nous retrouver après l'émission que je tournais ce matin.

Bancock remplit quelques lignes de son calepin, puis se pencha en avant.

– Et ce fut le cas ? demanda-t-il.

– Oui. Il a assisté au tournage. Puis on a chaussé nos skis en se donnant rendez-vous au Grand Plan. Je savais donc qu'il portait une combinaison foncée et un chapeau de cow-boy. Voilà comment je l'ai reconnu sur la piste, après... sa chute.

Bancock cessa d'écrire.

– L'avez-vous vu boire de l'alcool ?

– Non, répondis-je sans hésiter. Pas plus que je ne l'ai vu manger.

– Se plaignait-il de maux de tête, de nausées, de douleurs à la poitrine, ou de choses de ce genre ?

– Pas du tout.

– Mais paraissait-il ivre ?

Je secouai la tête.

– Fatigué ?

Pas davantage.

– Aviez-vous déjà skié ensemble ?

– Jamais.

Bancock se remit à écrire.

– Avait-il descendu une ou plusieurs pistes avant de rallier le Bistro ?

Je me repassai mentalement les images de la matinée. Doug m'avait-il paru rouge, transpirant, pantelant ? Exténué ?

– Je ne pense pas. Pourquoi ?

– Le Toboggan était-il prévu sur votre itinéraire ?

– Oui, mais il était fermé.

– En effet, il était fermé. Une corde barrait l'entrée de la piste. Sauf qu'aucun pisteur ne se souvient avoir pris cette décision.

Hoskins croisa le regard de Bancock, lequel lui passa le relais.

– Et son matériel ? demanda le patrouilleur. Vous n'avez rien remarqué d'anormal au niveau de ses skis ou de ses chaussures ? Ses bâtons, ses fixations ? Il n'a rien signalé comme étant défectueux ou déréglé ?

Quand j'eus fini de secouer la tête, Bancock reprit la parole :

– Très bien. Maintenant, pourriez-vous nous répéter la séquence précise des événements après que vous êtes sortis du restaurant ? Chaque détail compte.

Je me lançai et, au moment de décrire la pluie de billets, je me souvins avoir empoché une liasse. Je sortis les coupures ensanglantées et les déposai dans le sac en papier que me tendit Hoskins. Puis j'expliquai comment la curiosité m'avait conduite au corps de Doug, etc. Je conclus en estimant à vingt-cinq minutes le temps séparant mon départ du Bistro de cette macabre découverte.

– Pourriez-vous nous décrire avec exactitude l'aspect de la victime ? demanda Bancock sur un ton clinique.

J'obéis à nouveau : la combinaison, le chapeau, les skis détachés, le bâton au milieu de la piste ; Doug recouvert de neige, inconscient, qui semblait s'être mal reçu après une chute spectaculaire ; et tout ce sang... Je tressaillis sur mon siège.

– Et quelle fut votre première pensée en le voyant dans cet état, madame Schulz ?

– Je me suis dit qu'il s'était cogné la tête.

– Et l'argent ? ajouta Bancock en tapotant son carnet. Lui aviez-vous demandé de payer en espèces plutôt que par chèque ?

– C'est lui qui m'a parlé d'espèces, et je n'ai pas demandé pourquoi. Huit mille dollars.

Tom leva les yeux au ciel.

– Quelqu'un d'autre savait-il que M. Portman transportait tout ce liquide ? continua le sergent.

– Je n'en ai pas la moindre idée.

Me tournant d'un air piteux vers mon mari, je vis qu'il était livide.

– Que se passe-t-il ? m'alarmai-je.

Ayant l'assentiment visuel de Bancock, Tom expira longuement et répondit :

– Doug Portman présidait la Commission des Remises de peines. Tu l'ignorais ?

– Oui, je l'ignorais.

Me revinrent d'un coup les propos de Cinda Caldwell au sujet du poivrot qui menaçait d'empoisonner un flic. Pouvait-on qualifier de flic le président de cette Commission ?

– Attendez, il y a autre chose, ajoutai-je avant de rapporter les confidences de Cinda et de demander à Tom s'il avait reçu mon message.

Il secoua la tête ; il n'avait pu interroger sa boîte vocale. Bancock nota « Pause Cannelle » sur ses tablettes, puis demanda si Hoskins avait d'autres questions. Négatif. Alors l'adjoint du shérif survola ses notes et demanda nos numéros de téléphone. Pendant que Tom les lui dictait, je sortis du bureau pour regarder le ciel par la fenêtre. Il neigeait toujours aussi fort.

Ton mari sait qu'on se voit aujourd'hui ?

J'ai quelque chose pour lui dans ma voiture...

Mince !

Je rebroussai chemin à toute vitesse.

– Sergent Bancock, j'ai oublié un détail. Ce matin, juste avant notre départ du Bistro, Doug m'a dit qu'il avait quelque chose pour Tom.

Bancock leva un sourcil intrigué, aussitôt imité par mon mari.

– De quoi s'agissait-il ? demanda le sergent.

– Aucune idée. Il a juste précisé que l'objet en question se trouvait dans sa voiture.

– Et savez-vous à quoi ressemble son véhicule ?

Je secouai la tête. Hoskins et Bancock nous abandonnèrent pour pêcher l'information auprès du secrétariat de Doug.

– À tout hasard, tu n'as pas reçu de lettre provenant de la Commission des Remises dernièrement ? me demanda Tom à mi-voix.

– Non, pourquoi ?

– Lorsqu'un condamné sollicite une révision de peine, la Commission consulte ses victimes et leurs proches. Et, comment dire... Si tu recevais un tel courrier au sujet de John-Richard, cela pourrait éveiller toutes sortes de soupçons, si tu voix ce que je veux dire.

– Quoi ? Quels soupçons ? Quel rapport y aurait-il entre cette mort et l'Enfoiré ? Écoute, Tom, je suis juste *sortie* avec Doug Portman il y a huit ans. Et ce matin je n'avais d'autre intention que de lui vendre des skis. Dans un cas comme dans l'autre, je n'y vois rien de criminel. Ni le moindre rapport avec mon ex.

– John-Richard est incarcéré à la prison de Furman depuis combien de temps ? Quatre mois, c'est ça ?

Le sang me monta au visage. *Pitié, pas de libération anticipée pour l'Enfoiré. Pas maintenant, pas déjà...* Je refis le calcul. En septembre dernier, John-Richard avait été reconnu coupable de coups et blessures sur une autre femme que moi. Le pénitencier de l'État étant bondé, il purgeait sa peine de deux ans dans la prison du comté de Furman.

– Presque quatre mois, confirmai-je. Mais il ne peut être libéré si tôt, tout de même ?

– Désolé, Miss G., je n'ai pas tous les textes en tête.

– Non, c'est impossible. De toute façon, Doug Portman est mort sur une piste de ski. John-Richard n'y est donc pour rien. Point final.

Mais je savais que nous n'étions qu'au début de nos surprises. J'entendais d'ici les questions des enquêteurs : pourquoi Doug avait-il tenu à payer en liquide ? Que faisait-il sur une piste fermée ? D'ordinaire les décès à ski étaient dus à des infarctus, à des collisions ou à des hémorragies internes. Or, vu le volume de sang répandu sur la piste, les blessures de Doug n'avaient rien d'interne.

Je savais aussi que le premier suspect en cas de mort mystérieuse est l'individu qui découvre le cadavre. Une femme trouve le corps sans vie du président de la Commission des Remises de peines. Condamné pour coups et blessures, l'ex-mari de cette femme vient d'obtenir dudit président sa libération anticipée. Révoltée par cette décision, qu'a fait l'ex-femme ?

Mes muscles étaient transis. Mais le froid n'y était pour rien.

6

Hoskins et Bancock réapparurent, le temps de nous annoncer qu'ils tenaient la description de la BMW de Portman, que des agents tentaient de localiser dans la station. Quand ils eurent refermé la porte, Tom rapprocha sa chaise de la mienne, me prit le bras et susurra :

– Excuse-moi. Je n'aurais pas dû t'infliger cette pression.

– C'étaient tes skis. J'aurais dû te prévenir...

– Allons, Goldy. Ne nous tracassons pas pour des bêtises. La situation est assez pénible comme ça.

– Je ne te le fais pas dire.

Je finis par goûter le café posé devant moi. Il était froid.

– Tout de même, reprit Tom, je me demande pourquoi Portman te remettait un truc à mon attention.

– Peut-être avait-il dégotté un article illustrant la valeur des skis de collection. Ne crois-tu pas qu'il t'aurait appelé au bureau si cela concernait le travail ?

Tom haussa les épaules :

– Nous serons vite fixés.

– Et puis, qu'est-ce qui l'empêchait d'attendre lundi matin si ce n'était pas personnel ?

– Oh, tu sais, Portman était un type impulsif et pressé. Il ne donnait peut-être pas cette impression lors de vos rencards, mais...

– Très drôle...

– Quoi qu'il en soit, si Portman vient de libérer un type

que j'ai moi-même mis à l'ombre, alors on a du souci à se faire. Il serait peut-être souhaitable que quelqu'un te tienne compagnie.

– Je n'ai pas besoin d'une nounou, Tom. Tout ira bien.

– Où est Julian ? demanda-t-il, ignorant ma remarque.

– Julian...

Où était-il, au fait ? Notre jeune pensionnaire de vingt ans, qui se rêvait grand chef végétarien, venait d'intégrer l'université du Colorado, située à moins d'une heure de la maison. Nous étions sa seconde famille.

– Voyons voir... Nous sommes vendredi...

Julian travaillait comme apprenti dans un restaurant de Boulder le mardi, le jeudi et le samedi ; quant au vendredi...

– Il a son cours de cinéma cet après-midi, puis une projection de vieux films ce soir. En général, il passe le week-end dans l'appartement d'un ami.

– Autrement dit, il ne sera pas à la maison.

– Je t'en prie, Tom. Puisque je te dis que tout ira bien. Je te parie que je serai encore debout quand tu rentreras ce soir, vu le boulot qui m'attend.

Je devais en effet préparer un repas de démonstration pour Arthur et des cookies pour le goûter de la bibliothèque. Je m'étais proposée pour confectionner ces biscuits de Noël dans le but inavoué de montrer que j'étais toujours sur le pont, prête à reprendre du service. Et Dieu savait s'il m'en coûtait, car ce dimanche-là les Broncos de Denver rencontraient les Chiefs de Kansas City ! Mais je m'étais juré de faire montre d'un irréprochable esprit de Noël – et avec un peu de chance, la fête serait bouclée avant les deux derniers quarts-temps.

Tom déplia son téléphone portable et composa le numéro de Marla, ma meilleure amie. Il tomba sur le répondeur. Consultant sa montre, il demanda à Marla de se rendre chez nous toutes affaires cessantes.

Malgré le glauque de la situation, je souris en imaginant l'infatigable et richissime Marla Korman garant sa Mercedes dans notre allée et y attendant patiemment mon retour. Mais je l'en savais capable, et le message de Tom ne donnait pas envie de se dérober.

Ensuite il appela chez les Druckman et demanda Arch, avant de me tendre l'appareil.

– Maman ? fit Arch d'une voix blanche. Tu peux enfin me dire ce qui se passe ?

Je me bornai à lui expliquer qu'un skieur avait chuté sur le Toboggan et que les patrouilleurs voulaient m'interroger.

– Tu veux que je vienne te chercher ? proposai-je.

– Ce n'est pas la peine, dit-il avec une fausse assurance.

Dilemme de l'adolescence : vouloir sa mère mais fuir le maternage, se faire du mouron tout en feignant l'indifférence...

– Qu'est-il arrivé à ce type ? insista-t-il. Et d'où venait tout ce fric ? On a voulu le dépouiller ?

– Je ne sais pas, chéri. Il est mort.

– Il est mort ? Il a heurté une pierre, c'est ça ?

– Personne ne le sait. Mais, oui, il transportait une grosse somme ; je devais lui vendre les vieux skis de Tom. Écoute, chéri, je reviens à Killdeer demain matin pour voir un client. Si tu veux, on pourra skier tous les deux l'après-midi.

– Non, ce n'est pas la peine.

Skier avec sa mère ? On ne faisait pas moins cool.

– Mme Druckman voudrait te parler, maman. Je lui ai dit que tu avais été témoin d'un accident.

Je soupirai, tandis que le sergent Bancock appelait Tom à l'extérieur du bureau. Ce dernier me posa un baiser sur la joue avant de s'éclipser.

– Que se passe-t-il, Goldy ? lança la voix rauque d'Eileen. Arch s'est fait un sang d'encre, et moi aussi. Un accident sur les pistes ? Un mort, disais-tu ? Près du Bistro ou plus bas ?

– Plus bas. Mais sois rassurée, je n'ai rien. Il semble qu'un skieur se soit élancé trop vite sur une piste fermée. Il a fait une chute terrible.

– Arch m'a parlé de billets de banque dispersés sur la piste...

– Oui. C'était écœurant, tous ces gens qui se jetaient sur l'argent comme des bêtes.

Eileen pesta vaguement après les skieurs ivres, déclara que Todd et elle étaient ravis de garder Arch une nuit de plus, et confia que, passé le rush de midi, Jack viendrait leur mitonner des épinards aux raviolis farcis de pignons et nappés d'une sauce à la moutarde de Dijon.

Je raccrochai, le ventre gargouillant. Tom n'était pas réapparu, mais un bourdonnement me parvenait du hall. Je sortis pour en savoir plus.

Entouré d'une nuée de patrouilleurs et d'adjoints au shérif, mon mari se tenait devant un vieux bureau en chêne. Tout le monde parlait en même temps.

– Je peux m'en aller ? lançai-je à la ronde.

Tom murmura à l'oreille d'un collègue, qui opina du chef, puis me fit signe d'approcher.

– Regarde, mais surtout ne touche à rien.

Intriguée, j'examinai la surface du bureau, recouvert de brochures, de cartes, de blocs-notes et de courriers divers. Mais rien qui retînt mon intention.

– Regarde quoi ? finis-je par demander.

Tom repoussa délicatement les papiers entourant une carte de vœux grand ouverte. Tous ses collègues se démanchèrent le cou pour regarder, m'empêchant ainsi de lire ce qui était écrit.

– Attends, articula Tom d'un air grave. Ne regarde pas tout de suite, Miss G. Répète-moi précisément ce que Doug Portman disait à mon sujet. Mot pour mot.

– Eh bien, en soi ses paroles n'avaient rien d'extraordinaire. « J'ai quelque chose pour Tom dans ma voiture. » C'est tout. Pourquoi ?

Tom invita la foule à s'écarter devant moi. Comme je me penchais sur la carte, il me pria de bloquer ma respiration pour ne rien inhaler.

– Que dit le recto ? demandai-je en me redressant.

– Il est écrit « Bon boulot ! ».

L'intérieur de la carte figurait une explosion d'étoiles orange accompagnant les mots : « Tu es une star ! » Sur les marges du bristol, là où l'on glisse les pouces pour ouvrir, se trouvaient deux éléments autrement menaçants : deux pièces rondes, bleues et gélatineuses, comme celles que montrait mon dictionnaire médical à la rubrique « patch transdermique ». En regardant de plus près je déchiffrai un second message, en petites lettres manuscrites : *Ne me remercie pas, connard ! T'es mort !!!*

Pas de signature.

– Qu'est-ce que ça veut dire ? demandai-je, médusée. Y avait-il une enveloppe mentionnant le nom du destinataire ?

– Une enveloppe, oui. Décachetée. Mais elle était vierge. J'y vois peut-être un rapport avec l'histoire de ta copine Cinda et son client qui menaçait de tuer un flic. Sa conception de la police englobe peut-être la Commission des Remises de peines. Je vais rester un petit moment ici, Goldy. Puis je déposerai cette carte au labo. Si cette gelée bleue contient de l'anthrax ou une saleté de ce genre, c'est qu'il se trame quelque chose de grave. J'ai également commandé au bureau du coroner une analyse toxicologique sur Doug Portman.

– Alors tu crois qu'il... ?

– A été empoisonné ? Et a perdu conscience avant de s'abîmer sur une bosse ? Va savoir.

Mon cœur se mit à palpiter.

– Je t'en prie, Tom, dis-moi que tu n'as pas touché ces timbres.

– Non, je les ai juste sniffés.

Tous éclatèrent de rire, sauf moi. J'ajoutai :

– Cinda m'a dit que Davey, son employé, avait parlé à Barton Reed, le gars qui a proféré ces menaces. Hier soir.

Tom fouilla dans le désordre du bureau et produisit une feuille blanche.

– Peux-tu m'indiquer comment se rendre chez Cinda ?

Pendant que je traçais mon croquis, Hoskins et Bancock vinrent m'annoncer que j'étais libre de partir, en précisant qu'ils n'excluaient pas de me questionner par la suite. Au moment où je tendis mon dessin à Tom, son téléphone sonna. C'était Marla, qui promettait d'être chez nous à 15 heures, et demandait s'il me fallait plutôt du cognac, des cookies au chocolat ou du café fraîchement moulu.

– C'est comme tu le sens, lui répondit Tom en riant.

Cela signifiait qu'elle apporterait de tout.

Les flocons nous fouettèrent le visage sur le chemin de la

camionnette, et le vent couvrait nos paroles. Nous sortîmes du coffre les skis de collection afin de chercher mes chaînes. Je ne les avais pas utilisées depuis quatre ans, et ne les trouvai nulle part dans le véhicule. Tant pis, il faudrait s'en passer. Nous rangeâmes les skis de Tom et les miens, et je jetai mon fatras sur la banquette. Tom me serra dans ses bras en me promettant de rentrer au plus vite.

– Roule doucement et tout ira bien, dit-il. Je t'appellerai. Fais attention à toi, Miss G.

Rien de tel qu'un hiver dans le Colorado pour apprendre l'humilité devant la nature, pensai-je tout en grimpant les lacets menant au Continental Divide. Des véhicules de toutes provenances – Nebraska, Illinois, Texas et même Colorado – étaient immobilisés au pied des remparts de neige du bas-côté. Les conducteurs sortis pour creuser ou passer les chaînes devenaient en quelques secondes blancs comme des moutons ou comme une colonie de petits yetis.

Un segment de rambarde manquait ; je frissonnai en pensant au plongeon de trois cents mètres qu'avait dû faire un malchanceux. Un peu plus loin, un homme s'affairait sous son break. Son corps étendu me rappela le cadavre de Doug Portman. La camionnette chassa de l'arrière. Je resserrai mes mains sur le volant.

Obnubilée par ce qui m'attendait, je peinais à me concentrer sur la route. *Pourquoi ce rendez-vous privé avec un membre de la Commission des Remises ? Pourquoi l'avoir caché à votre mari ? Quel lien entre vous et la somme d'argent que transportait la victime ?*

Et pourquoi fallait-il toujours que je me mette dans le pétrin ?

Les feux stop de la voiture de devant s'allumèrent. J'enfonçai aussitôt la pédale de frein. Réglé sur la puissance maximale, l'anti-buée peinait à préserver la netteté du pare-brise.

J'eus un pincement au cœur en revoyant le visage stupéfait de Tom. J'avais l'impression de l'avoir trahi, même s'il savait mon aversion pour ce radin de Portman.

J'appuyai de nouveau sur l'accélérateur. Pourquoi diable étais-je sortie avec Doug Portman ? Il m'avait jadis permis de récupérer plusieurs milliers de dollars. Cela aussi allait-il venir sur le tapis ?

Je l'avais embauché juste après avoir mis l'Enfoiré à la porte. J'étais seule avec Arch, et mon poste d'apprentie chez un restaurateur de Denver ne me permettait pas de joindre les deux bouts. Et chaque fois que je manquais d'argent pour nourrir, vêtir, ou inscrire mon fils à une sortie scolaire, John-Richard se disait fauché. C'était une vaste plaisanterie, bien sûr, mais malgré tous les efforts déployés par mon avocat pour soutirer quelques dollars à mon futur ex-mari, nous n'obtenions que mensonges, retards et fausses promesses. De guerre lasse, mon défenseur me conseilla d'engager un comptable assermenté pour établir les revenus et le patrimoine réels de John-Richard. Je fis donc appel à Doug Portman, qui m'expliqua d'emblée que son activité première était la peinture. Je répondis qu'il pourrait illustrer les marges de ses rapports à sa guise, du moment qu'il m'obtenait un jugement de divorce acceptable et une pension alimentaire décente. Il avait répondu de cet atroce rire de hyène, grinçant et haletant, que j'allais vite détester.

Devant moi, la terre et le ciel ne formaient plus qu'un, cachés derrière un voile blanc. Roulant au pas, je devais être à proximité du tunnel Eisenhower. Entre deux bourrasques de neige je vis le pick-up devant moi déraper sur la droite, puis sur la gauche. Je m'arrêtai, le temps qu'il se rétablisse. Au moment de redémarrer, mes pneus patinèrent. Retenant mon souffle, je fis une petite marche arrière, puis repassai la première, caressai l'accélérateur et, à mon grand soulagement, parvins à repartir.

Chaque semaine, Doug Portman m'avait tenue informée du progrès de ses recherches. John-Richard, qui entretenait une liaison avec une choriste de Saint-Luc, avait renfloué le compte bancaire de Miss Cordes Vocales de plusieurs centaines de milliers de dollars, et fait enregistrer son chalet au nom de son père. Et Doug de plaquer sur ma table de cuisine un dossier prouvant que le revenu imposable de l'Enfoiré dépassait de plusieurs centaines de milliers de dollars le montant qu'il avait communiqué à mon avocat. « L'expertise comptable est l'art de faire parler les chiffres, avait déclaré Portman avec grandiloquence, et je suis imbattable à ce jeu-là ». Il avait gloussé puis ajouté : « Vous pouvez désormais prouver à quel point ce gros naze se fiche de vous et de votre fils. On va manger chinois ? »

Comme une idiote, j'avais dit oui, touchée de voir qu'il y avait au moins une personne qui se souciait de moi en ce bas monde. Le soir du dîner, Doug apporta un book contenant des photos couleur de ses tableaux. Devant une soupe wan-tan et un porc vapeur, je commentai poliment ses grandes toiles abstraites déclinant un terne camaïeu de taches sombres. Il affirma que son travail le rendrait riche. L'un dans l'autre, ce fut une soirée honnête, jusqu'à l'arrivée de l'addition. *Ça fait quinze dollars chacun*, déclara Doug le plus sérieusement du monde. Je n'en revenais pas. N'avais-je pas suffisamment loué son art ? Il connaissait pourtant ma situation financière. Réservait-il le même traitement à toutes ses clientes ?

Lorsqu'il revint la semaine suivante me présenter un dossier accablant sur le patrimoine de l'Enfoiré, il assortit sa visite d'un : « Que diriez-vous d'un petit italien ? » Échaudée par l'épisode chinois, j'évaluai vite fait le contenu de mes placards et proposai de cuisiner des fettucine Alfredo. Il les engloutit comme un affamé, réclama même la recette. Pendant le café, je fis montre d'un enthousiasme convenu devant un nouveau book montrant cette fois-ci le volet figuratif de son œuvre : exclusivement des armes anciennes. Le fusil à répétition, le colt 45, la baïonnette... Il caressait l'espoir d'exposer ces toiles à New York. Les collectionneurs débourseraient des milliers de dollars pour de telles pièces ! affirmait-il. Je le félicitai du bout des lèvres.

Le rapport accablant qu'il me remit la semaine suivante dut lui causer quelques remords, puisqu'il brandit trois billets gratuits pour une foire d'objets militaires qui se tenait à Denver. Arch, Doug et moi longeâmes des rayons entiers de sabres de samouraï, de cartes parcheminées tachées de sang, de somptueux lance-grenades. Si je trouvais cela rasoir, mon fils de six ans était aux anges. À la sortie du hall d'exposition, Doug avait craqué devant les hot-dogs d'un vendeur ambulant. Tout en badigeonnant sa saucisse de ketchup, il avait évoqué un travail bénévole qu'il effectuait à Washington ; je crus comprendre qu'il soutenait la candidature d'un ami à la députation. Moi qui n'appréciais ni les armes ni les hot-dogs, et que la politique ennuyait à mourir, j'étais servie ! Mastiquant sagement, Arch perçut ma morosité, et me demanda sur le chemin de retour si la rupture était proche.

À travers les nimbes blancs perça enfin la bouche béante du tunnel Eisenhower. Sur la file opposée, un conducteur fit une embardée devant mon capot avant de se rétablir de justesse.

Quand Doug avait posé son ultime rapport sur ma table de cuisine, il avait scruté ma batterie de casseroles tout en demandant : « Alors, qu'est-ce que vous me proposez ? » Rien, lui répondis-je en souriant, hormis un saut chez mon avocat. Ainsi s'était achevée ma non-idylle avec Doug Portman, expert-comptable, peintre du dimanche et parfait casse-pieds. J'avais obtenu la maison, soixante mille dollars de dommages et intérêts, et une pension alimentaire sensiblement réévaluée. Avec son ego démesuré, ses toiles et ses plans sur la comète, Doug avait traversé ma vie comme une étoile filante.

Sur les derniers mètres avant le tunnel, je tentai de me rappeler ce que Marla m'avait raconté depuis lors au sujet de Doug. Il avait épousé Elva, le genre de femme opulente qu'il lui fallait, abandonné ses expertises et emménagé à Killdeer, où, en parallèle de ses responsabilités politiques grandissantes, il s'investissait dans la galerie d'art d'Elva et tenait la rubrique artistique d'un quotidien régional tout en jouant les promoteurs immobiliers. J'avais dû savoir qu'il siégeait à la Commission des Remises de peines. Mais ce que j'ignorais, c'est que son bienfaiteur – l'ami qu'il avait fait élire – l'en avait bombardé président.

Si je souhaitais éloigner les regards de ma vie professionnelle et privée, il me fallait en savoir plus. Non seulement sur l'existence de Doug Portman, mais aussi sur le statut exact du prisonnier John-Richard Korman.

Soudain ma camionnette partit en avant, percutée à l'arrière par une voiture. Des klaxons s'élevèrent et je fus tamponnée de nouveau. Le blizzard m'empêchait de distinguer les autres véhicules. Déporté sur la file de gauche, mon pare-chocs cogna la rambarde avec une telle force que ma tête piqua vers le pare-brise. Je braquai à fond en sens inverse, mais rien n'est moins docile que des pneus lisses sur la glace. Un troisième impact dans la calandre arrière ébranla toute la carrosserie.

J'étais prise dans un carambolage, deuxième domino après un pick-up. Mais où était-il passé, d'ailleurs ? Les véhicules de derrière me ramenèrent un instant dans le sens de la route, avant de me renvoyer contre le rail de sécurité. Je distinguai furtivement un visage horrifié dans mon rétroviseur central. Je pilai de plus belle, mais c'était sans espoir. Une autre voiture me percuta de biais, et je défonçai la rambarde.

7

Je plongeai dans le vide blanc, persuadée de vivre mes derniers instants. Je me revis enfant avec ma mère sur une plage du New Jersey, puis tenant Arch nourrisson dans mes bras. La douleur fusa dans mon dos. Un liquide chaud remonta le long de mon bras. Puis Tom et moi échangions les alliances, et je me demandais : *Mais de quoi va-t-il dîner ce soir ?*

La camionnette rebondit contre une masse dure, puis fit une série de tonneaux à travers les pierres. Les fracas métalliques le disputèrent aux cris, jusqu'à ce qu'un rocher immobilise le véhicule dans un bruit assourdissant, en même temps qu'explosait le pare-brise et qu'un mur de glace me frappait le visage.

Soudain, le silence. *La dégustation d'Arthur... Je ne pourrai pas cuisiner cet après-midi.* Il semblait si facile de succomber au sommeil... *Je préparerai les cookies pour la bibliothèque demain.*

Je ne sais combien de temps je restai inconsciente. Tout à coup une voix demanda si je l'entendais. Je secouai la tête, et une pluie de flocons tomba de mes cheveux. J'étais frigorifiée. Je reconnus à l'oreille des pas et des grattements.

– Vous m'entendez ?

Je parvins à répondre oui d'une voix d'outre-tombe – mon corps était enseveli sous la neige. Puis on me demanda si je transportais des passagers.

– Non, lançai-je dans un sanglot involontaire.

On m'interdit de bouger, ce qui de toute façon n'était pas mon intention. Mes poumons brûlaient et je peinais à respirer. Du sang me ruisselait le long du bras. Un frisson délogea de ma chevelure une nouvelle poignée de flocons. L'immobilité devint subitement insupportable. Parvenant à exhumer mes mains gantées, j'avisai la voix secourable que je pouvais sortir toute seule. Mais à peine avais-je articulé ces mots que deux bras costauds m'agrippaient pour me désincarcérer en douceur.

Le vent me cingla aussitôt, tandis qu'un bourdonnement s'installait dans mon oreille, comme un gros moustique. On m'allongea sur un brancard penché. Ma tête tournait, mes pensées s'emmêlaient. *Ne jamais utiliser de beurre salé en pâtisserie...* La neige qui tombait me brûlait le visage. En fait, je n'étais pas sur un brancard mais sur le traîneau d'une motoneige crachotante, dont l'inclinaison tenait au relief de la montagne. Je toussai – aïe ! mes poumons – et clignai des paupières. À défaut d'une camionnette, je distinguai trois hommes en uniforme. L'un d'eux était penché sur mon bras. Les sangles m'empêchaient de voir ce qu'il fabriquait, mais mon mouvement de tête plaça mon regard dans l'axe de mon véhicule. Celui-ci ressemblait à une canette compressée – et impropre au recyclage.

Les types me firent décliner nom et adresse. Je songeai avec amusement que c'était la troisième fois de la journée que des professionnels me venaient en aide. Ce devait être un record. Quant à l'état de mon bras, je me vis répondre :

– Une plaie. Pas trop méchante.

Ils voulaient m'évacuer vers un hôpital de Denver. Alors je mentionnai la clinique d'Aspen Meadow, qui avait un médecin de garde, du matériel de radiologie, et permettrait de gagner une heure de trajet.

– C'est là que j'habite, ajoutai-je, alors que je venais de leur laisser mon adresse. C'est ma maison.

Ma maison, ma maison chérie... Seigneur, quand Tom aurait-il donc fini la cuisine ?

Je fondis en larmes. Pour me consoler, les sauveteurs décrétèrent que j'avais de la chance d'être encore vivante.

Des sirènes annoncèrent l'arrivée de deux ambulances sur le lieu de l'accident. Je demandai dans un accès d'angoisse s'il y avait eu des victimes. Les types échangèrent un regard avant de me promettre que tout allait bien.

L'un d'eux m'examina délicatement le cou. Ma gorge se noua quand j'aperçus, en contrebas du minibus, un pick-up blanc disloqué, le capot planté dans la neige comme l'aiguille d'une fléchette. Je ne vis pas si la cabine était occupée. La pente était jonchée de débris métalliques. Une question terrible s'empara de moi : et si c'était le pick-up, et non une pierre, qui avait amorti ma chute ? Je récitai une prière silencieuse pour son conducteur.

Deux infirmiers débarquèrent, qui cherchèrent d'éventuelles fractures. D'après les premiers témoignages, les deux véhicules avaient atterri sur un ressaut. En contrebas, la pente était d'au moins quarante degrés, et qui sait quelle épaisseur de poudreuse stagnait au fond du ravin ? Cinq, six mètres ? Je frémis à cette pensée.

Le vrombissement de la motoneige et l'odeur de gaz d'échappement annonçaient une remontée imminente vers la route. La neige tombait si dru qu'il me semblait impossible de respirer. Jetant un dernier coup d'œil sur mon épave, je bénis le ciel de ne pas avoir eu mon fils à bord.

Mince, pensai-je au moment où la moto se mettait en route, *ces foutus skis de collection sont restés dans la bagnole.* Mais je me ravisai vite : *Laisse-les où ils sont. Ils ont causé assez de malheurs.*

Les infirmiers m'enfournèrent dans l'ambulance. L'un deux monta à côté de moi pour surveiller mon état. Derrière le volant, l'autre demanda comment j'allais.

– Pas terrible, répondis-je. Pas terrible du tout.

À la clinique, mon médecin attitré s'assura de l'absence de lésions internes, appliqua sur mon bras un pansement cicatrisant, puis demanda aux ambulanciers de me raccompagner à la maison, et m'ordonna de rappeler si la douleur revenait dans la nuit. Je dis – ou songeai – alors : *Bienvenue à Aspen Meadow, une petite ville comme on n'en fait plus.*

Suivit la scène, telle que la verrait Marla depuis le siège de sa Mercedes garée devant mon pavillon : une ambulance arrive – Marla pressent aussitôt que je suis à l'intérieur –, deux charmants infirmiers en sortent et m'aident à gagner le trottoir, tandis que je jure que je vais bien et leur enjoins de me lâcher le bras. Les deux apollons ont la sagesse de ne pas insister.

Sous son manteau de fourrure, les rondeurs de Marla arboraient l'une de ses nombreuses tenues de l'Avent : une robe droite en soie vert épinard ornée de liserés or et argent, et des bottines en daim assorties. Perplexe, tortillant nerveusement ses boucles brunes, elle demanda ce qui m'était *encore* arrivé. Je lui décrivis le carambolage, et elle secoua la tête. Quelle idée d'avoir pris le volant par ce temps ? Mon fourgon crachait et cahotait rien qu'à rallier le centre-ville, alors qu'espérais-je en haute montagne ? Et dans un blizzard, qui plus est ! Je lui donnai raison – avais-je le choix ? – et elle me servit un thé, un English Breakfast corsé que je savourai lentement pendant qu'elle dénichait dans le garde-manger un vieux merlot que m'avait offert Arthur Wakefield en précisant qu'il se mariait exclusivement avec le rosbif. Marla était privée de vin par son cardiologue, mais elle estimait qu'un bon verre me ferait le plus grand bien.

Comme je terminais celui-ci, Tom appela. Je lui contai mon accident sans m'appesantir sur les détails, malgré les gros yeux que me lançait Marla. Il annonça qu'il rentrait avec Arch, impatient de me retrouver. Tom avait également contacté Julian, qui allait sécher le ciné-club pour se joindre au dîner – qu'il préparerait *lui-même.*

Marla me fit asseoir et mit le couvert. À son grand regret, elle ne pouvait rester à manger, étant retenue par une séance du conseil d'administration de la bibliothèque. Elle m'embrassa et prit congé, en promettant de venir vite aux nouvelles.

Pas de doute, le merlot était un excellent analgésique : ma douleur au bras avait pratiquement disparu.

Deux heures plus tard, Tom, Julian, Arch et moi nous repaissions de gambas grillées à l'ail et au citron, accompagnées de fettucine aux épinards. Je dévisageai longuement notre invité d'honneur. Avec ses traits à la fois gracieux et creusés, ses yeux cernés et ses cheveux mi-longs, il avait le visage type de l'étudiant couche-tard.

– Tu n'aimes pas mes crevettes ? s'inquiéta-t-il devant mon assiette pleine.

– C'est un délice, répondis-je avec sincérité.

Mais les événements de la journée m'avaient coupé l'appétit. Autre son de cloche pour Tom et Arch, qui rivalisaient d'onomatopées orgiaques.

Julian reposa sa fourchette et déclara :

– Maintenant que ta camionnette est morte, Goldy, je veux que tu prennes ma Rover. Je n'en ai plus besoin si je reste à Boulder.

Sa luxueuse Range Rover blanche lui avait été offerte par un précédent employeur. Avant que je puisse protester il ajouta :

– Mes revenus d'apprenti me permettront de partager un appartement avec des amis. Et j'aurai toujours la possibilité d'emprunter une voiture à l'occasion.

– Il ne faut pas, murmurai-je. Et qui sont ces copains, d'abord ?

Il se mit à rire, tandis que Tom levait les yeux au ciel et qu'Arch s'écriait :

– Alors tu t'en vas ? Tu nous quittes ?

– Eh, du calme, les gars ! Je reviendrai tous les week-ends, si vous y tenez.

Je consentis à prendre la Rover et le remerciai du fond du cœur. Il était aux anges.

Serais-je capable de conduire cet engin avec mon bras invalide ? Je l'espérais. Mais au moins, c'était un 4 × 4... Julian acheva de nous régaler avec ses fameuses poires au vin chaud cannelle, servies sur un lit de crème anglaise. La première bouchée de chair juteuse faillit éclipser tous mes soucis, sauf que mon estomac jeta l'éponge au bout de trois cuillerées.

La table débarrassée, je cherchai un tube d'aspirine tandis que Tom annonçait qu'il se chargeait de la vaisselle, ce qui n'était pas une mince affaire puisque l'absence de canalisations nous condamnait à utiliser la baignoire du rez-de-chaussée. Mais il tenait à s'en charger seul : il préférait que je me repose et qu'Arch profite de Julian.

Ce dernier sortit de son sac à dos un lingot de son caramel maison aux griottes. Il en offrit deux morceaux à Tom avant de lancer à mon fils d'un air espiègle :

– Eh, mon pote, tu veux un deuxième dessert ? Et que dirais-tu si j'en refaisais pour la petite Lettie ? Je pourrais remplacer la cerise par des bonbons à la menthe...

– Non, merci, répondit Arch en le fusillant du regard.

Lettie était sa petite copine – du moins, l'adorable adolescente blonde et gracile avec laquelle il « était sorti » à la fin de l'été, même s'ils n'étaient jamais *allés* nulle part. Bien entendu, Arch se gardait de m'informer de l'évolution de sa relation. Mes seules sources étaient les billets doux que je retrouvais en vidant ses poches à la buanderie – je les dépliais seulement de peur qu'ils ne concernent ses devoirs de la semaine (c'était arrivé plus d'une fois) et m'arrangeais pour n'en pas lire plus d'une ligne. Si la missive débutait par : *Qu'est-ce qu'on s'emm...*, je pouvais aussitôt jeter le papier.

– Alors, Lettie et toi, c'est toujours d'actualité ? demandai-je d'un air dégagé.

Je voulais juste savoir s'il fallait prévoir un cadeau supplémentaire à Noël – d'ordinaire mon fils se réveillait au dernier moment pour ce genre de choses.

– T'inquiète pas pour ça, maman.

Sur ce, d'un regard appuyé derrière ses lunettes, Arch informa Julian qu'il avait quelque chose à lui montrer. Les deux garçons disparurent. J'avalai trois aspirines, rêveuse. Allaient-ils parler littérature élisabéthaine, ou peaufiner le projet de mécanique quantique qu'Arch devait remettre à la rentrée ? J'en doutais fort.

– Tu te sens comment ? me demanda Tom après avoir rincé la vaisselle dans la baignoire. Tu n'as pratiquement rien avalé.

– Pas terrible, avouai-je. Mais l'aspirine fera bientôt effet, et je serai vite remise.

Je remuai mes doigts engourdis, frottai mon coude ecchymosé, puis essayai, en vain, de tourner la tête de part et d'autre.

Si rien n'était cassé, pourquoi avais-je si mal ? Tom s'approcha pour me consoler d'un baiser.

Peu avant 20 heures, un policier frappa à la porte. Tom introduisit dans la cuisine un grand costaud aux cheveux noirs si ras qu'on aurait dit du poivre moulu. Il s'appelait Vance, et désirait que je consigne par écrit tous mes souvenirs relatifs à l'accident. Je mentionnai dans l'ordre les voitures qui glissaient dans tous les sens, l'absence totale de visibilité, le premier impact, la perte de contrôle, les chocs suivants. J'avais heurté un autre véhicule, brisé le rail de sécurité et plongé dans le vide. Sur ce, je demandai des nouvelles du conducteur du pick-up. Le flic m'annonça d'une voix morne qu'il n'avait pas survécu. Mon cœur se serra.

L'officier Vance relut mon texte à voix haute, reposa son bloc et tapota sur la table en chêne.

– Redites-moi ce qui s'est passé sur la montée vers le tunnel. *Avant* l'accident.

Prenant mon courage à deux mains, je tentai de visualiser, puis de remettre en ordre les images du film. La neige tombait par paquets. On ne voyait pas à dix mètres, et les véhicules que je distinguais patinaient sur la glace. Puis quelque chose m'avait emboutie par l'arrière. Autour de moi l'on klaxonnait, pilait, se tamponnait, partait en toupie. Après avoir sauté la rambarde, j'avais fait quelques tonneaux, m'étais écrasée contre le pick-up puis enfoncée dans la poudreuse. J'avais vraiment cru mourir ensevelie.

Tom et Vance m'écoutèrent dans un silence religieux. Quand j'eus terminé, l'officier avança :

– Si je comprends bien, il y avait un pick-up blanc à une dizaine de mètres devant vous, et un minibus juste derrière.

– Lui-même suivi de deux autres voitures, ajoutai-je en décrivant un geste répétitif qui me mit le coude au supplice. Au moment du carambolage, on aurait dit qu'une caisse de livres me tombait sur la tête : boum, boum, badaboum.

Je réfléchis plus avant. Je savais que cet agent avait une idée derrière la tête. Tom lui-même avait grimacé en entendant qu'il y avait plusieurs véhicules derrière moi.

– Récapitulons, fit Vance en alignant sur la table la salière, la poivrière et trois cuillers de service propres.

Ses doigts boudinés touchèrent le premier élément :

– Voici le pick-up blanc. (La poivrière :) Vous. (La première cuiller :) Le minibus qui vous suivait. (La deuxième cuiller :) Vient ensuite un autre véhicule. (La troisième cuiller :) Et un dernier individu en bout de chaîne.

Je considérai sa grossière maquette, et rapprochai légèrement le sel et le poivre pour ajuster l'échelle des distances. Mais, au fait, je n'avais pas vu de quatrième voiture. Il neigeait trop pour cela.

Vance indiqua la dernière cuiller :

– La conductrice de ce véhicule, une habitante d'Idaho Springs, était au volant d'un break Subaru. Mais elle n'a embouti personne. Elle roulait dans le sillage d'un autre break Subaru, et il y avait de la place pour dix voitures entre vous et ces deux-là. Cette femme affirme que, juste avant l'accident, ce break qui la précédait a brusquement accéléré pour se jeter littéralement contre le minibus qui roulait derrière vous.

Vance remonta la cuiller du milieu au niveau de la première.

– Puis elle a entendu un bruit de collision, reprit-il. Elle a freiné, et ses roues se sont bloquées. Devant elle, l'autre Subaru a repris de la vitesse et heurté de nouveau le minibus, à deux reprises. La neige l'empêchait d'évaluer nettement la situation. Soudain, elle a vu le pick-up, puis votre fourgonnette, tomber dans le vide. Le temps qu'on arrive sur les lieux, la neige et le trafic avaient effacé toute trace de pneus. Et hormis le témoignage de cette dame, nous n'avons aucune trace des deux véhicules qui vous suivaient.

– Je ne saurais vous les décrire, avouai-je.

– On vous a heurtée, et vous avez heurté le pick-up.

– Pourtant je ne l'ai pas vu chuter devant moi. À cause de la neige, sûrement.

– La rambarde a cédé à deux endroits différents, expliqua Vance. Et ce sont pratiquement les seuls indices matériels dont nous disposions. Le minibus qui vous a heurtée a pris la fuite, et la Subaru est introuvable.

– Essaieriez-vous de me dire que cet accident était en fait

un acte de malveillance ? Qu'on a délibérément embouti ce minibus ? Pourquoi faire une chose pareille ?

L'agent ouvrit ses paumes.

– C'est ce que j'aimerais savoir.

Tom noua ses doigts aux miens.

– Tu as assisté à un accident ce matin, Goldy, et...

– Je n'y ai pas *assisté* ! J'ai seulement vu un type gisant sur une piste. Il est décédé dans l'ambulance.

– Pour en revenir à votre sortie de route, poursuivit Vance, nous ignorons toujours l'identité de conducteur du pick-up. Nous savons seulement qu'il est mort, d'où l'ouverture d'une enquête pour homicide par véhicule interposé. Avec cette tempête, ils ne pourront dégager les deux épaves avant demain matin. (Il marqua un temps d'arrêt.) Vous n'avez croisé aucun individu ou véhicule connu entre Killdeer et le tunnel Eisenhower ?

– Non, désolée.

– Ni remarqué de conduite agressive avant l'accident ?

Je secouai la tête. Vance soupira.

– Il pourrait s'agir d'un conducteur ivre. Ou d'un règlement de compte entre le chauffard et le conducteur du minibus, ce qui expliquerait que ce dernier ait continué son chemin.

Tandis que je le fixais d'un air hébété, il se leva, ramassa son bloc, posa sa carte de visite sur la table et me remercia pour ma coopération. Et surtout, s'il me revenait le moindre détail... J'acquiesçai en silence et le remerciai à mon tour. Tom le raccompagna à la porte.

– Tu crois qu'on a voulu s'en prendre à moi ? demandai-je à mon mari, qui, sitôt revenu, versa du lait et du sucre dans un reste de riz froid. Mais qu'est-ce que tu fabriques ?

– Une petite gâterie. Je te sais assez têtue pour te mettre aux fourneaux ce soir, et tu n'y arriveras pas le ventre vide.

– Ne te donne pas tout ce mal, Tom. Réponds plutôt à ma question.

Il mit son mélange sur le feu et tourna lentement. Un parfum velouté s'éleva dans la pièce.

– Je ne sais que penser de cette affaire, confessa-t-il. Heurter une camionnette au moyen d'un autre véhicule n'est pas un moyen très fiable pour tuer quelqu'un. Au fait, je me réjouis que Julian t'ait confié la Rover. Je préfère te savoir au volant d'un 4 × 4 que dans ton vieux tacot. D'ailleurs, sais-tu que le général Farquhar y a fait poser des vitres teintées et blindées ?

J'écarquillai les yeux à l'évocation du militaire paranoïaque qui avait gâté Julian. Tom chercha un service de ramequins, puis revint remuer son dessert.

– Je veux que tu conserves en permanence ton téléphone portable sur toi, reprit-il. Surveille tes alentours, et évite de te retrouver seule. Surtout à Killdeer, d'accord ? Simple précaution.

– Écoute, Tom, je n'arrive pas à croire à une tentative de meurtre. Je l'aurais remarqué, si quelqu'un m'avait suivie depuis Killdeer. Et puis, avec tout ce verglas, une telle attaque relèverait quasiment du suicide !

– Je te l'accorde, Miss G. Mais ça ne coûte rien d'être prudente.

– D'accord, d'accord, je ferai attention.

C'est vrai qu'après une carrière télé brisée, des tonnes de dettes, une entreprise fermée, une voiture bousillée et deux morts suspectes, il fallait s'attendre au pire...

– Zut, je devais joindre Arthur ! me rappelai-je tout à coup. Le médecin m'autorise à conduire si mon bras ne me gêne plus. J'aimerais maintenir notre rendez-vous pour préparer sa dégustation.

– J'en étais sûr, maugréa Tom.

Afin de lui prouver mon prompt rétablissement, je me levai de ma chaise, allumai mon ordinateur de cuisine et cherchai mes notes concernant la réunion du lendemain.

– Tu ne préfères pas te reposer ? protesta Tom.

Mais j'avais déjà empoigné le téléphone. Arthur décrocha à la première sonnerie.

– Dieu merci, c'est toi ! lança-t-il de son éternelle voix agonisante. J'aimerais te voir demain matin sur le coup de 10 heures. Je t'expliquerai ce que je souhaite et où sont rangés les trucs dans la cuisine. Puis je filerai pour aller récupérer des dizaines de caisses...

– Une seconde, Arthur. Écoute, je ne suis pas certaine d'arriver à 10 heures. Il y aura peut-être des embouteillages, j'ai du matériel à charger, et j'ai des problèmes de voiture, car j'ai eu un accident tout à l'heure...

– Ah bon ? Toi aussi ? Figure-toi qu'un type s'est tué ce matin sur une piste noire fermée. L'Office des forêts va d'ailleurs fermer le domaine pendant quelques heures pour faciliter l'enquête du shérif. Hélas ! ce n'est pas ça qui évitera les bouchons... Y a des jours comme ça. Quelle tristesse...

– N'est-ce pas ? répondis-je machinalement. Que dirais-tu qu'on prépare le menu tout de suite ? Il suffira que tu me laisses la clef de chez toi.

Je plissai les paupières, persuadée de déclencher ses foudres.

– Ce ne sera pas possible, dit-il sèchement. J'habite au 602, Chemin des Élans, Killdeer ouest. Sois là à 10 heures. Au fait, j'aimerais que tu me laisses des plats *presque* terminés. Ainsi j'y mettrai moi-même la touche finale et mes invités croiront que j'ai tout fait de mes petites mains.

– C'est-à-dire que je n'ai encore jamais... allô ?

Il avait raccroché.

Je reposai le combiné et fronçai les sourcils. Mes clients étaient toujours anxieux la première fois, puis soulagés en découvrant le résultat final – mais Arthur ne voulait même pas d'un travail abouti. Soit, me dis-je. Qui veut voyager loin ménage sa monture...

D'un moulinet du bras, Tom me tendit un ramequin rempli à ras bord de riz au lait, saupoudré de cannelle et coiffé d'une généreuse noix de chantilly qui fondait lentement.

– Fabuleux, soufflai-je avant d'y replonger ma cuiller. Je me sens déjà mieux.

– C'était le but de l'opération, fanfaronna Tom. Tu crois que les garçons seraient preneurs ?

Nous tendîmes l'oreille ; des rythmes sourds traversaient le plafond.

– Ne les dérangeons pas, répondis-je. Après tout, le riz au lait se déguste aussi bien froid.

Tom acquiesça, avant d'entamer sa propre part.

– Julian semble épanoui, dit-il, quoique un peu fatigué.

– Il m'inquiète, opposai-je.

– Mais tu t'inquiètes toujours pour lui, Miss G. Il se plaît dans le Colorado et adore ses cours de cinéma. Il me l'a dit lui-même. Il songe à produire des vidéos de cuisine végétarienne après ses études.

Je souris, rassurée.

– Merci pour cette gâterie, dis-je tout en raclant le fond du ramequin. Tu aurais le courage de m'aider à cuisiner ?

– Cuisiner avec toi est ma deuxième activité de couple préférée.

Me levant en riant, je pris du beurre et des œufs dans notre grand réfrigérateur, puis piochai dans mes stocks de chocolat un sachet de pépites et plusieurs plaquettes pâtissières. Le pot de la bibliothèque aurait lieu dans deux jours, et je serais absente demain. Je confiai les tablettes à Tom, qui entreprit de les morceler.

Je sortis le filet de porc que j'avais mis à mariner la veille. En présence d'un nouveau client, la presse spécialisée conseille de *faire cadeau* d'un repas individuel – qui sera composé de ses meilleures recettes –, afin de montrer combien l'on est généreux et doué. En même temps, Arthur avait eu tout loisir de mesurer mon talent et ma générosité... ainsi que ma maladresse. Mais peu importait : mon succulent et *gratuit* filet de porc aux herbes le laisserait sans voix.

– Parle-moi un peu de cette Commission des Remises de peines, demandai-je à Tom afin de chasser Arthur de mon esprit.

– Ne pense plus à ça, Goldy.

Je pianotai sur mon ordinateur pour afficher la recette de cookies qui m'intéressait.

– Je t'en prie, Tom. J'aimerais juste savoir comment elle fonctionne. Et, par la même occasion, connaître ta théorie sur cette histoire de carte empoisonnée que Doug voulait te remettre.

– Bon. Procédons dans l'ordre, dit-il tout en poursuivant son œuvre de concassage. La Commission des Remises se compose de six membres, tous désignés par le gouverneur de l'État. Chaque jour, ces types se ruent sur le journal en priant pour ne pas apprendre la récidive d'un criminel qu'ils auraient libéré.

Il mit de côté les fragments de la première plaque et attaqua la deuxième.

– À mon avis, Portman voulait me transmettre cette carte de la part d'un type que j'ai arrêté, moi, et que *lui* a libéré. Tu me diras : ça n'explique pas qu'on ait voulu l'assassiner...

– Le coupable est peut-être un type que Doug a maintenu en détention, et qui se venge une fois sorti. Le nom de Barton Reed ne t'évoque rien ? Tu sais, le jeune chez Cinda.

Tom secoua la tête.

– Si je voyais sa photo, peut-être.

Il acheva prestement la dernière tablette et alla rincer son couteau dans la salle de bains. À son retour il me prit dans ses bras.

– Personne ne te demande d'élucider cette affaire, chuchota-t-il à mon oreille. Le labo rendra ses résultats d'ici mardi. En attendant, essaie de ne plus y penser, d'accord ?

– Comme tu voudras, murmurai-je.

Nous savions tous deux que je ne lâchais jamais le morceau, mais Tom eut l'obligeance de faire comme si. Il resserra son étreinte un instant, puis monta pour jeter un œil aux garçons et se coucher.

Quant à moi, je ne connaissais qu'une seule façon d'amorcer une enquête : cuisiner.

8

Je pressai le filet de porc à travers son film de plastique. Avant de rôtir, il devait atteindre la température ambiante, de sorte qu'il cuise de façon homogène. J'insérai dans la viande la sonde de mon thermomètre digital – un instrument fort pratique face à des clients obsédés par les risques de trichinose –, et fis préchauffer le four.

Une fois le porc enfourné, je mis le beurre à battre dans le robot, puis sortis un bol de riz sauvage qui trempait depuis la veille.

À l'issue d'un tournage de *Cuisine au sommet !*, Arthur m'avait confié qu'il devait organiser une dégustation de vins, de préférence chez lui plutôt qu'au restaurant, mais qu'il n'aimait pas cuisiner. En d'autres termes, pouvais-je l'aider ?

Affirmatif. Et il s'en mettrait plein la panse : porridge, filet de porc, riz sauvage cuit à la vapeur d'un bouillon de bœuf maison, et une grande salade de roquette aux asperges. Le tout à l'œil, en gage de bonne volonté.

En l'espace de dix minutes un fumet de viande épicée embauma la pièce. Je mis le riz sur le feu puis revint à ma recette de cookies. Comme j'incorporais délicatement les ingrédients poudreux dans la pâte onctueuse, mon bras redevint douloureux, et il ne m'en fallut pas plus pour me remémorer ma sortie de route. C'était un miracle que je sois encore en vie.

Filets de porc du snowboarder

Pour 10 personnes :

- *1,5 kg de filet de porc (2 filets)*
- *1 verre de moutarde de Dijon*
- *4 à 6 gousses d'ail concassées*
- *1 petit verre de côtes-du-Rhône*
- *5 cl d'huile d'olive vierge extra*
- *1 cuillerée à soupe de thym séché en poudre*
- *1/2 feuille de laurier*
- *1/2 cuillerée à café de sucre semoule*
- *poivre noir du moulin*

Dégraisser les filets. Les rincer, les essuyer et les réserver. Verser le reste des ingrédients dans un petit plat à gratin et bien mélanger. Y plonger les filets, recouvrir le plat d'un film plastique et laisser au réfrigérateur au moins 6 heures.

Une demi-heure avant de mettre à rôtir, sortir les filets du réfrigérateur pour qu'ils se réchauffent à température ambiante.

Préchauffer le four à 200°. Utiliser un plat à rôti muni d'une grille ; étendre une feuille d'aluminium au fond du plat et poser les filets sur la grille. Introduire la sonde d'un thermomètre digital au centre d'un des filets. Faire rôtir jusqu'à ce que le thermomètre indique environ 60° (soit entre 20 et 25 minutes). Attention : le cœur doit rester rose. Sortir du four et découper en tranches.

Cookies cacao coma

Pour 6 douzaines de cookies :

- *1 grand verre d'amandes effilées*
- *120 g de chocolat amer en tablette*
- *1 grand verre de griottes séchées en morceaux*
- *360 g de pépites de chocolat*
- *1 bol de flocons d'avoine*
- *150 g de farine*
- *1 cuillerée à café de levure*
- *1 cuillerée à café de bicarbonate de soude*
- *1/2 cuillerée à café de sel*
- *250 g de beurre ramolli*
- *220 g de sucre roux*
- *220 g de sucre semoule*
- *2 œufs*
- *1,5 cuillerée à café de vanille liquide*

Préchauffer le four à 175°. Beurrer deux feuilles de papier cuisson.

Dans une poêle antiadhésive, griller les amandes à température modérée, en remuant constamment, environ 5 à 10 minutes, et les réserver sur une assiette dès qu'elles commencent à brunir et à sentir. Laisser refroidir. Briser le chocolat amer en petits morceaux de la taille des pépites et réserver.

Dans un grand bol, mélanger les cerises, les pépites de chocolat et les flocons d'avoine. Réserver.

Tamiser la farine avec la levure, le bicarbonate et le sel. Réserver.

Battre le beurre jusqu'à ce qu'il devienne crémeux. Ajouter les deux types de sucre et continuer de battre environ 4 minutes, jusqu'à l'obtention d'un mélange mousseux. Incorporer les œufs et la vanille et battre pendant une minute. Y verser le mélange tamisé et battre plus lentement, moins d'une minute. Ajouter tout le chocolat, les cerises et les amandes. Bien mélanger l'ensemble à l'aide d'une cuiller en bois robuste. À l'aide d'une cuiller à soupe, disposer des boules de pâte sur le papier à cuisson, espacées de 5 centimètres (soit une douzaine de cookies par feuille). Faire cuire entre 12 et 14 minutes, ou jusqu'à ce que les cookies soient légèrement tassés et brunis. Les laisser refroidir 2 minutes sur la feuille, puis sur une grille.

J'ajoutai chocolat, amandes et cerises dans le saladier. Un minibus derrière moi ? Oui, ça me revenait maintenant : une de ces navettes ralliant la station de Killdeer à l'aéroport international de Denver. Mais un deuxième véhicule qui le talonnait ? J'eus beau fermer les yeux, aucun souvenir ne put me le confirmer.

Tout en disposant mes boules de pâte sur le papier cuisson, je songeai qu'il n'était pas rare, sur nos routes de montagne, que les témoins d'accidents se volatilisent. Se planter au bord d'une route glissante par temps couvert était plus risqué que de poursuivre son chemin. Du moins, c'est ce que plaidaient les rares chauffards que l'on retrouvait.

Le thermomètre sonna. Je sortis le porc grésillant, consultai le minuteur décomptant le temps de cuisson du riz, et enfournai une première plaque de cookies. D'un coup, la fatigue s'abattit sur mes épaules. Il était plus de 23 heures. Il me restait à terminer les biscuits, et à laisser refroidir viande et riz. Puis je pourrais gagner mon lit.

Mais un détail continuait de me tracasser, outre la mort de Doug Portman, outre la carte empoisonnée, outre même l'accident. Qu'était-ce au juste ? Je sondai mes émotions, en vain : elles ne parlaient que de dodo.

J'allumai la lumière du four. Les cookies devenaient lisses et dorés. Je refermai la page de mon ordinateur et en ouvris une autre, que j'intitulai : « Triste vendredi ». Puis je m'assis et contemplai l'écran vide jusqu'à ce que sonne l'horloge du four.

Je mis les cookies à refroidir – leur croûte ajourée laissait paraître des poches de chocolat fondu – et enfournai une deuxième plaque, avant de m'enquérir du riz. Encore une quinzaine de minutes.

Revenue devant l'ordinateur, j'écrivis :

1. Quelle affaire impliquant à la fois Tom et le président de la Commission des Remises de peines Doug Portman a pu valoir à ce dernier des menaces de mort ? L'accident de D. P. fait-il suite à ces menaces ? Barton Reed est-il mêlé à cette histoire ?

2. Pourquoi le Toboggan était-il fermé ? Qui s'en est chargé ? Portman a-t-il choisi de braver un interdit, ou a-t-on barré l'entrée de la piste après qu'il s'y est engagé ? Qui savait qu'il transportait 8 000 dollars en liquide ? Sa mort n'est-elle que le fruit d'un braquage ayant mal tourné ? Et pourquoi aurait-il mal tourné ? Comment Portman est-il décédé au juste ?

3. Quelle était la place de Doug Portman à Killdeer ? Qui étaient ses amis, ses voisins ? Et surtout, qui étaient ses ennemis ?

4. Qui a attaqué ma camionnette ?

Chaque énigme se résout avec des questions et du chocolat, telle était ma devise. Efficace, qui plus est. Et puis, même si je m'étais déjà permis trois desserts ce soir, il fallait bien que je goûte un cookie, non ? Les amandes croquantes, le sucré des cerises, la chaleur du chocolat et le fondant de la pâte m'arrachèrent un râle de plaisir. Une deuxième bouchée me donna l'impression de sombrer dans un coma de cacao. Tel serait donc leur nom : « Cookies cacao coma. »

J'achevai mon biscuit, me léchai les doigts, versai le riz fumant sur un grand plateau et déposai la seconde fournée de biscuits sur une grille, tandis que mon esprit levait un nouveau lièvre. Qu'avais-je entendu plus tôt dans la journée ? *Tu n'as pas à être désolée*. Un visage impénétrable, une voix qui claque... *Je ne suis pas blessée, juste perplexe.* Je tapai sur mon clavier :

5. Qu'est-ce qui perturbe tant Rorry Bullock ? Pleure-t-elle encore la disparition de son mari ? Ou bien est-elle gênée de se montrer enceinte d'un inconnu ?

Je réfléchis à ce que je venais d'écrire. Rorry s'était peut-être remariée sans qu'on m'en parle. Une seule personne pouvait me renseigner : Marla.

Je regardai ma montre : 23 h 15. Mes activités paroissiales

m'avaient appris qu'il suffisait d'un bavard dans un groupe pour qu'une réunion s'éternise. Et puis, si Marla était déjà couchée, elle aurait coupé la sonnerie de son téléphone et branché le répondeur. Je pouvais donc appeler sans risquer de la réveiller, conclus-je en composant son numéro.

– Goldy ? Que fais-tu debout à une heure pareille ? s'écria-t-elle.

– La cuisine, répondis-je. Et toi ?

– Mon cardiologue m'a interdit de boire, grogna-t-elle. Et pourtant je ne cesse de me dire que si je buvais un verre fatal, je n'aurais plus à écouter Karen Stephens gloser trois heures d'affilée. (Elle grogna de plus belle.) En fait, j'y gagnerais.

– Figure-toi que j'ai croisé Rorry Bullock aujourd'hui. À Killdeer.

– Ah oui ?

– À vue de nez, elle aura accouché d'ici une semaine. Sais-tu si elle s'est remariée ? Ou si elle a un petit ami ? Pourquoi ne m'as-tu pas dit qu'elle était enceinte ?

– Tu connais ces foutus groupes de prière et leur sacro-saint secret, grommela Marla. Oui, elle est enceinte, et nous prions pour elle car elle est aussi fauchée que lorsqu'elle vivait à Aspen Meadow avec Nate.

– Et le père est... ? osai-je.

– Ça, tu le lui demanderas. Tout ce que je peux te dire, c'est qu'elle ne s'est pas remariée. Et je suis persuadée qu'elle n'a pas remis les pieds à l'église de peur qu'on la sermonne – c'est le cas de le dire.

– Oh, s'il te plaît, Marla !

– Quand est-ce qu'on se voit ? On essaie de skier ensemble dans la semaine ?

– Entendu. Je te rappellerai. Mais dans l'immédiat, je vais te laisser dormir. La fatigue te rend cynique, ma belle.

Nous raccrochâmes, et je relus mes notes sur l'écran. Contente d'avoir couché noir sur blanc mes interrogations, j'enveloppai la viande, empaquetai les cookies et stockai le riz refroidi. Il était presque minuit. Je pouvais m'offrir six heures de sommeil, avant de réveiller Arch, de charger la Rover, et de prendre la route de Killdeer sur le coup de

7 heures. Je montai sur la pointe des pieds et me blottis contre la carcasse chaude et douillette de Tom. Un soudain bruissement me fit relever la tête. Par-dessus l'épaule de mon mari je vis des rafales de flocons s'écraser sur le carreau. Éclairé par le réverbère, l'épicéa de devant était tout enrobé de neige. Au matin, Aspen Meadow serait entièrement recouvert, et la semaine suivante nous réserverait un beau Noël blanc.

Je me pressai davantage contre Tom, et songeai que je n'avais pas grand-chose, hormis le revolver, à mettre dans sa botte. Je résolus donc de lui dénicher un cadeau supplémentaire chez les commerçants de Killdeer. Un peu de shopping ne serait pas déplaisant au sortir de chez Arthur. Mais qui dit Killdeer dit déneiger la Rover... Ce qui rognerait encore d'un bon quart d'heure mon temps de sommeil.

Quand l'alarme du réveil trilla sur le coup de 5 heures, la maison baignait dans le noir le plus complet. Dehors, l'épicéa avait disparu. Combien de centimètres était-il tombé ? Frissonnante, j'examinai le réveil, un des ces modèles digitaux qui passent en mode batterie lors d'une coupure de courant. Mes méninges engourdies comprirent que c'était bien le cas. Plus de courant, donc plus d'éclairage public, et – bien pire – plus de chauffage ! J'envisageai soudain de déménager en Arizona.

– Reste ici, marmonna Tom en se retournant pour m'envelopper dans ses bras.

– Je dois préparer mes affaires, répondis-je.

– Pas tout de suite, susurra-t-il tandis que ses mains me caressaient le bas du dos. Tu es gelée, ma parole ! Laisse-moi te réchauffer.

Après avoir délicatement calé mon bras douloureux, je cédai de bon cœur à l'invite. Pourquoi s'en faire ? La nourriture était prête, et à quoi bon déneiger la Rover puisqu'elle avait quatre roues motrices ? Vraiment, rien ne justifiait que je me refuse à l'activité préférée de Tom...

Vingt minutes plus tard, j'étais à la fois réchauffée et revigorée. Après une douche rapide – Dieu merci, il restait de l'eau chaude dans le ballon – je séchai mes cheveux frisotés par l'humidité et enfilai ma tenue de cuistot à la lumière de deux bougies. Je me consolai en songeant que les moines du Moyen Âge entamaient leur journée dans des conditions plus spartiates encore : sans eau chaude ni sexe.

À ma surprise, Arch se leva de lui-même, sans râler. Il n'avait pas eu froid, vu qu'il avait dormi dans sa combinaison de ski. C'était une solution en cas de panne d'électricité.

Je lui remis une chandelle pour sa toilette et descendis à tâtons. Dans leur tanière du salon, Jake le limier et Scout le chat s'animaient un peu. Leur présence avait elle aussi fait bondir l'inspecteur des services d'hygiène, obligeant Tom à leur aménager dans la salle à manger un espace séparé muni d'une trappe vers le dehors. On aurait dit qu'une grande penderie avait poussé dans notre living, mais nous nous en accommodions. *Imaginez une animalerie à côté d'un traiteur*, avais-je lancé à l'inspecteur en le rappelant pour signaler le changement. Il avait reniflé avant de raccrocher.

Jake le limier avait hâte de sortir pour scruter la nuit, mais il était hors de question que je le lâche de si bonne heure. Scout le chat ouvrit de petits yeux, se glissa jusqu'à la vitre inférieure de l'entrée, considéra d'un air mauvais le matelas de neige sombre, puis alla miauler devant son écuelle. Quelle que soit l'heure, on ne peut raisonner un chat.

La main droite mordue par des gouttes de cire chaude, je parvins de la gauche à vider une boîte dans l'auge de Sa Majesté. Puis j'entendis le pas lourd de Tom dans l'escalier. Il tenait une bougie, ainsi que des bottes, des gants et une doudoune. Il annonça qu'il allait faire du feu et déblayer la Rover de Julian, et sur ces mots il garnit la cheminée de papier journal, de petit bois et de bûches, tout en sifflotant joyeusement. Le temps que je transfère mes aliments dans une glacière, mon cher et tendre obtenait ses premières braises. En le rejoignant pour réchauffer mes doigts engourdis, j'avisai, suspendue dans le foyer, son antique bouilloire noire remplie d'eau et déjà fumante.

– Écoute, dit-il, ce matin j'ai une réunion que je ne peux vraiment pas rater. Mais si tu rentres avant 16 heures, je me dévoue pour emmener Arch voir son papa.

Seigneur ! J'avais oublié qu'on était samedi, le jour des

visites en prison. Conduire mon fils auprès de l'Enfoiré me minait toujours le moral, et je ne manquais jamais une occasion de me faire remplacer.

– Merci, Tom. Tu me retires une grosse épine du pied.

Il hocha la tête et sortit, sur les talons d'Arch. Quelques instants plus tard, deux phares illuminèrent l'allée du garage et le moteur de la Range Rover vrombit, tandis qu'à l'intérieur de la maison le vent faisait chuinter la cheminée. Par la fenêtre je distinguai mes deux hommes exhumant la carrosserie sous quelque vingt centimètres de poudre. En tendant l'oreille je perçus le bourdonnement lointain du chasse-neige.

– Tu as une boîte de prête ? demanda Tom, recouvert de neige, dans l'embrasure de la porte.

– Oui, mais je la porterai moi-même.

– Avec ce bras blessé, sûrement pas.

Il ôta ses après-skis sur le paillasson et gagna la cuisine en chaussettes. On ne discute pas avec un flic.

Quinze minutes plus tard, Arch et moi nous installions dans la Range Rover, deux gobelets de cacao crémeux fumant entre nous deux. La recette personnelle de Tom, un mélange d'eau bouillante, de cacao en poudre, de sucre, de lait concentré et de lait demi-écrémé, était tout à fait succulente. Même si, comme avait coutume de dire mon institutrice obèse, la faim vaut les meilleures sauces – ce à quoi ma mère répondait perfidement : « L'ogresse sait de quoi elle parle. »

La coupure avait épargné la grand-rue, où le bandeau digital de la Banque d'Aspen Meadow affichait –15°. Battues par le vent, des guirlandes lumineuses fouettaient les vitrines de l'antiquaire Darlène et du Grizzly Bear Saloon. La devanture de la boutique de décoration Aspen Meadow Arts and Crafts me rappela l'époque où mon fils et moi passions des heures à chercher des cadeaux pour ses enseignants – quand Arch s'extasiait devant des feuilles de peuplier dorées sous cadre et des bouts d'écorce ornés d'images d'élans. Mais quand je lui avais demandé, la semaine précédente, quel type de cookies préparer pour ses profs, il avait rétorqué que ses potes n'offraient rien, eux. Adieu, temps béni où notre relation n'était pas régie par *ce que font les autres*...

– Dis-moi, avançai-je tandis qu'il sirotait son chocolat, Lettie a-t-elle les oreilles percées ?

– Pitié, maman, commence pas. Ne lui achète *rien*, d'accord ?

– C'était juste pour savoir...

– Et pourquoi ça t'intéresse ? Tu vas les lui percer de force si elles ne le sont pas déjà ?

– Je pensais juste...

– Lui offrir un cadeau de Noël. Comme toujours.

– C'est faux ! Je n'ai jamais gâté une de tes amies à Noël.

– Peut-être, mais souviens-toi de ces deux Saint-Valentin, où tu as acheté des peluches et des corbeilles de bonbons pour une fille que tu prenais pour ma copine.

– Mais pourtant vous sortiez ens...

– Non, nous ne sortions pas ensemble ! Je voulais seulement lui offrir des M&M's, mais non, il fallait que maman lui achète la corbeille la plus chère qui soit ! Puis tu as fait la tête en apprenant qu'elle n'était même pas ma petite amie. Arrête de vouloir m'acheter une copine, maman.

Je bus une gorgée, décidée à rester calme.

– Il me semblait t'avoir entendu dire que Lettie était bien ta copine.

– C'est vrai, et j'aurais mieux fait de me taire.

– Arch !

– Ne lui achète rien, compris ?

– Compris !

Arch se tourna vers sa vitre avec force froissements de Nylon. Je regrettai soudain de lui avoir proposé cette balade, me souvenant qu'Arthur Wakefield avait annoncé la fermeture des pistes le temps que la police passe au peigne fin le lieu de l'accident. J'observai mon fils du coin de l'œil. S'il s'était soucié de moi au point de renoncer à la compagnie de Todd, pourquoi se montrait-il si dur ce matin ? Ah, les ados... J'espérais seulement que la pauvre Lettie ne rêvait pas depuis des années d'accrocher deux sapins argentés à ses oreilles.

Au bord du lac j'aperçus un pêcheur solitaire, une lampe fixée à sa casquette. Il devait être frigorifié. Les meilleurs poissons du monde ne méritaient pas ça, tout de même.

Je me renfonçai dans le siège chaud en cuir. Cette voiture rendait agréables les routes les plus accidentées ; Julian était un ange de me l'avoir prêtée. Mais au fait, lui saurait peut-être ce que Lettie désirait pour Noël !

Je chassai cette idée de ma tête. Arch n'avait peut-être pas tort en prétendant que je voulais acheter son bonheur. Alors chut ! plus un mot.

9

Lorsque je m'engageai, avec mille précautions, sur la nationale, le trafic était dense mais relativement fluide en direction des pistes. Camions et voitures bourdonnaient dans le tunnel Eisenhower. Arch dormait, ou faisait semblant. À l'ouest du Divide la neige avait cessé ; les cimes à l'horizon trempaient dans une épaisse bande nuageuse, mais au-dessus de nous le ciel d'azur annonçait du soleil. Le vent projetait sur la route des touffes de neige qu'il arrachait aux remparts boueux bordant la chaussée, de sorte que je n'osai la quitter des yeux pour chercher quelque trace de mon accident. Je n'étais pas candidate à un deuxième carambolage.

Tom avait contacté le dépanneur de la région pour lui demander d'acheminer mon véhicule vers un parking surveillé de Dillon, à quelques encablures du tunnel. À mon retour de Killdeer j'y passerais récupérer les skis de collection – que nous renoncerions à vendre, parole d'honneur.

Comme je sortais vers Killdeer, un faucon à queue rouge surgit à ras du capot ; je freinai brusquement, réveillant Arch en sursaut. Le pauvre s'ébroua, puis indiqua un troupeau d'élans réfugié sur un bas-côté caillouteux et peu enneigé. Depuis ses quatorze ans, Arch avait cessé de présenter des excuses ; il se contentait de reprendre la parole comme si de rien n'était. Quoique déconcertant, c'était toujours préférable au silence, ce même silence que Todd infligeait à la pauvre Eileen pour un oui ou pour un non.

Je m'engageai sur l'avenue Camp Robber, du nom de cet oiseau sauvage familier des pistes. Le *killdeer* était une autre espèce répandue dans l'État, dont même les ignardes de mon espèce savaient reconnaître le cri : « kil-di, kil-di ! ». Mais le bruyant *camp robber* était sans conteste le roi des pistes, qui bondissait sur les tables de pique-nique, becquetait les reliefs de sandwiches, puis emportait son butin vers les pins alentour, d'où son nom de « dévaliseur de campeurs ».

Nous longeâmes une série de maisons grises, blanches et beiges aux toits de bardeaux, en fait de grands duplex jumeaux vendus sous l'appellation de « bungalows ». Bel euphémisme : n'importe lequel de ces chalets faisait deux fois la taille de notre pavillon.

À ma grande surprise, lorsque j'arrêtai le véhicule dans l'allée je trouvai Eileen en sentinelle à la fenêtre. Sa robe de chambre semblait tout droit sortie des collections privées de la reine Élisabeth. Je consultai ma montre : 8 h 30. Pile dans les temps. Et pourtant le visage d'Eileen paraissait au supplice. Je m'étais imparti un délai maximal de trente minutes avant de repartir, mais Eileen avait peut-être besoin de réconfort. Pour peu que Todd soit en pleine phase mutique et Jack affairé dans la cuisine du Bistro, il lui tardait peut-être de partager une conversation d'adultes. J'en étais moi-même passée par là.

Mais ce fut Jack qui ouvrit la porte. Ah, quel bel homme ! Des cheveux ébouriffés encadrant un pâle visage à la barbe naissante. Des yeux noirs et espiègles grands comme ceux de Bambi, et un torse en V avantageusement moulé dans un col roulé. Quelque instinct animal me dit que ce bellâtre faisait fondre les femmes aussi facilement que du beurre.

– Entre, ô glorieuse cuisinière, dit-il d'un air canaille. J'ai préparé un gâteau à la crème fraîche et aux noix de pécan.

Je lui répondis par un sourire franc. Contrairement à une idée répandue, les gens du métier ont gros appétit. Voire très gros. Sans la moindre marque de salutation, Arch se rua dans l'escalier de moquette beige menant à la chambre de Todd.

– Tu voudras déjeuner chez Cinda ? lançai-je derrière lui.

– Non ! répondit sa voix lointaine.

– Alors rendez-vous au Grand Plan à 14 heures, bonhomme !

Une porte claqua. Peu m'importait, à ce stade, qu'il ait entendu ou non. Mon esprit se régalait déjà du gâteau aux noix.

Vêtue de ce qui s'avérait un peignoir matelassé en satin rose, Eileen émergea du salon.

– Goldy ! s'exclama-t-elle en me serrant dans ses bras. Nous étions si inquiets...

La pression de ses doigts sur mon bras meurtri m'arracha un grognement. Eileen recula aussitôt.

– Mais tu es blessée !

– Rien qu'une plaie superficielle, dis-je.

– Allons, Eileen, intervint Jack. Laisse Goldy souffler un peu.

– Bien sûr, bien sûr, répondit mon amie. Mais il faut absolument que je te parle.

Elle posa les yeux sur mon bras, l'air hésitant. Je la devinais tiraillée entre la compassion à mon endroit et ses propres interrogations.

– Je dois savoir ce que nous sommes censés faire, lâcha-t-elle.

Censés faire ? Le savais-je moi-même ? Je suivis mes deux hôtes dans la vaste cuisine carrelée de mauve, de lilas et de vert pomme. Leur architecte d'intérieur avait parlé d'un style Sud-Ouest ; il m'évoquait davantage un œuf de Pâques géant.

Jack remplit une cafetière à piston de café moulu et d'eau bouillante, puis régla son minuteur. Au mur était encadré un curieux petit collage entremêlant photos de skis, pentes orange et télésièges. Je l'étudiai pendant que Jack me servait une tasse accompagnée d'une part de gâteau. Je goûtai sans attendre. Le moelleux de la pâte servait à merveille l'arôme suave de la vanille et le croquant des noix. Un pur délice.

– Sais-tu que les hommes du shérif et l'Office des forêts ferment les pistes pour enquêter sur la mort de Doug Portman ? demanda Eileen de but en blanc.

Je hochai la tête, avant d'ajouter :

– J'imagine que les garçons vont rester ici jusqu'à la réouverture.

– Non, je les ai inscrits à une leçon de surf dans le domaine de Vail. Un cours particulier, rien qu'eux deux et un prof. Je les conduirai et les ramènerai.

J'ingurgitai mon café un peu trop vite, et Eileen comprit mes réserves, qu'elle balaya d'un revers de la main.

– C'est moi qui régale, dit-elle. Ils finiront à midi, puis on rentrera pour déjeuner, et Arch pourra te retrouver à 14 heures. La fermeture ne devrait durer qu'une heure ou deux. Le Bistro reste ouvert ; les clients y accéderont par la télécabine.

J'ignorais toujours quels conseils mes deux hôtes attendaient de moi. Mais les soucis de mon amie devaient être sérieux, pour qu'elle se sente obligée de me rétribuer d'avance par un cours particulier de snowboard. J'écartai ma part de gâteau et attendis.

– On doit te parler, dit-elle à nouveau, avant de se reprendre en voyant que Jack secouait la tête : *je* dois te parler, tout du moins. Que savent les flics au sujet de l'accident de ski d'hier – celui qui a coûté la vie à Doug Portman ?

Surprise par sa question, je plantai mes yeux sur un autre collage, vraisemblablement du même artiste, une accumulation de tasses de thé de toutes tailles. J'y reconnus également certains motifs aperçus la veille dans la galerie de Killdeer. Eileen se racla la gorge. Pourquoi diable me posait-elle cette question ?

– Je ne sais rien du tout, mentis-je sans grand talent. Je ne suis pas dans le secret des...

– Laisse tomber, coupa Jack en considérant d'un air triste mon gâteau non terminé.

Eileen s'agita :

– Écoute, Goldy. Jack est en liberté conditionnelle depuis six mois. Portman était son agent de probation et...

– Quoi ? (Bouche bée, je les dévisageai l'un après l'autre.) Tu sors de prison ? Pourquoi ?

– J'ai été condamné pour homicide involontaire par acte de négligence. Mais je n'étais pas coupable, expliqua-t-il avec détachement, tout en se resservant du café.

Il y eut un long silence. Il reprit après un soupir :

– J'étais marié autrefois. Ma femme, Fiona, était elle aussi fana de ski. Seulement – et n'y vois là aucune forme de vantardise, Goldy – j'ai un excellent niveau sur la neige, alors que le sien était très moyen. Un jour, après un repas trop arrosé, elle a tenu à me montrer un endroit situé en retrait d'une piste noire. La vue y était splendide, et elle y avait déjà emmené son fils.

Sa voix était monocorde, comme s'il récitait sous hypnose.

– Je t'en prie, Jack, tu te fais du mal, implora Eileen.

– S'il te plait, chérie. Goldy ne pourra pas t'aider si elle ignore de quoi il retourne. (Il prit une grande inspiration.) On était donc au bout d'une crête, quand soudain un type a surgi des arbres et s'est jeté sur nous. J'ai essayé de rattraper Fiona, mais elle a glissé. L'agresseur était masqué par une cagoule. Qui que ce soit, il était fort et rapide. Il – ou elle – m'a frappé avec une pierre et j'ai perdu conscience. (Il marqua un temps d'arrêt.) Puis il a dû pousser Fiona dans le vide. Il a tué ma femme.

– Et c'est toi qu'on a condamné ? demandai-je, abasourdie.

– Il fallait bien un coupable. Le procureur m'a reproché d'avoir laissé Fiona skier en état d'ébriété. Elle me tenait la main au moment de l'attaque, et les patrouilleurs ont retrouvé mon gant dans le sien. Mais leurs allées et venues ont effacé les traces de l'agresseur. Sans compter que la neige était instable ce jour-là... Alors, faute d'indices désignant un autre suspect, j'ai écopé de trois ans de prison. J'ai fait un an, et on m'a libéré il y a six mois. Pour bonne conduite.

Il renâcla d'un air amer.

– Mais si tu es sorti il y a six mois, en quoi cela concerne-t-il Doug Portman ? demandai-je.

Eileen fronça les sourcils.

– Vois-tu, certaines personnes étaient opposées à la libération de Jack. Le fils de Fiona, par exemple. C'est lui qui l'a fait boire avant cette funeste incursion hors piste. Puis il est allé dire que Fiona et Jack ne s'entendaient pas, dans le but de faire accuser Jack et de l'empêcher d'hériter de la fortune de Fiona. Mais Jack n'a jamais réclamé cet argent au juge, parce que ça ne l'intéresse pas – et ne l'a jamais intéressé. Arthur, en revanche, ne décolère pas : cet enfant gâté ne se satisfait pas du demi-million de dollars que sa mère lui a légué – il convoite les dix-neuf autres qu'elle a destinés à de bonnes œuvres.

– La vache ! lâchai-je, avant de méditer ce concentré d'informations. Tu dis que c'est Arthur, le fils de Fiona, qui l'a fait boire ? Les flics sont au courant ?

Après un bref silence, Jack confia :

– Fiona sortait d'une dégustation organisée par son fils. Celui-ci est œnologue à Killdeer. Tu le connais, puisque tu travailles avec lui pour ton émission. Arthur Wakefield. Tu auras peut-être remarqué comment il nous snobait hier matin.

– Arthur Wakefield ? me récriai-je. Tu étais donc son beau-père ?

– Sur le papier seulement. On ne s'est jamais entendus. Lors de ma demande de libération, Arthur s'est pointé à l'audience pour expliquer qu'il avait perdu le sommeil depuis le décès de sa mère, qu'il la pleurait sans cesse, etc., ce qui paraît curieux quand on sait qu'il n'est même pas venu à notre mariage, et qu'il n'a pas dû appeler Fiona plus de trois fois durant l'année précédant sa mort...

– J'ai honte de t'embêter avec nos histoires, enchaîna Eileen, mais on en a gros sur le cœur, tu sais. Tiens, regarde ça. (Elle me tendit la photocopie d'un article paru dans un quotidien de Denver.) C'est long ; tu n'as qu'à lire la fin.

Mais je ne survolais jamais un texte. J'avais signé trop de contrats pour ignorer les risques de ce type de raccourcis. Je bus une gorgée de café et me plongeai dans cette tribune intitulée « Loi de la jungle ou fauves en liberté ? ».

Nos ancêtres du Far-West ont connu le règne de la loi du plus fort, de la justice expéditive où le crime répondait au crime, et où les armes avaient toujours le dernier mot. Puis, peu à peu, la sagesse a voulu que l'on adopte le contrat social, où l'individu abdique son droit de punition à l'État, qui en retour lui garantit protection, équité et liberté.

Si, de nos jours, le système pénal du Colorado possède toute la lenteur et la lourdeur propres à la justice américaine, il ne permet pas aux familles de victimes de tourner la page lorsqu'un criminel est condamné à la réclusion ferme. Trois ans de prison pour celui qui vous a retiré l'être aimé ? On serait tenté de dire : « C'est mieux que rien. » Mais ce n'est pas vrai.

La loi de la jungle a vécu, mais on relâche les fauves. Pour peu qu'un assassin ait un minimum de jugeote, il peut retrouver l'air libre au bout de six mois ou d'un an ! Que ceux qui voyaient la Commission des Remises de peines comme une institution honorable et sensée se détrompent : il n'en est rien.

Saviez-vous que, dans notre bel État du Colorado, un criminel ne rencontre qu'un seul membre de la Commission lorsqu'il sollicite une remise de peine ? Saviez-vous que ce membre, qui sera peut-être également critique d'art et grand ami du gouverneur, sera le seul à émettre un avis devant ses confrères ? Et que ces derniers, n'ayant jamais rencontré le détenu ni même vu son dossier, suivront cet unique avis neuf fois sur dix ?

Levez-vous, citoyens ! Remettons à plat le système des libérations conditionnelles. Et par la même occasion, assurons-nous qu'aucun de ces cochons de la Commission ne se fait graisser la patte par quelque fauve fortuné. Mieux : coupons dès à présent toutes les têtes !

Arthur Digby Wakefield

Décidément, c'était la journée des surprises – je fis passer celle-ci avec une nouvelle gorgée de café. Nul besoin d'être docteur en psychologie pour déceler chez Arthur Wakefield des montagnes de colère et de ressentiment...

– Puis-je garder cette coupure ? demandai-je. J'aimerais la montrer à mon mari.

Jack acquiesça, avant de me darder son magnifique regard en ajoutant :

– Saisis-tu l'allusion quand il écrit : « se fait graisser la patte par quelque fauve fortuné » ?

– J'avoue que non. Et toi ?

Ses traits se relâchèrent un peu.

– Rares sont les détenus qui ne connaissent pas d'anecdotes au sujet de Portman. Quand il s'est penché sur mon cas, il a simplement écouté ce que j'avais à dire et pris la décision de me relâcher. Mais nous étions en présence d'une sténographe. Que se passait-il, en revanche, lorsque ces échanges avaient lieu à huis clos, sans témoin ?

Je secouai la tête, tandis que me revenaient des images de billets ensanglantés volant au vent.

– Tu connais quelqu'un qui a soudoyé Doug, ou tenté de le faire ? demandai-je.

Jack mordit dans une tranche de gâteau et mastiqua lentement, l'air songeur.

– Un type jugé pour vol à main armée a proposé à Portman une Porsche d'occasion qu'il avait dissimulée aux flics. Mais Portman l'aurait envoyé au diable, en jouant les vierges effarouchées. Un autre, qui savait que Portman possédait déjà une Porsche, m'a expliqué qu'il fallait lui proposer quelque chose de très gros, de très chic, ou de très distrayant lors de ce premier entretien. Autrement, il vous rayait de sa liste de clients intéressants.

– Et toi, tu avais un cadeau ? demandai-je d'un ton neutre.

– Je lui ai simplement dit que je n'avais pas tué mon épouse, que les indices étaient flous et contradictoires, et que j'avais cessé de boire. En outre, j'étais un détenu modèle et n'avais aucun antécédent judiciaire. (Il se tut un instant.) J'ai promis de lui mitonner de bons petits plats jusqu'à la fin de ses jours s'il m'accordait sa confiance. Il a éclaté de rire, avant de lancer : « C'est quoi votre métier, comique ? » Puis il a feuilleté mon dossier et dit : « Allez, disparaissez. Je ne crois jamais les escrocs, mais vous, je vous crois. Je vous préviens quand même : à la moindre bêtise, je vous tue de mes propres mains. »

Eileen tressaillit.

– Jack a une conduite exemplaire, dit-elle. Il a un emploi stable au Bistro, et tout le monde l'apprécie. Sauf Arthur, bien entendu, qui me fait des mamours pour que j'achète son vin, mais qui crache sur Jack dès qu'on a le dos tourné.

– Voilà donc pourquoi il refusait que Jack participe à l'émission, repris-je avant de me tourner vers l'intéressé : et comment se passe la cohabitation avec Arthur au Bistro ?

– On se croise rarement, et quand c'est le cas, on s'ignore. Tu as peut-être noté que j'étais rarement présent pour l'enregistrement du vendredi. Lorsqu'il vient déjeuner ou dîner, je suis soit en cuisine, soit à l'extérieur.

Je hochai la tête et réfléchis un moment.

– Pour en revenir à ces autres gars dont tu parlais... Le type à la Porsche a été débouté, mais qu'est devenu le second, celui qui connaissait les exigences de Doug ?

Jack haussa les épaules.

– Portman a refusé de le libérer. Mais le type est sorti malgré tout, car il avait un cancer. Inutile de te dire qu'il a gardé une sacrée dent contre Portman. Il s'est juré de se venger.

Un cancer ? relevai-je à part moi. À supposer que les patchs de la carte de vœu contiennent un puissant antalgique prescrit par un cancérologue, pouvaient-ils être mortels au simple toucher ? D'un autre côté, un cancéreux soumis à un tel remède de cheval aurait-il la force de dévaler une piste noire pour assassiner son pire ennemi ?

Autant de questions pour Tom...

– Comment s'appelle cet homme ? demandai-je.

– Barton Reed. C'était autrefois un vrai cul-béni. À présent il est persuadé que Dieu lui a infligé cette maladie pour le punir de tous ses crimes.

Tiens, tiens. Barton Reed. Comme le monde est petit ! Forte des mises en garde de Tom, je me gardai de révéler que je connaissais ce nom. Je vidai ma tasse, pendant qu'Eileen se défaisait de son peignoir rose et le jetait sur un fauteuil du salon. Elle portait en dessous un ensemble vaporeux or et argent, très décolleté. Elle arpenta la cuisine, ouvrit la porte du réfrigérateur et sortit une brique de jus d'orange ainsi qu'une bouteille de champagne entamée. D'une main experte, elle mélangea les deux liquides dans une flûte en cristal pour composer un mimosa. À cet instant, je remarquai quatre autres flûtes maculées de pulpe sur le rebord de l'évier. Si Jack avait renoncé à la boisson comme il le prétendait, alors Eileen ne conduirait mon fils nulle part.

Jack parut lire dans mes pensées :

– Euh... c'est moi qui emmènerai les garçons à Vail, Goldy.

Je le regardai disposer des muffins à l'orange sur un plat de porcelaine. Cet homme était un cuisinier hors pair. Un soir qu'Arch et moi avions été invités à dormir chez eux, Jack nous avait concocté un repas fabuleux : poulet grillé, asperges sautées sauce hollandaise, et une omelette norvégienne montée en un tournemain.

À son invitation, je goûtai ses muffins. Ils étaient tendres, avec un bon goût de beurre, et fondants grâce à l'orange.

– Délicieux, déclarai-je. Tu serais prêt à partager tes recettes ?

– Ce serait un honneur.

Il fouilla dans une boîte à fiches et me tendit celle des « Muffins montagnette à la marmelade ».

– Je les inscrirai sur ma carte dès que j'aurai rouvert, promis-je. Et je n'omettrai pas de te citer.

– Très touché, dit-il en se tournant, radieux, vers Eileen qui lampait son mimosa.

J'étais peinée de voir mon amie renouer avec la boisson. Et que devait éprouver Jack à voir chacune de ses compagnes céder à la bouteille ? J'ignorais le passé de Fiona, mais je me souvenais d'une Eileen qui ne dépassait jamais un verre de vin par soir. Jusqu'à ce qu'elle surprenne son mari – un magnat de l'industrie pharmaceutique – s'injectant de l'héroïne avec sa maîtresse dans la bibliothèque de la maison. De ce jour, Eileen commanda du champagne par caisses entières, qu'elle but d'abord pour se consoler, ensuite pour célébrer les dix millions et demi de dollars que lui rapporta la vente du labo de son mari. Écroué quelques mois pour consommation de drogue et banni de la profession, ce dernier s'était exilé en

Floride. Puis Jack était apparu, et elle s'était dite tellement comblée qu'elle en oubliait de boire. Mais le décès de Doug Portman semblait raviver ses angoisses... et sa dépendance.

– Qu'est-ce qui te tracasse tant ? lui demandai-je.

– Arthur Wakefield, répondit-elle tout de go, avant d'agiter son verre en direction de l'article photocopié. Arthur se tient à carreau depuis que Jack travaille pour moi. Mais je crains qu'il ne profite de la mort de Portman pour nous attaquer dans la presse locale. Il rêve peut-être de voir Jack quitter la ville et le Bistro mettre la clef sous la porte, va savoir. Personnellement, je crois que c'est Arthur qui a tué Doug Portman, pour le punir d'avoir libéré Jack. La mort de Portman va pousser les esprits mal intentionnés à éplucher la nouvelle vie de Jack. Je crois également que c'est Arthur qui a assommé Jack et tué sa mère, afin d'hériter de sa fortune avant qu'elle n'ait révisé son testament. Mais c'était déjà fait, et ça lui est resté en travers de la gorge.

Je regardai Jack, qui haussa les épaules en disant :

– Ces questions m'ont obsédé toute la durée de mon incarcération. Qui m'a frappé à la tête ? Qui a poussé Fiona dans le vide ? Et pourquoi ? Au fait, tu connais la dernière rumeur ? On raconte que Portman skiait avec une tonne de liquide dans les poches. Je me demande bien pourquoi...

Je haussai les épaules d'un air ignorant, résolue à leur cacher mes rapports avec Doug. Je finis mon deuxième café et reposai la tasse sur sa soucoupe.

– Merci pour ces gâteries, dis-je. Je transmettrai à Tom tout ce que vous m'avez confié.

Ils répondirent d'un sourire. Machinalement, je me levai et déposai ma vaisselle dans l'évier. En me retournant, j'avisai la main de Jack dans celle d'Eileen.

Je fus vite dehors.

10

Quelques instants plus tard, j'errais dans un dédale de chalets et d'immeubles uniformes, gris ou beiges, au gré de rues sinueuses aux noms exotiques – Sommet des Chéris, Avenue des Lynx, Rue Bosse, Allée des Glaces. Pour ajouter à mon plaisir, certaines fonctions élémentaires de la Rover m'échappaient encore, telles que l'actionnement des clignotants. Après avoir tourné en rond pendant quinze minutes, j'engageai le 4 × 4 sur une route anonyme, à la recherche de nouvelles indications.

Arthur disait habiter Chemin des Élans. Je bifurquai au panneau annonçant le sentier et l'aire de pique-nique de la Crête des Élans, qui me mena sur un parking où je zigzaguai entre les skieurs déchargeant leurs coffres. Deux agents de voirie m'affirmèrent que je me trouvais bien sur le Chemin des Élans. C'était à devenir dingue.

Il était 9 heures. Arthur ne m'attendait pas avant 10 heures. Un bon moyen de localiser une adresse à Killdeer consistait à consulter le plan du centre-ville, version réduite du Grand Plan qui avait pour autre mérite de côtoyer le Pause Cannelle de ma copine Cinda.

Alors je fis demi-tour, me garai près de la télécabine, marchai jusqu'au plan, et trouvai le Chemin des Élans. J'en avais simplement raté l'entrée, la confondant avec une allée de garage. La villa d'Arthur se situait à moins de cinq minutes de là. Frissonnante, j'allai de ce pas prolonger la longue file d'attente devant l'établissement de Cinda. La fermeture exceptionnelle des pistes allait faire les choux gras des commerçants et restaurateurs de la station. Comme je commençais à grelotter, un serveur me reconnut par la fenêtre et me salua de la main. Quelques instants plus tard, il sortit dans le froid pour m'apporter un double expresso.

– Vous êtes la nana de PBS, c'est ça ? Tenez, cadeau de la maison.

– La télévision publique a des fans en or ! dis-je pour le remercier.

Il était roux, les yeux gris, le visage couvert de taches de rousseur. S'agissait-il du Davey dont m'avait parlé Cinda ? J'aspirai quelques gouttes du breuvage. Merveilleux.

– Quel est votre nom ? demandai-je. J'aimerais dire à Cinda combien vous êtes sympathique.

– Ryan, sourit-il.

– Dites-moi, Ryan, la patronne est là ?

– Non, elle avait rendez-vous chez le médecin pour son genou.

– Elle a toujours mal ?

– Ouais. On ne se remet jamais complètement d'une mauvaise chute de surf. Elle en bave, la pauvre. C'est pour ça qu'elle a ouvert ce salon de thé : elle avale un cachet avec un expresso et ça va mieux au bout de vingt minutes.

Je remerciai de nouveau Ryan et me dirigeai cette fois-ci vers la galerie d'art, intriguée par un ruban noir et blanc noué à la poignée de la porte. Il accompagnait un carton calligraphié :

Ouverture exceptionnelle en mémoire du regretté critique Doug Portman.

Venez découvrir sa sélection du « Meilleur de Killdeer » des cinq dernières années.

En pénétrant dans la galerie, je dénombrai une cliente en manteau de fourrure et ce qui ressemblait à une vendeuse. Je tâchai de mettre entre parenthèses ma qualité de traiteur-fouineur pour endosser l'apparence d'une grande amie des arts, venue en toute décontraction siroter son café. Mais avec ma vieille parka duvetée à capuche – mon anorak n'avait pas survécu à mon accident de voiture – et mon fuseau de ski noir, je ne paraissais guère introduite dans les milieux artistiques, sinon pour dresser le couvert. La femme en fourrure partie, ne restaient que la vendeuse et moi. Après qu'elle m'eut ignorée pendant dix minutes, je m'avançai dans la « Rangée des Prix » signalée par un second bristol calligraphié à la gloire de feu Doug Portman.

Les vingt œuvres exposées me laissèrent dubitative. Mon esprit profane ne devait pas être suffisamment armé pour partager les goûts de Doug Portman, car à mes yeux ceux-ci oscillaient entre surfait et atroce, en passant par affreux et médiocre. Un acrylique montrant un skieur jaillissant de la poudreuse, une aquarelle figurant un élan sous la pluie, un râtelier d'armes à feu façon nature morte, une huile représentant une petite cabane en bois dans un pâturage fleuri... Chacun était orné dans le coin droit d'un ruban, parfois empoussiéré, proclamant : « Meilleur de Killdeer » ou « Mention honorable ». Trop naze, aurait dit mon fils.

Je terminai mon expresso, et rêvai aussitôt d'un autre. Ou, à défaut, du Pepto-Bismol d'Arthur. Ces croûtes valaient bien ça.

La plupart étaient encore en vente, pour plusieurs milliers de dollars. Pourquoi ne trouvaient-elles pas preneur, si elles étaient si belles ? me demandai-je naïvement.

Mais le plus navrant demeurait la prétention de ce pauvre Doug. Ses propres tableaux étaient épouvantables, et pourtant il n'avait jamais douté de faire fortune. Comment, dès lors, pouvait-on se fier à son jugement ? Il me faisait pitié, même mort.

Cinq minutes plus tard, la galeriste ne m'avait toujours pas adressé la parole. Je traversai la boutique à la recherche d'une corbeille où jeter mon gobelet vide. À côté de la fontaine à eau, au-dessus de la poubelle, s'alignaient trois collages semblables à ceux qui peuplaient le restaurant et le salon d'Eileen. Pour une raison quelconque, ces œuvres m'amusaient. *Détritus de printemps* montrait des photos déchirées de neige fondant sur des silos de terre, des bâtons de ski plantés dans des pièces de gazon vert fluo, et des moufles sales prises dans les griffes d'un engin de damage. *Patrouille à ski au crépuscule* mélangeait pour sa part des clichés de pistes sous la tempête et de skieurs athlétiques aux mouvements flous, une motoneige charriant un blessé sans visage, et de grands skis lugubres plantés en croix dans la neige.

Le troisième s'intitulait *Célébrité sur la montagne* : un essaim de gardes du corps causant dans leurs talkies-walkies, une forêt de micros étincelant au soleil, et le demi-visage du vice-président. L'autre moitié était collée sous une publicité pour un Caméscope. Mon rire finit par attirer la vendeuse.

– Un problème ? demanda-t-elle.

Toute menue, elle avait le visage enduit d'un maquillage mat et des cheveux d'ébène coupés au carré. Ses vêtements, un pantalon et un pull noirs aux extrémités doublées de fourrure, semblaient taillés sur mesure.

– Non, répondis-je avec un léger sourire tout en consultant ma montre. Pas le moindre problème.

Elle regarda les collages et fit la moue.

– Ils sont à vomir, dit-elle.

– Alors que font-ils ici ? m'étonnai-je. Je les trouve superbes.

– Préféreriez-vous la décoration à l'art ? répliqua-elle en me toisant.

– Qu'entendez-vous par là ?

– Doug Portman, notre ami critique, qualifiait les œuvres de Boots Faraday de « purement décoratives ». Si nous l'exposons, c'est uniquement parce qu'elle nous rapporte la moitié de notre chiffre d'affaires. Son public se compose pour l'essentiel de décorateurs.

– Dois-je comprendre qu'elle a un style *décoratif* pour la seule raison qu'elle plaît aux *décorateurs* ? N'est-ce pas un peu simpliste ?

– C'est plus compliqué que ça. Laissez tomber.

– Combien vendez-vous *Détritus de printemps* ? demandai-je impulsivement.

Stupéfaite, la galeriste recula d'un pas.

– Euh... deux cinquante, bredouilla-t-elle. Deux cent cinquante dollars. Vous comptez l'acheter ? Aujourd'hui ? Maintenant ?

– Tout à fait.

Au diable l'avarice. Tom serait ravi de ce cadeau.

La femme décrocha le tableau et fila vers son comptoir. Brandissant ma carte de crédit, je lançai :

– Pour tout vous dire, je trouve la sélection de Doug Portman du plus mauvais goût.

– Mais vous parlez du plus grand critique de notre ville !

– Vous le connaissiez ?

– Bien entendu. Hélas, il vient de nous quitter. Pas plus tard qu'hier. Un accident de ski. (Elle glissa ma carte dans le lecteur.) Quoi qu'il en soit, jamais vous n'auriez vu un tableau de Boots Faraday dans une sélection de Doug.

– Je suis navrée d'apprendre son décès. Comment est-ce arrivé ?

– Je ne connais pas les détails, dit-elle en me tendant la facturette. Il aura probablement été fauché par un surfeur. Mais la police enquête ; c'est pourquoi les pistes sont momentanément fermées.

Arch n'avait pas tort, dans le fond : les snowboarders faisaient de parfaits boucs émissaires.

– Craignez-vous que votre galerie pâtisse de la disparition de ce critique ? demandai-je gentiment.

– Bien entendu. Doug adorait parler d'art. Il aimait faire partager ses connaissances. C'était un homme brillant. Un grand critique new-yorkais a même jugé ses choix remarquables.

– Ah oui ? Qui ça ?

– Secret professionnel, répondit-elle en retrouvant son air hautain.

– Soit. Auriez-vous la carte de l'auteur de ces collages ? J'aimerais lui écrire un mot.

– Si vous avez l'intention de lui acheter directement ses œuvres, je vous préviens que nous sommes son distributeur *exclusif* dans cette ville ! postillonna la vendeuse.

Devant mon absence de réaction, elle fouilla à contrecœur

dans un tiroir et produisit une carte de visite, que j'étudiai tandis qu'elle enveloppait mon acquisition. Y figuraient non seulement les coordonnées complètes – adresse, téléphone, e-mail – de Boots Faraday, mais aussi sa photo en médaillon. Elle avait de jolis traits ; des pommettes saillantes, de belles dents blanches qui dégageaient un sourire puissant. Et une impressionnante crinière blonde.

Je l'avais déjà vue, mais où ?

– Qu'y a-t-il à présent ? soupira la vendeuse en me tendant mon paquet. Je peux reprendre cette carte, si elle vous chagrine autant que nos toiles !

Je pris le collage et quittai la boutique en souriant. Sur le chemin pour regagner la Rover, la mémoire me revint soudain. J'avais bel et bien aperçu Boots Faraday quelque part. La veille au matin, une ou deux heures avant que Doug ne perde la vie sur une piste noire, je l'avais vue suspendre des tableaux aux murs du Bistro. Puis elle avait suivi le tournage au milieu du public.

Je calai mon achat à l'arrière de la voiture. Eileen Druckman possédait plusieurs œuvres de Boots Faraday. Les deux femmes se connaissaient-elles ? Eileen avait-elle invité l'artiste à l'émission ? Et quid d'Arthur ? Connaissait-il Mlle Faraday ?

Du calme, me dis-je. Si le besoin me venait de rencontrer Boots Faraday, je disposais de ses coordonnées et de sa photo. Elle ne serait pas difficile à localiser.

Tout en roulant vers le Chemin des Élans, je revis en esprit la belle blonde perchée sur son échelle. Quelques instants plus tard, l'individu qui jugeait son art trivialement « décoratif » allait mourir.

Tom me conseillait toujours de traquer les détails insolites. Boots Faraday était une artiste, et non une fana de télé, encore moins un cordon-bleu. Alors que venait-elle faire au Bistro ce matin-là, à part montrer ses œuvres ?

11

À 9 h 55 je m'arrêtai dans l'allée d'Arthur Wakefield. Sa résidence se démarquait du reste de Killdeer par ses murs anthracite et son toit en ardoise. Je lui trouvai un petit côté château de la Loire, sans doute voulu par notre amateur de vin. À moins que ce ne soit maman qui ait choisi ce lieu ?

Avant de quitter mon véhicule, je m'interrogeai sur l'emploi du temps de mon client : si sa mère lui avait légué une coquette fortune, pourquoi s'embêter à travailler chez PBS ? Son négoce de vin était-il moribond ? Ou bien s'était-il établi à Killdeer pour des raisons plus confidentielles ?

Je charriai mes boîtes isothermes jusqu'au porche, les posai en équilibre sur la rambarde en fer forgé et actionnai le heurtoir de la porte. Le maître des lieux ouvrit, et je faillis ne pas le reconnaître. Disparus les habits noirs, la bouteille de Pepti-Bismol, le dos voûté. Il semblait même ravi de me voir. Ses cheveux foncés étaient tout propres et gonflés. Hélas, ses joues étaient aussi creuses et atones qu'à l'ordinaire, et son regard triste. Arthur était peut-être dans un bon jour, mais n'en demeurait pas moins un homme torturé. Peut-être mettait-il la dernière main à un nouvel article.

– Je peux entrer ? demandai-je en reprenant mes boîtes.

– Oui, grinça-t-il. Je t'attendais avec impatience. Bon sang, si tu savais...

– Tout va bien, Arthur ?

Il secoua la tête. Je franchis le seuil et m'arrêtai à la lisière d'un sublime tapis persan – un autre cadeau de maman ? Le séjour, avec ses meubles d'acajou et ses murs clairs ornés de tableaux, était bigrement impersonnel. Hormis une poignée de figurines en porcelaine sur la console du vestibule, ni bibelots ni photos pour le rattacher à son passé.

Plus saisissant encore : une bonne dizaine de collages signés Boots Faraday. Je m'arrêtai sur l'un d'eux, qui montrait de hautes herbes, des buissons et des feuilles vertes saupoudrés de neige. Je m'approchai pour déchiffrer le titre : *Jardin d'hiver*.

– Boots compte parmi mes meilleurs clients, dit Arthur dans mon dos. Pour elle, c'est le début de la pleine saison : Noël et tout le toutim. Elle va me commander des dizaines de caisses pour ses expositions à domicile. Elle vend énormément de cette façon.

– Davantage qu'à la galerie ?

– Évidemment, répondit-il en haussant les épaules. Ces gens-là ne jurent que par les poneys et les petites fleurs. Mais allons à la cuisine, si tu veux bien. Pour en revenir à ta question initiale, non, ça ne va pas fort.

J'offris un regard compatissant qui sembla surtout l'irriter.

– Ma première cargaison de vin n'est toujours pas arrivée, reprit-il, ce qui m'oblige à reporter la dégustation à lundi. Je vais avoir l'air fin. J'ai gambergé toute la nuit, à me demander comment annoncer ça. Et je n'ai rien avalé.

– Alors au travail ! lançai-je.

Les contretemps ne me dérangeaient guère, puisque mon agenda demeurait désespérément vide. Et puis, je me réjouissais qu'Arthur soit affamé : cela signifiait qu'il était à moi !

Nous empruntâmes le couloir jusqu'à la cuisine, une pièce chaleureuse avec des murs jaunes, des comptoirs à petits carreaux blancs, et des tomettes jaunes et blanches au sol – la marque d'un non-cuisinier : carrelage rime avec mal de dos. Sur les murs étaient affichés des posters touristiques de France, bariolés de jaune, de gris et de lavande.

Arthur se percha sur un tabouret de bar, devant huit bouteilles habillées d'un ruban et d'une carte manuscrite énonçant : « *Je vous invite, à nouveau !* »

– J'ai dix caisses bloquées à l'aéroport de Denver, grommela-t-il.

– Dans quelle partie de l'aéroport ?

– Aux douanes.

– Tu aurais une poêle de taille moyenne ?

Il indiqua vaguement une colonne de tiroirs. J'y trouvai mon bonheur et mis à chauffer le porridge que j'avais apporté. Je brûlais de demander à Arthur s'il avait entendu quoi que ce soit concernant la mort suspecte de Doug Portman. Mais je voulais découvrir avant tout comment nous étions censés planifier sa réception, sachant qu'il devait 1) prendre son petit déjeuner 2) arracher ses grands crus aux mains des douaniers. Je remuai le porridge dès qu'il se mit à bouillonner. Il était trop tôt pour interroger Arthur. Je savais le danger de négocier ou de discuter avec un client ayant un faible taux de glycémie. Il s'énerve, bougonne, hésite.

Cinq minutes plus tard, mon porridge à l'orange et à la cannelle était prêt à recevoir une noisette de beurre et quelques cuillerées de sucre roux. Arthur touilla fébrilement son bol et engloutit d'énormes bouchées. À défaut de l'aider à triompher de la bureaucratie, ma potion lui permettrait de commencer la journée. Je m'assis à mon tour et sortis mon calepin.

– Dieu que c'est bon... gémit-il. Il faudra absolument présenter ce truc lors de notre dernière émission.

Avais-je décelé un regain de couleur dans ses joues, ou prenais-je seulement mes désirs pour des réalités ? Il m'observa d'un air penaud, puis vida son assiette avant de lâcher :

– Je me suis rendu compte, au milieu de la nuit, que je m'étais mal conduit en apprenant ton accident de voiture. Alors je te présente mes excuses. Comment te sens-tu ?

– Ça va, merci. En fait, cet accident de voiture était le deuxième événement tragique de la journée. Juste après notre tournage, j'ai... découvert ce type qui s'est tué sur la piste. (Arthur ouvrit de grands yeux.) Il se trouve que je le connaissais.

Arthur bondit pour rincer son bol.

– Comment as-tu rencontré Doug Portman ? demanda-t-il depuis l'évier.

– Par le biais de mon mari. Il est flic, souviens-toi.

– Je vois. Café ? proposa-t-il en attrapant une bouteille d'eau minérale.

– Volontiers. Tu connaissais Doug Portman ?

Je constatai quand il se retourna que ses joues étaient en feu, et je doutais à présent que mon porridge en soit la cause.

– Oui, si l'on veut, marmonna-t-il. Tout le monde se connaît dans ces petites villes, tu sais. Mais parle-moi plutôt de toi, Goldy. C'est la seule chose qui m'intéresse. Je veux voir ma vedette en forme pour notre dernier numéro.

Je soupirai.

– Mon bras reste douloureux, et la camionnette est bonne pour la casse. Mais on m'a prêté une voiture et je suis en vie, alors je bénis le ciel.

– Moi de même, ajouta Arthur tout en s'attelant à la préparation du café.

Le bouchon de la machine à expresso céda d'un « pop ! » qui me fit sursauter. Hilare, Arthur vida maladroitement l'eau dans le réservoir, puis versa des grains de café dans son moulin électrique, qui se mit à ronronner comme un scooter. Puis il dosa la poudre noire dans la machine et la mit en route. Trente secondes plus tard, il posa sur le comptoir deux minuscules tasses de jus mousseux et brûlant. J'y trempai les lèvres et le déclarai divin, m'abstenant d'ajouter que c'était le café le plus bruyamment préparé que j'aie jamais goûté.

– Alors dis-moi, glissai-je après un rapide coup d'œil à la pendule, quand dois-tu partir pour l'aéroport ?

– Dans cinq minutes. Écoute, on n'aura pas le temps d'évoquer le menu aujourd'hui. (Il avala son café puis glapit en prenant conscience de l'heure :) Mince ! Je dois aussi... Bon sang !

– Quoi ? Laisse-moi t'aider, Arthur. Je suis à ton service.

– Je dois livrer ces bouteilles en même temps que les nouvelles invitations. Mais je doute que tu... Laisse tomber. Je vais chercher la liste du buffet, puis il faudra que je parte. On réglera les derniers détails par téléphone.

Dès qu'il se fut éclipsé, je vidai mes boîtes dans son réfrigérateur quasi vide, lavai nos deux tasses, puis notai une série d'instructions pour réchauffer son repas surprise, avant d'examiner la liste de noms posée au milieu des bouteilles. Boots Faraday en était. Intéressant.

Je finissais de dresser le couvert – pour une personne – quand Arthur réapparut. Il avait rabattu des cheveux en avant et revêtu pull, pantalon et blouson noirs. Il me tendit une feuille barbouillée de noms de plats et de vins. L'hésitation lui minait le visage.

La meilleure façon de gagner quelqu'un à sa cause consiste, comme je l'avais découvert, à profiter de ce qu'il est pressé pour le bousculer un peu.

– Que puis-je faire pour t'aider ? demandai-je d'un grand sourire. Je suis libre jusqu'à 14 heures. Confie-moi une tâche.

– Je dois livrer ces vins chez mes invités.

– Voyons un peu, dis-je en m'emparant de la liste. Boots Faraday...

– Boots est une grande figure des milieux artistiques de Killdeer.

– Je sais.

Et c'est bien pour cela que je souhaitais prendre langue avec elle. Pour ses nombreuses relations. Elle en savait peut-être dix fois plus sur Doug Portman que ce brave Arthur. Sans compter que je voulais comprendre ce qu'elle fabriquait au Bistro la veille.

– Boots Faraday... répétai-je avec emphase, comme si nous étions de grandes amies. Je m'apprête à offrir une de ses œuvres à mon mari. Je l'ai aperçue hier matin avant le début de l'émission. Mais je n'ai pas eu le temps de la saluer.

– Alors vous vous connaissez ? dit Arthur avec soulagement.

– Nous ne sommes pas intimes, mais...

Il chassa son idée d'un revers de la main.

– Connais-tu les Vins du Montagnard, au centre-ville ? (Je promis que je trouverais.) Ils se chargeront de ces livraisons. Dis-leur de m'envoyer la facture.

Je hochai la tête, avant d'ajouter :

– Et que fait-on de la bouteille de Boots ? Veux-tu que je la lui apporte ?

Il haussa les épaules.

– Elle déjeune la plupart du temps au Café des Gorges. Tu connais ?

– C'est tout comme. Ravie d'être ta coursière, Arthur.

– Génial. Alors voici la liste des invités ainsi qu'une autre pour le buffet. Et n'oublie pas que... (ses joues s'empourprèrent à nouveau) mes invités doivent croire que j'ai tout cuisiné moi-même. Alors, quel que soit ton menu, fais en sorte que je puisse y apporter la touche finale lorsqu'ils arriveront. Je veux juste leur faire croire que je cuisine comme un chef. Mais je préciserai que tu m'as aidé, promis.

– Pas de problème, Arthur. Je laisserai même mes instructions sur un minuscule bout de papier, que tu pourras avaler au premier coup de sonnette.

Il me renvoya un sourire triste.

– C'est une bonne chose que nous ayons travaillé ensemble auparavant. Je suis rompu à ton humour.

À qui le dis-tu... songeai-je en empochant les deux listes.

– Avec un peu de chance, reprit-il, j'aurai récupéré toutes mes bouteilles d'ici ce soir. On pourra déterminer le menu demain. Ce ne sera pas trop tard, n'est-ce pas ?

– Bien sûr que non.

Ne jamais avouer au client qu'il contrarie tous vos plans, aussi forte soit votre envie de l'étrangler...

Comme il empaquetait ses bouteilles-invitations, j'annonçai :

– Un repas tout prêt t'attend dans le frigo, Arthur. Cadeau de la maison. Tu trouveras le mode d'emploi sur le comptoir.

– Ah ? D'accord. Merci.

Je perçus dans sa voix moins de gratitude que de fatigue. Il examina ma liste d'instructions et me dévisagea d'un drôle d'air.

– C'est donc ça que tu faisais pendant que je me changeais ?

– Eh bien, oui.

Tu ne croyais pas que j'allais rester assise à t'attendre ?

– Mmm, conclut-il tout en promenant son regard dans la cuisine.

J'eus la désagréable impression qu'il me soupçonnait d'avoir volé quelque chose. Sans un mot, il souleva ses cartons de bouteilles et me pressa vers le vestibule. Arrivé au milieu du couloir, il se retourna et vérifia gauchement si la porte jouxtant la cuisine était bien verrouillée. Puis il posa son regard sur l'une des figurines de l'entrée – une bergère en porcelaine de Dresde.

Quelle discrétion, Arthur ! Tant que tu y es, pourquoi n'accroches-tu pas une enseigne au néon disant : « Objets de valeur derrière cette porte » ? Mais que pouvait-il posséder de si précieux ? Du vin ? *Allons, maman...*

Je descendis en marche arrière l'allée enneigée, puis regardai s'ouvrir la porte du garage et Arthur sortir à son tour, au volant non d'une Subaru – ouf ! –, mais d'une Escalade noire rutilante, la Cadillac des 4 × 4. Il avait fixé à la calandre une couronne de houx, et sa plaque d'immatriculation indiquait : « BACCHUS ». Soit il avait hérité d'un véritable pactole, soit sa petite entreprise marchait du tonnerre. Mais dans un cas comme dans l'autre, pourquoi se provoquer un ulcère en travaillant chez PBS ? Décidément, cet Arthur était une énigme, pensai-je tout en filant vers le centre-ville à la recherche du Café des Gorges.

Je la reconnus dès que je poussai la porte : la crinière dorée, le visage mince et affirmé... Sa physionomie même était celle d'une artiste. Elle regardait rêveusement au-dehors en inclinant la tête. Je l'observai en silence, le temps de préparer mon entrée en matière.

Un soudain fracas la fit se retourner. À la table voisine de la sienne, un bambin était tombé de tout son long en trébuchant dans ses chaussures de ski. Effrayé, il pleurait toutes les larmes de son corps. Sans la moindre hésitation, Boots se pencha sur lui, tendit les bras et le souleva avec une facilité déconcertante. Puis, voyant que la mère du petit refusait de le porter – il devait bien peser quinze kilos avec ces bottes aux pieds –, elle s'amusa à le faire sauter dans ses bras, en partageant ses éclats de rire.

Plutôt robuste, l'artiste. Sous son minois d'actrice anglaise s'étirait un corps d'athlète. Par malchance, à peine eut-elle reposé le garçonnet qu'elle me repéra. Son regard me glaça comme une giclée d'azote liquide.

Les doigts crispés sur sa bouteille, je traversai d'un pas résolu la salle bondée. À en croire Tom, mon rendez-vous de la veille avec Doug pouvait susciter toutes les spéculations. Aussi me fallait-il impérativement discuter avec Boots, pour savoir ce qui l'avait amenée au Bistro, et ce qu'elle savait au juste. Mais pourquoi m'accueillait-elle avec tant d'hostilité ?

– Vous êtes Boots Faraday, n'est-ce pas ? demandai-je en arrivant à sa table. C'est vous qui réalisez ces fameux collages. Je viens vous remettre cette bouteille accompagnée d'une invitation, de la part d'Arthur Wakefield. Il a été retenu à Denver. Un petit problème avec les douanes.

Deux yeux d'un bleu intense m'étudièrent : amie ou ennemie ?

Je me présentai, déclinai ma profession de traiteur et de chef à domicile, et présumai qu'elle avait peut-être regardé *Cuisine au sommet !*... Elle acquiesça d'un léger hochement de tête. J'enchaînai :

– J'adore ce que vous faites. Je viens d'acheter l'une de vos œuvres pour l'offrir à mon mari, à Noël. J'aimerais tant que vous m'expliquiez le processus de création de vos collages. Mais vous n'aimez peut-être pas déjeuner avec vos admirateurs...

Mon aplomb la laissa de marbre. Elle considéra ses couverts tout en caressant la nappe.

– Je comprendrais que vous préfériez rester seule, insistai-je. Moi-même, je suis constamment assaillie de questions sur la cuisine. Et quand c'est pour entendre que l'on peut remplacer le fromage par du tofu, je regrette le temps de l'anonymat !

Cette réflexion lui arracha un sourire à la Mona Lisa.

– C'est vous qui faites les cookies aux coquilles d'œuf, répondit-elle. J'ai vu l'émission. La collecte annuelle en mémoire de Nate Bullock compte beaucoup à mes yeux.

– Vraiment ? fis-je en posant la bouteille sur la table. Pourquoi donc ?

– Arthur vous a peut-être confié que Nate et moi étions bons amis ?

– Sacré Arthur ! Non, il ne m'en a rien dit.

Son visage obliqua de nouveau vers la fenêtre. Cherchait-elle quelqu'un ?

– Je pensais que mes liens avec Nate Bullock étaient la raison pour laquelle Arthur m'avait commandé quelques collages pour son plateau. (Elle se retourna vers moi. Ses splendides yeux azur semblaient voilés, insondables.) Asseyez-vous donc.

Sa table offrait une vue magnifique sur le mont Killdeer. Les enquêteurs devaient avoir bouclé leurs recherches, à en juger par l'affluence sur les pistes. La serveuse arriva ; Boots enfourna sa bouteille dans son cabas en cuir pendant que je commandais une salade César au poulet.

– La même chose, dit ma camarade.

Peinant à trouver un angle d'attaque, je lançai une discussion badine sur la cuisine, les vins, et la vie à Killdeer. Mais Boots restait sur ses gardes. Peut-être se comportait-elle de la sorte avec tous ses fans. Quand nous donnâmes les premiers coups de fourchette dans notre romaine nappée de poulet grillé, de parmesan frais et de croûtons au beurre, j'avais épuisé tous mes sujets bateau.

J'écartai mon assiette. C'était maintenant ou jamais.

– Je viens de vous acheter *Détritus de printemps*. On voit vos œuvres un peu partout. Il doit être difficile de se faire un nom quand on habite une petite ville.

Elle avait un rire chaud et charmant. Puis son regard se referma.

– Vous devez me croire très sotte, dit-elle.

Mon sourire se figea.

– Pardon ?

– Que cherchez-vous au juste ? demanda-t-elle sèchement. Outre de savoir s'il est... (elle me singea d'une voix de crécelle) « difficile de se faire un nom quand on habite une petite ville » ?

– Oh, je ne suis qu'un modeste traiteur qui admire votre travail, et...

– Ne vous fatiguez pas.

– Mais je...

– Qu'attendez-vous de moi ?

– Eh bien, pour être tout à fait franche, Arthur Wakefield m'a embauchée comme chef à domicile, et il m'a chargée de vous remettre cette bouteille. J'ai par ailleurs acheté l'un de vos tableaux et j'aimerais sincèrement connaître votre parcours. Et puis (je pris une longue inspiration), de par votre qualité d'artiste, je suppose que vous connaissez, du moins connaissiez, le critique Doug Portman.

Elle se renversa sur son dossier, les lèvres pincées.

– Vous vous demandez si je connaissais Doug Portman ? Puis-je savoir pourquoi ?

– Voyez-vous, j'étais censée le retrouver après l'émission d'hier. Hélas, comme vous le savez sans doute, il est mort en redescendant à ski du Bistro. Les services du shérif ont décidé d'ouvrir une enquête, raison pour laquelle les pistes sont restées fermées ce matin. (Boots leva un sourcil.) Or, puisque je semble être la seule personne à savoir pourquoi il transportait une telle somme d'argent liquide, la police me bombarde de questions. Et croyez-moi, ce n'est pas une place enviable.

– Vraiment ?

– Bref, après avoir déduit que c'était vous qui suspendiez ces tableaux hier matin, je me suis demandé si vous aviez remarqué quoi que ce soit de... d'étrange, disons. Concernant Doug, j'entends.

– Rien du tout, s'empressa-t-elle de répondre, le regard fuyant à nouveau vers la fenêtre.

– Rien, dites-vous ? L'avez-vous seulement aperçu ? A-t-il parlé à quelqu'un durant l'émission ? Paraissait-il contrarié, malade ? Vous ne pouvez vraiment rien me dire ?

Ses yeux revinrent vers moi.

– J'ai lu cet article qui vous était consacré, lança-t-elle. Vous savez, celui qu'Arthur a publié dans le *Courrier de Killdeer* pour lancer l'émission.

– Un article ?

– Oui, un article. Dommage que vous ne l'ayez pas lu. On y apprend que vous êtes traiteur, et que vous vous lancez dans la cuisine à domicile. (Je secouai lentement la tête, l'air de dire : « Et alors ? ») Mais ce n'est pas tout. Il est également écrit – je cite de mémoire : « Goldy Schulz s'est illustrée en aidant à l'occasion, et en sous-main, son policier de mari à élucider des crimes. Alors, si elle vous pousse à la confidence, songez à appeler votre avocat. »

Je te revaudrai ça, Wakefield...

– Alors vous pensez vraiment que je distribue les invitations d'Arthur dans ce but ? Pour vous extorquer des aveux ?

– Ai-je tort ? Il est de notoriété publique que Doug et moi étions fâchés. Ce type n'avait aucun goût, mais il se croyait génial. Son incompétence et ses jugements péremptoires ont blessé plus d'un artiste, dont moi. Maintenant, je repose ma question : que cherchez-vous au juste ?

– Écoutez, j'adore votre travail. J'aimerais que vous me racontiez vos débuts. Et vous m'aideriez beaucoup en me disant si un détail vous a intriguée au Bistro. C'est aussi simple que ça. Mais si vous n'avez pas envie de parler, il suffit de le dire.

Elle renifla avec dédain.

– Je vous ferai signe quand je serai d'humeur bavarde. Pour en revenir à votre première question, j'ai débuté en peignant de grande huiles abstraites. Ces chers critiques, Portman compris, en étaient fous. Mais je n'en ai pas vendu une seule.

– Ah bon ?

Baissant la voix, elle fit mine d'ouvrir un journal et récita :

– « Les toiles avant-gardistes de Mlle Faraday dépeignent la violence avec passion, couleur, et ontologie. »

– Ce sont les mots de Doug ?

– Vous voulez rire ! Doug Portman devait ignorer la différence entre « ontologie » et « orthodontie ». Non, ces lignes émanent d'un critique de Denver. Quoi qu'il en soit, j'avais un loyer à payer, alors je me suis essayée au collage. Certains ont vu dans ces œuvres un vulgaire « artisanat ». La plupart les ont ignorées. Et le seul critique du coin, Doug Portman, les a prises en grippe, car elles étaient petites et intimistes, et non grandes et flamboyantes.

– Je suis navrée.

Son sourire avait l'aspect d'une entaille.

– Ne le soyez pas. Ces premiers collages sont partis comme des petits pains. J'avoue même avoir pris un certain plaisir à entendre Doug les qualifier de « pipi de chat » et de « papier peint ». J'ai fondé l'Association des artistes de Killdeer, afin que les talents de la ville unissent leurs forces pour mieux se vendre au lieu de se tirer dans les pattes. Pour finir, plusieurs publications se sont intéressées à moi, et les commandes ont afflué. Aujourd'hui ma petite entreprise se porte à merveille, et je me moque pas mal de la passion et de l'ontologie. (Elle planta sa fourchette dans un morceau de poulet.) Prête pour la question numéro deux ? Non, je n'ai rien vu au Bistro.

Facile, pensai-je tout en buvant un verre d'eau, le temps de préparer le coup suivant. Je lui réservais encore une ou deux questions, au sujet de Nate Bullock et de sa veuve enceinte. Si Boots Faraday se faisait un devoir d'assister à chaque commémoration, elle savait peut-être où en était ma vieille copine Rorry.

– J'admire votre cran, déclarai-je avant de froncer les sourcils. Les Bullock ont résidé à Aspen Meadow, où je vis moi-même. Or vous venez de mentionner une association d'artistes. Est-ce là que vous avez rencontré Nate ?

– Oui, j'ai connu Nate à l'AAK, répondit-elle d'un ton sec, comme dans un interrogatoire de police. C'était un cameraman doué, mais la télévision publique paie très mal. Il a adhéré chez nous alors qu'il tentait d'amasser un peu d'argent. Puis la mort l'a emporté.

– Amasser de l'argent, dites-vous ? De quelle façon ?

– Je n'en sais rien.

– Allons, Boots. Cela fait plus de trois ans qu'il nous a quittés. Rorry était mon amie. Nous avons même enseigné le catéchisme ensemble. Elle m'a paru terriblement amère, hier.

– Ne me lancez pas sur Rorry ! menaça-t-elle, avant de se ressaisir. Je vais vous dire pourquoi Nate cherchait de l'argent.

Quand vous donniez des cours de caté avec Rorry, s'est-elle jamais plainte de ne pas réussir à tomber enceinte ?

J'interrogeai ma mémoire, en vain. Je me rappelais seulement son béguin pour Arch bébé.

– Pas que je me souvienne, avouai-je. Mais cela remonte à si loin. J'aimerais reprendre contact avec elle.

– Elle travaille pour Killdeer Corporation. Et je pense qu'elle occupe toujours le même mobile-home. Vous devriez la trouver facilement.

– Est-ce en tentant de gagner de l'argent que Nate a péri ?

Boots contempla le ballet des télécabines longeant les pentes majestueuses.

– Je vous répète que je l'ignore. Il avait quelques idées de films en parallèle de son travail chez PBS. C'est tout ce que je sais.

Je peinais à la croire. Mais n'en montrai rien.

– Rorry est enceinte, lançai-je. Elle a refait sa vie ?

– Vous êtes coriace, ma parole ! La vie privée de Rorry Bullock ne me regarde pas, et je ne suis pas sa confidente.

Elle goûta une feuille de salade et pointa sa fourchette dans ma direction.

– La galerie m'a signalé que vous étiez passée ce matin, ajouta-t-elle. Vous avez dénigré leur exposition avant de filer droit sur mes tableaux. Et vous voilà soudain devenue ma plus grande fan, et vous me pressez de questions sur ma carrière, Doug Portman et les époux Bullock. À quoi rime ce petit jeu ?

La serveuse réapparut. Je commandai un double express accompagné d'un brownie à la glace à la vanille. Boots se contenta de finir son assiette.

– J'étais venue me renseigner sur Doug Portman, rien de plus. Puis vous avez évoqué Nate et j'ai pensé à Rorry. C'est la vérité.

– Et pourquoi vous intéressez-vous à Portman ?

– Je vous l'ai dit, soupirai-je. Tant pis si vous ne me croyez pas.

Un rictus poignit à la commissure de ses lèvres.

– Et vous, comment réagissez-vous à la critique ? Je me demande bien ce que vous avez pensé de la légende accompagnant votre portrait dans le *Courrier de Killdeer.* « Certains l'appellent la corpulente Reine de la Crème. Mais cette cuisinière est une dure à cuire. »

Je secouai la tête. Dieu merci, cette gazette ne faisait pas partie de mes lectures. La voix de Boots s'était gorgée de vitriol. Comme elle avait dû maudire Portman, avec ses piques assassines...

– Disons que je pourrais effectivement perdre un ou deux kilos, répliquai-je.

Ça ne la fit pas rire :

– Je sais pourquoi vous vouliez déjeuner avec moi. Vous n'avez que faire de mon travail. Ou de mon association. Et encore moins de Nate Bullock. Vous êtes juste convaincue que j'ai tué cette enflure de Doug Portman.

– C'est le cas ?

– Non. Et je le regrette. Je suis soupçonnée ?

– Vous êtes seulement parano. Je suis loin devant vous sur la liste des suspects.

– Vous étiez là quand il est mort, Goldy ?

– Non.

– Alors pourquoi le bureau du shérif s'intéresse-t-il tant à vous ? Si toutefois vous permettez que je vous pose une ou deux questions à mon tour.

– Mon ex-mari est en cabane. Doug présidait la Commission des Remises de peines. Je skiais avec lui. Ça peut laisser songeur.

L'arrivée de mon dessert nous plongea dans le silence. La serveuse repartie, Boots ajouta :

– Mais pourquoi les flics trouvent-ils cette mort suspecte, au fait ?

J'aspirai quelques gouttes d'expresso brûlant. Impossible d'évoquer les patchs sur la carte, les menaces, ni la mystérieuse fermeture du Toboggan ou le sang répandu sur la neige.

– Je ne sais pas.

Boots pinça de nouveau ses jolies lèvres. Puis cracha :

– Balivernes !

Elle se leva, ferma son blouson, et rejeta ses cheveux blonds en arrière.

– Va au diable, dure à cuire.

12

J'engloutis mon brownie et sifflai mon café, puis méditai le fait que mes exploits passés fussent mentionnés dans le journal, ainsi que Boots venait de me l'apprendre. Comment avais-je pu rater ça ? La serveuse m'annonça que la femme blonde venait de lui laisser un billet de cinquante dollars. Je lui dis de garder de la monnaie.

Je parvins à dénicher les Vins du Montagnard, dont le gérant accepta volontiers de livrer le reste des bouteilles d'Arthur. Comme je regagnais le Grand Plan, une neige fine commença de tomber. Des skieurs aux joues rosies me doublèrent, clopinant dans leurs bottes débouclées, l'estomac dans les talons. À propos de nourriture, je me devais d'admettre l'échec de cette première journée de chef à domicile. Arthur ne m'avait signé ni chèque ni contrat, mais juste remis une vague liste de suggestions pour son buffet. Je devais à présent attendre son coup de fil, et me tenir prête pour lundi. Formidable.

Je grimpai jusqu'au pied de la piste Panorama, où skieurs et surfeurs devaient déchausser avant de rejoindre les télécabines ou de traverser le petit pont. Tout au fond, à l'extrémité gauche, se dressait le Grand Plan, une carte plastifiée de cinq mètres sur trois. Arch n'y était pas.

Je remuai mes orteils pour me réchauffer, puis décidai de me frayer un chemin jusqu'au point de rendez-vous, puisqu'il n'est jamais bon de rester immobile au pied d'une piste. Sur ma droite, les descendeurs achevaient leur course dans une débauche de dérapages et de cris enjoués. Les enfants, emmitouflés dans leurs anoraks colorés, erraient à la recherche de leurs parents momentanément perdus de vue. De temps à autre un adulte malhabile heurtait un bambin et le projetait dans la neige. Deux patrouilleurs étaient là pour lancer des mises en garde, aider les petits à se relever, et confisquer les forfaits des plus inconséquents.

Arch savait où me trouver, aussi renonçai-je à le localiser parmi les hordes qui dévalaient le dernier tronçon. Me tournant face à la carte, je longeai du bout du doigt la Faiseuse de Veuves et la Boogie-Woogie. Puis mon regard chercha machinalement le Toboggan, où Doug Portman était mort. Vu la façon dont les sauveteurs s'étaient agités autour du cadavre, je me demandais bien quels indices auraient trouvés les enquêteurs.

Puis je détaillai la Vallée des Élans, où Nate Bullock avait péri trois ans plus tôt. « Il tentait d'amasser de l'argent. – De quelle façon ? – Je n'en sais rien... » Des lignes signalaient comme interdits aux promeneurs l'ensemble de la crête et de la vallée. À l'ouest de celle-ci s'étendait une zone en pointillés verts dénommée Expansion du Secteur III. Je retraçai mon itinéraire du matin, depuis la route principale jusqu'au parking de la Crête des Élans, et découvris qu'il m'aurait suffi d'en prendre l'autre sortie pour déboucher sur la demeure d'Arthur.

À quelques mètres de moi, une secouriste accroupie rattachait avec application les sangles jaunes de son traîneau. Je la hélai ; elle me répondit d'un sourire avenant. Elle était jeune, blonde, et bronzée.

– Je ne voudrais pas vous déranger, dis-je en me rapprochant.

– À votre service, madame. Vous avez perdu quelqu'un ? Vous avez besoin d'aide ?

J'expliquai que j'attendais mon fils, avant d'ajouter :

– Mais j'aurais bien quelques questions au sujet de la carte.

Je me présentai, et précisai que j'avais animé la collecte dédiée à Nate Bullock.

– Je le connaissais bien, soupira tristement la jeune femme. Tout le monde l'appréciait.

– Ce que je me demande, dis-je en indiquant le plan, c'est pourquoi un montagnard aguerri comme Nate s'est aventuré dans une zone aussi peu sûre.

Elle haussa les épaules.

– La dernière avalanche remontait à trente ans. Il se croyait probablement en sécurité.

– Rorry Bullock, la veuve de Nate, est une vieille amie à moi, confiai-je.

La secouriste cala ses mains sur ses genoux, se releva d'un bond et épousseta sa combinaison. De la même taille que moi mais plus mince, elle bougeait avec une grâce athlétique devant laquelle je me sentais toute gauche et empâtée. Mais pas corpulente, messieurs les journalistes.

– Rorry est sur le point d'accoucher, commenta-t-elle. Je suis même étonnée qu'elle soit allée au Bistro dans cet état-là.

– Elle l'a fait, pourtant. Malheureusement, j'ai à peine eu le temps de lui toucher deux mots. Je sais qu'elle est employée par Killdeer Corporation et vit dans un mobile-home, mais je ne connais ni son lieu de travail, ni son adresse, ni son numéro de téléphone. Vous pouvez m'aider ?

Le fille hissa le traîneau sur son dos et se harnacha.

– Aux dernières nouvelles, dit-elle, Rorry travaillait de nuit au dépôt de conteneurs. Et je suis quasi certaine qu'elle figure dans l'annuaire. Et puis, j'y pense, elle possède le seul mobile-home vert et blanc de Killdeer.

Sur ces mots, elle choqua ses semelles d'un geste expert, signifiant qu'elle était prête à partir.

– Et pensez-vous, glissai-je d'un air hésitant, que Rorry soit encline à évoquer l'avalanche ? Je l'ai trouvée plutôt bizarre, hier.

La secouriste fit signe qu'elle n'en savait rien, avant de désigner deux patrouilleurs postés en bas de la piste.

– Demandez à Gail, la grande là-bas. Elle connaît bien Rorry. Et elle faisait partie du groupe qui a retrouvé Nate.

Je la remerciai vivement, puis cheminai entre skieurs et surfeurs jusqu'à Gail, avec ses joues couperosées et ses longs cheveux noirs dégagés de son front par un épais bandeau rouge. Au moment de me présenter, je reconnus la jeune femme : c'était elle qui m'avait relevée la veille au matin, à ma descente du téléphérique. Elle aussi me situa, et me félicita pour le bon déroulement de la collecte. Enfin un compliment !

Je lui dis que je cherchais mon fils et son ami, deux surfeurs que je devais retrouver à 14 heures. Je les lui décrivis ; elle ne les avait pas aperçus, mais ouvrirait l'œil.

– Vous voyez cette secouriste près du plan, avec le traîneau ? Je lui ai dit que j'étais une ancienne amie des Bullock, et elle m'a appris que vous aviez participé aux recherches pour trouver Nate.

– C'est exact.

– Voyez-vous, Rorry et moi étions très proches avant qu'elle ne parte pour Killdeer. J'aimerais renouer avec elle, et lui mitonner des petits plats pour l'arrivée du bébé. Mais elle m'a paru de fort mauvaise humeur hier.

– C'est compréhensible. L'hommage à son mari doit raviver ses blessures. La perte de Nate, puis celle de leur enfant...

– Cette secouriste dit aussi que la Crête des Élans n'avait pas connu d'avalanche en trente ans.

Gail haussa les épaules.

– Ça peut se produire n'importe quand, vous savez. Une neige abondante, une pente qui excède les trente degrés... La moindre perturbation peut provoquer la coulée. C'est pourquoi nous dynamitons régulièrement certains sommets. À titre préventif.

– Mais l'avalanche qui a emporté Nate n'a pas été déclenchée volontairement ?

Avant qu'elle n'ait pu répondre, une voix familière retentit :

– Maman ! Goldy Schulz !

Arch me faisait de grands signes depuis l'autre côté de la piste. Todd avait le bonnet, la combinaison et les gants couverts de neige, et une mine abattue. Il avait dû prendre une sacrée gamelle. Les deux garçons avancèrent dans ma direction.

Gail rejeta ses cheveux soyeux en arrière, puis répondit en contemplant la montagne :

– Tout cela a fait l'objet d'un rapport public. Libre à vous de le consulter. J'ai vu le journal : je sais que vous aimez mener vos propres enquêtes.

– Je veux seulement savoir ce qui perturbe tant Rorry, protestai-je. Et éviter de la heurter par des propos maladroits.

La voix de Gail se radoucit :

– En fait, nous pensons que le déclenchement de l'avalanche est d'origine *humaine*. Alors, à votre place, j'éviterais d'aborder le sujet avec Rorry.

– Quoi ?

– Ça figure dans le rapport, dit-elle en détournant la tête. Nous avons relevé trois séries d'empreintes de bottes sur le sentier de la Crête ce jour-là. Sur les trois, deux allaient dans le sens de la montée, dont celles de Nate. Elles étaient à peu près d'égale profondeur, ce qui laisse supposer que Nate était accompagné. Certes, il n'est pas exclu que cet autre individu soit passé plus tard, mais cela demeure improbable.

– Et pourquoi cela ?

– Quand on suit quelqu'un dans vingt centimètres de poudreuse, il est plus aisé de marcher sur ses pas. Or les deux séries d'empreintes étaient parallèles.

– Si je comprends bien, une deuxième personne a été emportée par l'avalanche, mais elle a survécu ? Ou bien ne l'a-t-on jamais retrouvée ?

– Non, répondit Gail en luttant pour garder patience. Quelqu'un a accompagné Nate pendant un certain temps, puis l'a quitté pour gagner le haut de la Crête, tandis que Nate descendait dans la vallée. Nul ne sait ce qui l'avait amené là. Ses empreintes disparaissaient dans la coulée. Nous avons mis cinq heures à le trouver. Il est mort d'asphyxie.

Arch et Todd n'étaient plus qu'à une dizaine de mètres.

– Vous parliez d'une troisième série d'empreintes ?

– L'accompagnateur de Nate est redescendu à pied. En courant, vu l'aspect des empreintes. Nous n'avons jamais découvert son identité, et j'ignore si quelqu'un a révélé à Rorry que Nate n'était pas seul. Mais je parie qu'elle est au courant. Et qu'elle n'a aucune envie d'en parler.

Sur ces mots, elle s'en alla réprimander un skieur qui venait de renverser une famille entière.

Bouche bée, je tentai d'assimiler les révélations de Gail. Deux séries d'empreintes ascendantes. Une descendante. Rorry savait-elle quoi que ce soit sur celui – ou celle – qui accompagnait Nate ? Pourquoi cet individu ne s'était-il jamais manifesté ?

– Maman ! grogna Arch, pantelant et écarlate. Todd s'est fait dégommer par une skieuse. Elle a rebondi sur lui puis s'est vautrée sur moi. Et elle a trouvé le moyen de nous engueuler, nous, parce qu'on était soi-disant sur son chemin. Et quand je lui ai demandé : « *Priorité au skieur en aval*, vous connaissez ? », tu sais ce qu'elle a répondu ? « Vous n'êtes pas des skieurs ! »

Arch continua de grommeler sur le peu de cas que l'on faisait des surfeurs tandis que Todd déblayait la neige de son blouson. Lui demandant s'il allait bien, je recueillis un énigmatique « j'imagine ». Sur quoi il me pria de le reconduire chez lui. Ce que je fis.

Arch s'endormit dans la Range Rover moins de cinq minutes après notre départ de Killdeer, et il ronflait lorsque j'arrêtai la voiture chez le dépanneur de Dillon. Un type en bleu de travail taché d'huile m'ouvrit la grille d'un parking jonché d'épaves. À la vue de ma camionnette, ma gorge se noua. Ce véhicule, dont l'inscription « *Goldy Restauration, la cuisine aux petits oignons !* » ressemblait désormais à du chinois, m'avait rendu de fiers services, et son trépas avait comme un avant-goût de faillite. Je lui fis mes adieux silencieux en tapotant son pare-chocs puis, avant que le garagiste ne décide d'appeler les urgences psychiatriques, je récupérai les skis de Tom, miraculeusement intacts, mon propre matériel, mon sac à dos, et regagnai la maison.

Arch se réveilla au moment où j'abordais l'allée. Il me fallait parler à Tom de tout ce que j'avais découvert au sujet de Barton Reed, le repris de justice cancéreux ; de Jack Gilkey, le chef libéré pour bonne conduite ; d'Arthur Wakefield, l'œnologue pourfendeur des peines compressibles ; et de Boots

Faraday, l'artiste farouche, en rage contre le critique du coin. Mais les heures de visite aux détenus n'étaient pas négociables, et Tom avait promis d'emmener Arch voir son père. Avant leur départ, mon mari déclara qu'il souhaitait m'aider à préparer le repas, m'interdisant ipso facto de cuisiner jusqu'à son retour.

Je le remerciai, avant de remonter sa paire de skis à l'étage, où je lâchai une bordée de jurons en trébuchant sur ce qui s'avéra être le devoir de physique d'Arch. Après avoir rangé les skis une deuxième fois miraculés, je retrouvai, fulminante, le couloir où m'attendait un désordre sans nom. D'après la légende de l'expérience, Arch avait pulvérisé de l'eau de Javel sur du tissu noir pour souligner la répartition aléatoire des taches. Quant à moi, je venais par mégarde d'envoyer dinguer le seau de Javel à travers le couloir, aspergeant non seulement la moquette mais aussi une pile de jeans destinés au repassage. J'épongeai le sol à la serpillière, puis enfournai les jeans dans la machine à laver – ils pourraient toujours servir à la peinture ou au jardinage – et suspendis l'œuvre ruinée de mon fils dans la salle de bains. Malgré tous mes efforts pour être une bonne maman, je commettais bourde sur bourde. De retour à la cuisine, j'entrai les suggestions d'Arthur dans mon ordinateur. Ensuite je recomptai les cookies destinés au pot de la bibliothèque, et décidai de les compléter d'une fournée de muffins à la marmelade de Jack, et d'une série de biscuits au gingembre – ceux-là mêmes que j'avais ratés à la télé. Après une chute de cheval, le mieux est de remonter aussitôt, non ?

Je sortis le beurre du réfrigérateur et m'assurai qu'il me restait de la noix de muscade, puis me mis en quête de mélasse et de vinaigre de cidre. Quand Tom réapparut, les bras chargés de crabe en boîte et de dizaines d'ingrédients pour sauces, j'étais en train d'étaler des galettes de pâte sur des feuilles de papier cuisson.

– Je t'y prends ! lança-t-il en me serrant dans ses bras. La Reine de la Crème a encore frappé !

– Alors tu avais lu l'article ? m'exclamai-je.

– Ouais, quelqu'un me l'a faxé, répondit-il nonchalamment. Mais rassure-toi, tu n'es pas corpulente, mon amour.

– Merci, soupirai-je. Comment va l'Enfoiré ?

– Égal à lui-même. J'avais de la peine pour Arch, alors j'ai acheté du bœuf haché et – promets-moi de ne pas te fâcher – un peu de cheddar et de salsa pour lui faire un chili con queso, qu'on accompagnera de chips et de crudités. Il en commande toujours au restaurant.

– Bonne idée. Et si je faisais du flétan pour nous deux ? Moi aussi, j'ai besoin de réconfort : je viens de dire adieu à ma camionnette.

– On t'en achètera une autre.

– Tu ne comprends pas, Tom. C'était tellement triste...

Ses yeux verts cherchèrent les miens.

– Eh, Miss G., tu sais combien de bagnoles j'ai bousillé, moi ?

Le parfum de son after-shave m'émoustilla. Qui donc avait décrété qu'il fallait manger *avant* d'aller au lit ?

– Cette statistique va-t-elle me déplaire ? répondis-je.

– Exactement dix.

– Et c'est censé me rassurer ?

– Mais que prépares-tu là, Reine de la Crème ?

– Des Muffins montagnette à la marmelade, répondis-je fièrement.

Pendant que Tom faisait revenir la viande hachée, je mis les filets de flétan à décongeler, moulus un zeste d'orange, et sortis un pot de marmelade de première qualité.

– Et si j'invitais Marla à se joindre à nous ? proposai-je. Elle adore le flétan.

– Avec plaisir, dit Tom tout en délayant à la salsa le mélange de bœuf cuit et de fromage fondu. Mais demande-lui de ne pas venir avant 18 heures. J'ai des choses à te dire.

– Ça m'a l'air excitant ! Moi aussi, j'ai des choses à te dire. On monte ?

– Appelle Marla d'abord.

Depuis l'étage, Arch demanda en hurlant qui avait détruit son œuvre. Criant en retour, je plaidai coupable, en expliquant à ma décharge qu'il l'avait laissé dans le passage. Me répondit un claquement de porte. Avec un peu de chance, le chili con queso de Tom nous réconcilierait.

– Appelle Marla, reprit Tom, et je te parlerai de cette artiste qui a porté plainte contre toi cet après-midi.

– P... pardon ? bredouillai-je.

Mais il ne m'écoutait pas, occupé à ouvrir un sachet de chips. J'appelai Marla, qui, affamée, sauta de joie et me demanda quel vin déguster avec le flétan. Puisant au tréfonds de ma mémoire quelques bribes des conseils d'Arthur Wakefield, je parvins à prescrire un blanc corsé et fruité. Marla promit de m'apporter ça d'ici vingt minutes.

Quand j'eus raccroché, Tom lança :

– Miss G., est-il vrai que vous vous soyez fait passer pour un flic en civil, et que vous ayez déjeuné avec une certaine Boots Faraday pour la cuisiner au sujet de l'affaire Portman ?

– Bien sûr, répondis-je tout en remplaçant dans le four les cookies par des muffins. J'ai invité Boots et je lui ai dit : « Je suis flic en civil, mais ne le dites à personne. J'ai plein de questions à vous poser. Et ça aussi, gardez-le pour vous. »

– Des pâtes, pour accompagner le flétan ? suggéra Tom.

Je hochai la tête, avant de hacher rageusement de l'ail et de l'oignon et de les jeter dans une poêle d'huile d'olive chaude.

– Je n'ai joué aucun rôle particulier devant cette femme ! protestai-je.

J'excluais d'évoquer le collage que j'avais acheté, car j'envisageais déjà de me le faire rembourser.

– Prends garde à toi, Goldy, car cette demoiselle a fait de la prison pour coups et blessures.

– Tu veux rire !

Je mis de l'eau à bouillir, émincai une belle tranche de jambon fumé et deux tomates, et les ajoutai dans la poêle, avec moutarde à l'ancienne, madère, vin blanc, marjolaine, origan. Quand la sauce se mit à frémir, je demandai :

– Boots Faraday a agressé quelqu'un ?

Chili con queso

- *500 g de bœuf haché*
- *350 g de cheddar*
- *1 verre de salsa picante*
- *chips de maïs, crudités*

Dans une grande poêle, faire revenir le bœuf à température assez chaude. Pendant que la viande cuit, couper le cheddar en gros cubes. Quand le bœuf a bruni, ajouter les cubes de fromage, réduire le feu à température modérée, et mélanger jusqu'à ce que le cheddar ait fondu. Baisser à nouveau le feu et verser la salsa picante. Retirer le chili con queso dès que la sauce bouillonne et servir avec les chips et les crudités.

Muffins montagnette à la marmelade

Pour 28 muffins :

- *250 g de beurre*
- *380 g de sucre*
- *4 gros œufs*
- *5 dl de lait écrémé*
- *700 g de farine*
- *2 cuillerées à café de bicarbonate de soude*
- *2 cuillerées à café de levure*
- *1/2 cuillerée à café de sel*
- *2 cuillerées à soupe de zeste d'orange moulu*
- *200 g de marmelade d'oranges amères*
- *28 caissettes à muffins*

Préchauffer le four à 175°.

Dans un saladier, battre le beurre avec 330 g de sucre jusqu'à l'obtention d'un mélange homogène. Incorporer les œufs un à un et battre vigoureusement. Ajouter le lait écrémé et battre encore.

Dans un autre saladier, mélanger la farine, le bicarbonate, la levure et le sel. Ajouter à l'appareil précédent. La pâte va se raffermir. Y incorporer le zeste moulu et la marmelade. À l'aide d'une tasse à moka, répartir la pâte dans 28 petits moules à muffins chemisés de caissettes à muffins. Saupoudrer les muffins avec le restant de sucre.

Faire cuire 15 à 20 minutes, jusqu'à ce qu'un cure-dents planté au centre d'un muffin ressorte sec.

– On m'a raconté l'histoire d'un type qui lui avait commandé une série de tableaux. Il possédait une boutique de snowboard, et lui avait remis une planche de surf à titre d'arrhes pour une dizaine de collages représentant... des surfeurs. Mais quand Mlle Faraday lui a livré sa commande, il a dit qu'il n'en voulait plus. Il lui laissait toutefois la planche, et l'autorisait même à exposer ses collages dans les restaurants, a-t-il ajouté, la bouche en cœur.

– Ça n'a pas dû lui plaire...

– En temps normal, les gens civilisés se tourneraient vers un tribunal civil. Mais pas Mlle Faraday, qui a préféré lancer sa Chevrolet dans le pick-up du mauvais client, lui brisant net les deux jambes, ce qui a gâché sa saison de surf. Elle a d'abord prétendu ignorer l'identité de sa victime. Mais personne ne l'a crue, vu que le pick-up était frappé du logo « Killdeer Surfs ». Elle a passé dix jours en cabane, et écopé de quelques mois de prison avec sursis.

Je versai les pâtes en pluie dans l'eau bouillante et réglai le minuteur, avant de demander :

– Ce séjour en prison lui aurait-il valu quelques prises de bec avec Portman ?

Tom secoua la tête.

– Non, mais il était critique d'art, et au moins cinq personnes nous ont confié qu'elle le haïssait parce qu'il méprisait son travail. Elle a même tenté de le faire renvoyer du journal où il officiait, mais sans succès.

– Je ne l'ai pas ouvertement interrogée, objectai-je.

– Je m'en doute, répondit Tom d'un grand sourire. Tu as juste laissé parler ton naturel fouineur. J'ai tout de suite compris quand cette plainte m'est revenue aux oreilles.

Il remua sa mixture au fromage fondu, qui déclencha dans mon estomac quelques borborygmes.

– Boots Faraday n'a pas été la seule à aiguiser ma curiosité, avouai-je.

Et de lui expliquer la condamnation de Jack Gilkey pour négligence suite au décès de Mme Wakefield, et la croisade que menait Arthur contre le système des remises de peines.

– Laisse-moi deviner qui a relâché Gilkey, s'amusa Jack.

– Et devine qui Portman n'a *pas* relâché, ajoutai-je.

– Barton Reed, répondit-il sans hésiter. J'ai relu son dossier aujourd'hui. Je l'avais arrêté pour escroquerie il y a plusieurs années. Au fait, tant que j'y pense, John-Richard vient de demander officiellement sa libération anticipée. Mais ils ne commenceront à examiner sa requête que dans un mois.

Je soupirai.

– Alors tu crois que Barton Reed a pu tuer Portman ?

– Il est trop tôt pour le dire, Miss G.

Je dressai la table, assaisonnai légèrement une romaine, et coupai quelques tranches du pain aux cinq céréales de Julian.

– J'ai tout de même une question à te poser, Goldy. Il semble que cette Mlle Faraday ait elle aussi lu l'article relatant tes exploits plus ou moins heureux d'apprentie détective.

– Ne me lance pas sur ce sujet, Tom. Comme je l'ai dit à Faraday, la publicité est du strict ressort d'Arthur.

– D'accord, fit Tom en touillant les pâtes. Mais de nombreux lecteurs auront parcouru cet article. L'un d'eux aura peut-être décidé d'emboutir ta camionnette, de peur que tu ne fourres ton nez dans les petits secrets de Doug Portman. Simple théorie... À propos du défunt, on a procédé à une recherche toxicologique. Il a bien touché les patchs, mais ceux-ci avaient déjà servi, ce qui explique qu'on ait relevé un taux d'opiacés très faible. Trop faible, en tout cas, pour le tuer. Non, cette besogne-là a été accomplie par l'individu qui lui a défoncé le crâne avec une pierre retrouvée en bordure de la piste. Il a reçu plusieurs coups, apparemment. Le gros caillou était souillé de trucs que je m'abstiendrai d'évoquer juste avant de passer à table. Manque de pot, il n'y avait pas d'empreintes digitales.

– Alors il s'agit bien d'un meurtre.

– Sûr et certain. On pense que quelqu'un connaissait son itinéraire et l'attendait en haut de la piste. Il le voit passer, ferme aussitôt la piste, le rattrape et lui règle son compte.

Bien que je n'aie jamais apprécié Doug Portman, la tristesse m'assaillit. Tom me prit dans ses bras, avant de verser le queso fumant dans un poêlon et d'allumer le réchaud de table assorti. Je lui avais offert l'ensemble pour la fête des Pères, estimant qu'il avait fait davantage pour mon fils en deux ans que l'Enfoiré au cours des douze années précédentes.

– Que de neige, que de neige ! s'écria Marla en surgissant dans l'entrée.

Elle se débarrassa de son énième manteau de fourrure, que je persistais, malgré ses dénégations, à croire véritable. Elle portait en dessous une robe cramoisie ornée de faux rubis.

– Où est ton fiston ? Je lui ai apporté ses bonbons de Noël préférés. Tu lui diras que j'aimerais également savoir quel genre de friandises aime sa copine. Je passe une grosse commande la semaine prochaine. Miam ! Miam ! Ça sent toujours merveilleusement bon dans cette maison !

Renonçant à la dissuader de gâter Lettie, j'appelai Arch. Il dévala les escaliers et accueillit les friandises de Marla avec un enthousiasme retenu : lorsqu'elle se retourna pour ouvrir une bouteille de gewurztraminer, il considéra le paquet enrubanné d'un œil sceptique, se demandant s'il pouvait l'entamer sans avoir l'air d'un bébé.

Je plaçai le poisson sur le gril et l'instant d'après nous plongions des chips dans la fondue de Tom et nous nous ébaudissions du mélange flétan-pâtes à la tomate. Comme quoi la cuisine est bien plus amusante quand on n'est pas filmé...

– Il te reste combien d'émissions ? demanda Marla, comme si elle lisait dans mes pensées.

– Une seule, juste avant Noël.

– Ils parlaient du mystérieux accident de Portman aux infos, poursuivit-elle d'un ton détaché. Mais je suis sûre qu'Elva, son ex-femme, n'y est pour rien. Elle s'est trouvé un nouveau jules et ils vivent en Italie. Elle m'a envoyé une photo. Il est à croquer. (Elle me dévisagea d'un air piteux.) Franchement, Goldy, y a-t-il un seul avantage à travailler à Killdeer ?

– Le ski gratuit, répondit Arch en même temps que moi, déclenchant l'hilarité générale.

– Au risque de passer pour une hérétique, et bien que je skie moi-même, je doute que ce soit aussi grisant qu'on le dit, reprit Marla. C'est cher, on prend froid, on chute sans cesse... Pourquoi ne pas se rendre directement à la case dîner, vin et jacuzzi ? Mais pour en revenir à la collecte, tu as fait du bon boulot, Goldy. Ce n'est pas ta faute si le mixeur t'a lâchée. Je t'ai trouvée très convaincante. La preuve : j'ai fait une promesse de don sans que le sort de Nate Bullock me touche outre mesure. Entre nous, je ne supportais pas cette émission, *Par monts et par vaux*. On en apprenait tout autant en regardant par la fenêtre.

Je répondis d'un sourire. Marla mâcha sa salade d'un air songeur.

– Cela dit, Rorry Bullock me fait de la peine, reprit-elle encore, intarissable. Il est impossible de se loger correctement à Killdeer. C'est encore pire qu'à Aspen. Les richards ont fait grimper les prix comme c'est pas permis – j'ai même entendu dire que certains ouvriers passaient l'hiver dans des tipis. Vous vous rendez compte ? Rorry vit dans un parc de mobile-homes, mais ce n'est guère plus sûr qu'un tipi. La paroisse de Saint-Luc organise une quête pour l'aider à acheter une nouvelle voiture. Figurez-vous que quelqu'un a emprunté son break sans l'avertir, et le lui a rendu avec l'avant tout défoncé. La pauvre...

– C'est horrible, lâchai-je, songeant à mon propre accident. Quand est-ce arrivé ?

Marla haussa les épaules.

– Ces jours-ci, je crois. Je suis contente que la paroisse ait pris cette initiative.

– Et d'où tiens-tu toutes ces infos ? demanda Tom.

– Les demandes d'aide ne sont pas anonymes, répondit Marla en lâchant sa fourchette. Et tant mieux ! J'en ai ras le bol de garder des secrets !

Je ne pus m'empêcher de rire, et Tom m'imita. Arch se fendit lui aussi d'un sourire – peut-être se souvenait-il que

Rorry l'avait couvert de baisers dans ses premières années. Il nous annonça qu'il allait tenter une nouvelle expérience de physique, ajouta timidement qu'il regrettait d'avoir laissé son fatras dans le couloir, puis, à mon grand étonnement, ouvrit sa boîte de bonbons pour en offrir à tout le monde.

13

Le lendemain matin, debout dans ma somptueuse et défectueuse cuisine, je contemplais les copieux plateaux de cookies et de muffins destinés à la bibliothèque. Dans les moments difficiles, rien ne vaut la pâtisserie, pensai-je pour me mettre du baume au cœur. Je me servis un expresso avant de planter des brins de lierre et de houx dans de petits vases que je disposerais sur les tables. Tom apparut, m'embrassa, puis confectionna une crêpe allemande si épaisse et dorée que même Arch s'égaya. À 7 h 30, j'avais chargé la Rover et nous étions prêts à partir.

Je suivis la Chrysler de Tom sous les flocons que crachait un ciel d'encre. Mais visiblement, notre choix d'assister au premier office matutinal de Saint-Luc laissait notre Arch moins morose qu'à l'ordinaire. Fallait-il en déduire qu'il y retrouverait Lettie ? Ou bien était-ce l'effet magique de la crêpe ?

Marla nous fit signe depuis un banc proche de l'autel. Comme nous nous glissions à ses côtés, je lui lançai un regard intrigué : je la connaissais moins matinale. Mais son rôle au sein du groupe de prière exigeait peut-être qu'elle se lève aux aurores pour intercepter toutes les rumeurs. Marla ne supportait pas que les fidèles souffrent à son insu.

Je me concentrai sur mon missel. Du moins, j'essayai. Un souci non identifié me tracassait. J'avais toujours dit à mes élèves de caté de confier leurs problèmes au Tout-Puissant. À présent j'hésitais à le faire moi-même.

Au moment des intentions de prières, un paroissien tendit au prêtre une feuille manuscrite. Cette pratique consistant à faire remonter des prières écrites était censée « nous rapprocher les uns des autres ». Le prêtre nous demanda solennellement de prier pour une ancienne paroissienne parvenant au terme d'une grossesse difficile, et dont le break venait d'être vandalisé.

– Tu vois, chuchota Marla à mon oreille. Je te l'avais dit.

Rorry. Voilà ce qui me turlupinait. Son attitude. Et cette histoire de voiture, à présent. Quand au juste la lui avait-on « empruntée » ? Je décidai de l'appeler dès mon retour de la bibliothèque ; je lui promettrais de bons petits plats à congeler jusqu'à l'arrivée du bébé, et peut-être m'avouerait-elle ce qui l'avait tant tracassée lors de la collecte en mémoire de Nate. Peut-être même qu'elle me détaillerait ses problèmes de véhicule, chronologiquement si proches des miens...

L'office terminé, je pris Arch dans mes bras, et Tom m'embrassa sur la joue. Mon fils avait partagé son samedi entre les pistes de ski et la prison de son père, pour découvrir à son retour un travail de physique fichu. Aussi allait-il consacrer son après-midi à concevoir une nouvelle expérience, et à apprendre les vers du poète Edmund Spenser qu'il aurait à réciter en classe cette semaine. Tom le reconduirait à la maison, avant de filer au commissariat pour quelques heures, afin de vérifier les informations que je lui avais livrées. Marla me demanda quel genre de friandises je réservais à la bibliothèque. Délicieuses, abondantes et vouées au succès, répondis-je. Elle promit d'être aux premières loges. Là-dessus, chacun partit de son côté.

Notre petite bibliothèque de province, avec ses murs de brique, son toit en cuivre et ses deux tours pointues, était un endroit féerique. Mais peu étaient de mon avis : le journal local avait reçu des dizaines de lettres déplorant le style non montagnard de l'édifice vieux d'un an. Les habitants des Rocheuses ne semblaient jurer que par les constructions en forme de refuge. Jamais à court d'idées, Marla avait pour sa part proposé qu'on baptise le lieu « Château Mastoc ».

À mon arrivée, je fus accueillie par une gigantesque

banderole proclamant sur la rue : « BIBLIOTHÈQUE EN FÊTE – BOISSONS ! ». Et pourquoi pas « BOUFFE À L'ŒIL ! » tant qu'on y était ? Avec un peu de chance, les chutes de neige retiendraient les pique-assiette à la maison. Dans le fond, Tom n'avait pas tort lorsqu'il me reprochait d'être contrariée s'il y avait trop de monde, et dépitée s'il y en avait trop peu... Jamais contente, en somme.

Mais la petite sauterie s'avéra formidable, ou, plus exactement, *juste comme il faut*. En l'espace de deux heures, une soixantaine d'usagers emmitouflés apparurent dans le vestibule, tombèrent manteaux, après-skis, moufles, écharpes, et se massèrent autour du poêle à gaz pour savourer les cookies, les muffins, et la compagnie. Marla passa de convive en convive pour affirmer que ces gâteaux étaient les meilleurs de l'univers, à quoi les gens opinèrent volontiers. Je fus touchée, et davantage encore après qu'une dizaine de personnes m'eurent suppliée de pourvoir à leurs réveillons. Au lieu d'avouer d'un air honteux que les services d'hygiène me l'interdisaient – ce qui provenait de ma cuisine hors normes pouvait seulement être *offert* –, j'expliquai que mes activités de chef à domicile et d'animatrice télé remplissaient mon agenda jusqu'en janvier. Et Marla d'ajouter, éternelle optimiste, que j'ouvrais une liste d'attente pour le mois de février. *Appelez Goldy dès maintenant pour réserver votre dîner de Saint-Valentin à domicile !*

Au moins dix personnes promirent de me passer commande. Qu'aurais-je fait sans Marla ?

La seule ombre au tableau survint au moment de remballer, lorsqu'une des bibliothécaires me rappela que les documents que j'avais demandés étaient arrivés. Quels documents ? m'étonnai-je. Toute une pile m'attendait au guichet de l'accueil, depuis la veille en fin de journée. Sûrement des manuels de physique pour le projet d'Arch. Après avoir rangé mon attirail dans mon coffre, je me présentai au comptoir.

– Il doit y avoir erreur, dis-je en découvrant, dans un épais dossier cartonné, deux livres inscrits à mon nom. Je n'ai jamais commandé ces ouvrages.

– Votre carte, s'il vous plaît, répondit l'employée en tendant machinalement la main.

Je fouillai dans mon portefeuille, confessai que je ne la trouvais pas, et la laissai pianoter sur son clavier d'un air bougon. Elle finit par me demander si j'étais bien Goldy Schulz et dicta mon adresse. Devant ma réponse positive, elle se renfrogna davantage encore, enfonça quelques touches supplémentaires, et affirma que j'avais bel et bien commandé ces documents avec ma carte.

Ça alors... Je lus les titres en couverture : *Face aux avalanches* et *Les Mouchards assassinés*. Le premier bouquin était un guide de prévention, et le second, d'après la jaquette, une histoire vraie de meurtres en série, illustrée de macabres clichés de cadavres abandonnés dans des parkings de Boston. Les « mouchards » en question étaient apparemment des témoins de crimes tués pour avoir parlé. Je reposai les deux livres et parcourus le reste du dossier cartonné. Sur une liasse de papiers se détachaient deux autocollants à pare-chocs disant : « Tu veux mourir ? » et « On ne laisse pas un ami se foutre en l'air. »

Nom d'un petit bonhomme...

Je feuilletai délicatement une série d'articles photocopiés. Aucune inscription, aucun signe n'indiquaient l'identité de l'expéditeur. Les cinq ou six coupures provenaient du *Courrier de Killdeer*, de l'hebdomadaire *Chronique du comté de Furman*, du *Denver Post* et de *Rocky News*. Certains passages étaient surlignés en vert. Je songeai l'espace d'un instant à faire analyser les empreintes, avant de me dire que des dizaines de bibliothécaires avaient dû manipuler ces pièces. Et puis, n'étais-je pas en train de céder à la paranoïa ? Laisser des documents à l'intention d'un autre usager pouvait-il constituer une forme de menace ? D'atteinte à la vie privée ? Coffrait-on les gens pour usurpation d'identité à la bibliothèque ? Les lèvres pincées, j'examinai brièvement l'ouvrage sur les mouchards. Tout cela ne m'inspirait rien de bon.

– Vous ne savez pas qui a pu réclamer ces documents à ma place ? demandai-je à l'employée par simple acquit de conscience.

Elle secoua la tête ; dans ce cas, insistai-je, aurait-elle l'obligeance de demander à ses collègues si elles se souvenaient de la personne leur ayant remis ce dossier ? Elle me le prit des mains, disparut et revint pour m'annoncer qu'on l'avait trouvé dans la boîte aux lettres à l'ouverture. Autrement dit, on l'y avait déposé entre samedi soir et dimanche matin. Je calai la chemise sous mon bras, remerciai mon interlocutrice d'une assiette de cookies, et pris le chemin de la maison.

Tom avait laissé un message embarrassé sur le répondeur : son capitaine l'avait convoqué, ce qui prolongerait son absence. Il suivrait le match de foot à la radio et, avec un peu de chance, serait rentré pour le dernier quart-temps. J'étais mandatée pour hurler devant le poste à sa place.

Suivait un second message, bien plus long, d'Arthur Wakefield. Je m'emparai de sa liste de suggestions et écoutai la bande. Les douanes lui avaient restitué tous ses vins, à l'exception du sauvignon blanc, qu'il avait cependant bon espoir de réceptionner dans l'après-midi.

Il fallait prévoir à manger pour une douzaine d'invités, continuait-il. Il se souvenait avoir seulement noté « poisson », « poulet » et « viande rouge » sur la liste – très utile, en effet –, aussi ce coup de fil avait-il pour objet de m'aider à choisir les plats. Mais surtout, ne pas oublier qu'il devait y mettre la dernière main *lui-même.*

Il avait raffolé de mon filet de porc, au point qu'il en avait racheté afin d'accompagner son châteauneuf-du-pape. À moi cependant d'apporter les ingrédients de la marinade, que je mélangerais sur place au vin rouge. Je pris note.

De nombreux amis, poursuivait-il, lui avaient parlé des appétissants gâteaux de crabe que j'avais concoctés en direct. Pour en revenir à son menu, il voulait un plat mexicain pour accompagner le zinfandel, mais autre chose que mes nems, car il ne souhaitait pas multiplier les allers-retours entre la cuisine et la salle à manger pour de malheureux amuse-gueule. Aussi me priait-il de trouver un hors-d'œuvre mexicain à base de poulet – merci pour la précision – ainsi qu'un plat de poisson. Il avait profité de son passage à Denver pour acheter de la sole et des épinards ; pourrais-je préparer une florentine de sole pour accompagner son chablis ? Je hochai la tête tout en noircissant ma page.

Enfin, pouvais-je rééditer les biscuits au gingembre de l'émission ? Il souhaitait leur donner une seconde chance, d'autant que son sauternes était des plus prometteurs. Ses « nombreux amis » lui avaient-ils aussi parlé de ces cookies avortés ? Son message ne le disait pas. Arthur m'annonçait, en revanche, qu'il me rembourserait tous les achats, et m'offrirait quarante dollars par heure de travail, plus cent autres pour le transport et le temps que je lui avais déjà consacré. Très correct. Je rembobinai la cassette et vérifiai mes notes. J'étais sûre d'une chose : demain je n'allais pas chômer.

Je reposai les instructions d'Arthur et attrapai le mystérieux dossier de la bibliothèque. J'hésitais entre deux sièges pour l'étudier à tête reposée quand Arch surgit dans la cuisine. Il me demanda s'il pouvait renouveler son expérience de mécanique quantique en pulvérisant cette fois-ci un mélange d'eau et de sucre glace sur du papier cuisson. Excellente idée, répondis-je. Plus judicieux que l'eau de Javel, en tout cas...

Soucieuse de ne pas le déranger, je me retirai au salon avec un expresso, trois cookies et les coupures de presse. J'allumai la télé sur le match de foot, coupai le son, et méditai devant la chemise cartonnée. Était-ce un coup de l'Enfoiré ? Ce ne serait pas la première fois qu'il tentait de me nuire depuis sa geôle.

Je lampai mon café noir et mousseux, salutaire après toutes ces émotions, et entamai le premier article, vieux de trois ans, intitulé : « Killdeer : la neige instable à l'origine de deux décès ? » On y évoquait Nate Bullock, présentateur de *Par monts et par vaux* sur PBS, emporté la veille par une avalanche dans une zone interdite aux promeneurs. Un informateur, qui tenait à garder l'anonymat, soutenait que Nate s'y était aventuré pour chasser le lynx. Mais la victime n'avait pas signalé ses intentions aux autorités compétentes, et personne, pas même sa femme, ne savait vraiment ce qu'il faisait ni où il se rendait ce jour-là.

Le même jour, à deux pas de là, continuait l'article, Fiona Wakefield – héritière des pétroliers Wakefield, et skieuse moyenne – avait perdu la vie en chutant de la corniche enneigée de Bighorn Overlook, à moins de cinquante mètres des pistes. Comme dans le cas de Bullock, les médecins légistes avaient estimé l'heure du décès à 14 heures.

Je m'arrêtai. Fiona et Nate étaient donc morts le même jour, au même moment ? Personne ne me l'avait dit, et surtout pas Jack.

L'article suivant titrait : « Morts de Killdeer : des doutes subsistent. » Le journaliste révélait que ni Bullock ni Wakefield n'étaient seuls le jour du double drame. La patrouille à ski avait retrouvé Jack Gilkey semi-inconscient et blessé au crâne, trente mètres plus haut que son épouse, moins chanceuse que lui. D'après Gilkey, ils avaient été attaqués par un individu robuste et cagoulé. Dans la lutte, Jack avait été assommé, et Fiona avait glissé dans le vide. Mais en volant au secours des deux époux, les sauveteurs avaient effacé les éventuelles traces de ce troisième individu.

Dans le cas de Nate Bullock, les patrouilleurs, l'Office des forêts et le bureau du shérif avaient trouvé des empreintes de bottes parallèles à celles de la victime – ce que je tenais déjà de Gail. Mais on n'avait retrouvé qu'un seul corps, et signalé aucune disparition.

Le troisième article déclarait : « Avalanche des Élans : des traces de snowboard disparaissent dans la coulée de neige. » On avançait l'hypothèse selon laquelle Nate Bullock aurait accompli une partie du chemin en compagnie d'un surfeur. Puis il se serait enfoncé dans la vallée à la recherche de son lynx, et son compagnon aurait gravi la crête. Et le journaliste de se demander : l'avalanche fut-elle causée par le surfeur ?

« Le veuf de Wakefield interrogé » se penchait ensuite sur la version des événements présentée par Jack Gilkey. On apprenait que Fiona sortait d'un repas trop arrosé, et qu'elle avait défié son mari d'arriver le premier sur la corniche de Bighorn Overlook, une zone interdite adjacente à l'une des pistes les plus ardues du domaine. Régulièrement, des skieurs franchissaient les cordons d'interdiction pour admirer la vue, qu'un projet d'extension des pistes menaçait à très court terme. Selon Jack Gilkey, Fiona était partie devant et avait enjambé le cordon. Tous deux avaient gagné la corniche, toujours à ski, où les avait attaqués un individu surgi des arbres. Jack avait tenté d'aider sa femme, avant d'être assommé.

« La mort de l'héritière entachée de mystère » citait le rapport d'autopsie, qui montrait que Fiona Wakefield avait dépassé le taux légal d'alcoolémie. « Gilkey condamné pour homicide involontaire par négligence » ajoutait que le cadavre de Fiona tenait dans une main l'un des gants de son mari. On reprochait à Jack Gilkey de l'avoir laissée s'enivrer et s'engager sur une piste qu'il savait trop ardue pour elle. Circonstance aggravante : la patrouille à ski l'avait verbalisé sur cette même corniche pas plus tard que la veille, en lui rappelant les dangers qu'on y courait.

La loi voulant qu'un individu jugé responsable d'un décès ne puisse en tirer profit, concluait l'article, Jack Gilkey n'hériterait pas des millions de Fiona. Ni, du reste, le fils de celle-ci, Arthur Wakefield. Car le testament de la défunte était clair : si, pour une raison quelconque, Jack ne pouvait hériter de sa fortune, alors elle léguait celle-ci à la chaîne PBS.

Enfin, « L'héritier Wakefield se pourvoit en justice » expliquait le combat engagé par Arthur pour prouver que Jack Gilkey avait « contraint » Fiona à modifier son testament. Avant que sa mère ne se remarie, Arthur avait été le seul légataire d'un patrimoine de vingt millions de dollars. Mais il n'empochait désormais qu'un dérisoire petit million. Il se battrait jusqu'au bout pour empêcher les dix-neuf restants de tomber dans l'escarcelle de PBS. Renseignements pris, l'article confirmait en outre que c'était bien Arthur Wakefield qui, en constatant la disparition de sa mère, avait dépêché une patrouille sur la corniche.

Je regardai le téléviseur muet. Le Mile-Hile Stadium était un fouillis de bleu et d'orange. Les Broncos réussirent un coup de pied au but, la foule se déchaîna, et ce fut la pub.

Qui avait bien pu me laisser tous ces articles ? Et pour quelle raison ? Parce que j'avais découvert le corps de Portman ? Quels étaient les liens entre Fiona et Doug ? Ce dernier avait libéré Jack, s'attirant ainsi les foudres d'Arthur Wakefield. Mais en quoi cela concernait-il l'avalanche qui avait tué Nate Bullock ?

Je parcourus à nouveau la pile de documents. *Les Mouchards assassinés* ne m'évoquaient rien ni personne en particulier. Moucharder ? Qui ? À quel sujet ?

Puis il y avait le manuel anti-avalanches. J'ouvris une page au hasard. *Vérifiez toujours la stabilité de la couche neigeuse avant de vous engager sur une pente. Si une avalanche survient là où vous êtes, accrochez-vous à un arbre, à un rocher ou à une masse solide. Munissez-vous toujours d'une balise de détresse lorsque vous vous aventurez dans des zones non balisées.* Charmant...

Trois ans plus tôt, Nate Bullock et Fiona Wakefield avaient péri le même jour, dans le même secteur en marge du domaine skiable. Et maintenant, Doug Portman, président de la Commission des Remises de peines, avait été assassiné quelques centaines de mètres plus loin. Un ancien détenu avait proféré des menaces de mort contre la police. Ma camionnette avait été emboutie, peut-être délibérément. Pouvait-on tisser un fil entre les morts de Fiona Wakefield, de Nate Bullock et de Doug Portman ? Était-ce là le message que l'on voulait me transmettre ? Si ces trois affaires étaient liées, comment le découvrir ? Attendre la prochaine revue de presse n'était pas le moyen le plus rapide de résoudre une énigme...

Instinctivement, jc composai le numéro d'Arthur Wakefield. J'improviserais quelques questions sur le menu du lendemain, puis lui demanderais de but en blanc s'il avait subtilisé ma carte de bibliothèque, et jaugerais sa réaction.

Manque de chance, je tombai sur son répondeur. Sur un fond de Chopin, la voix gutturale d'Arthur offrait un accueil des plus smarts : il était sorti en quête du pinot parfait, mais dès qu'il l'aurait trouvé, c'est avec plaisir qu'il nous en offrirait un verre. Je lui demandai de rappeler pour me dire s'il souhaitait une salade en plus du reste.

Pendant que Kansas City multipliait les tentatives sans parvenir à percer la ligne des dix yards, je compulsai les deux livres et relus les articles, qui ne firent qu'accroître ma perplexité. Est-ce que ma vieille copine Eileen Druckman, la nouvelle chérie de Jack, savait tout ce que je venais d'apprendre ? Et était-ce de mon devoir de m'en assurer ?

Je consultai ma montre, pour tenter de deviner où elle se trouvait en cette fin de dimanche après-midi. Elle avait sûrement regagné sa résidence principale d'Aspen Meadow, ou bien elle était sur la route. Jack lui tenait-il compagnie ? Avec un peu de chance, non.

Elle décrocha dès la première sonnerie. Nous bavardâmes poésie élisabéthaine et mécanique quantique – Todd avait pour sa part eu la mauvaise idée de projeter des cailloux sur une table basse en verre – puis je pris une grande inspiration et lui demandai d'une voix candide comment, au fait, elle avait rencontré le beau Jack Gilkey.

– Via John-Richard, se gaussa-t-elle.

– Mon ex-mari ? me récriai-je. C'est l'Enfoiré qui t'a présenté Jack ?

– Allons, Goldy ! Ai-je vraiment l'air d'une pouilleuse pour qui les taulards représentent la seule possibilité de rencard ? Souviens-toi, l'été dernier, quand Tom essayait de réparer ta cuisine. Tu m'as demandé à plusieurs reprises d'emmener Arch voir son père, vu que tu détestes t'en charger.

– Bien sûr que je m'en souviens, Eileen. J'ignorais seulement que vous aviez sympathisé, John-Richard et toi.

Sa voix se radoucit.

– Je sais que ce type t'en a fait voir, Goldy.

S'il m'en avait seulement fait *voir*... pensai-je. Il était en taule pour *coups et blessures* !

– Mais je crois qu'il a changé, poursuivit Eileen. Quoi qu'il en soit, il a fait preuve d'une grande gentillesse à mon égard. Quand je lui ai confié mon projet de racheter un commerce sur Killdeer, voire un restaurant, il m'a dit que j'avais de la chance, car il y avait justement un cuistot parmi ses codétenus. Un type qui s'était fait berner par ses avocats, et que je devais absolument rencontrer. J'ai dit banco, et aujourd'hui cet homme partage ma vie. Et je ne me souviens pas avoir jamais été aussi heureuse.

– Tu as vérifié les éléments de son dossier ? osai-je.

Un bref silence.

– Je te l'ai déjà dit, reprit Eileen d'une voix glaciale, Jack n'a pas tué Fiona. Je suis convaincue que c'est son avorton qui a commis – ou commandité – ce meurtre afin d'empocher l'héritage, sans savoir qu'elle avait déjà révisé son testament. Alors il cherche à le faire annuler devant le tribunal des successions, et pour cela il joue les angelots : il *adore* PBS – la preuve : il travaille chez eux pour des clopinettes – et il serait *ravi* que tout cet argent finance la chaîne publique, sauf que, désolée, mais c'est quand même *son* argent. Enfin quoi ! explosa-t-elle. Tu crois vraiment que je referais ma vie avec un meurtrier, au péril de ma vie et de celle de Todd ?

– Bien sûr que non, Eileen, mais...

– J'ai confiance en Jack. Il n'a pas tué sa première épouse. C'est un homme bon qui se démène pour reconstruire sa vie. Quand je lui ai proposé d'embaucher de nouveaux avocats pour faire réviser son procès, il a refusé en disant : « Ce n'est pas comme ça que je tournerai la page. »

Je secouai la tête, dubitative. À l'écran, les Broncos réussirent une combinaison gagnante.

– Et tu comptes l'épouser ? repris-je, brûlant d'ajouter : *puisqu'il semble porté sur les bourgeoises d'un certain âge...*

– Bon sang, Goldy ! Si ce n'était pas toi, je te raccrocherais au nez. Jack est un être foncièrement désintéressé. Pour tout te dire, il se *félicite* que la fortunc de Fiona revienne à PBS. Même Doug Portman était convaincu de son intégrité. Jack est un homme bon, et c'est ce que ce petit pourri d'Arthur refuse d'admettre.

– Entendu, Eileen. Je voulais juste connaître ton point de vue. On se dit tout, d'habitude, alors...

– Je ne voulais pas élever la voix, Goldy. Mais tu comprends, j'étais si malheureuse avant de rencontrer Jack... Et encore, tu n'as pas insinué qu'il en voulait seulement à mon argent, et qu'il se trouverait une minette deux fois plus jeune si j'étais fauchée.

– Tu es belle, drôle et intelligente. Que demander de plus ?

– Arrête ton char. Si Jack convoitait mon fric, tu ne crois pas qu'il m'aurait déjà demandée en mariage ? Et s'il avait voulu rafler celui de Fiona, tu ne crois pas qu'il lui aurait au moins fait souscrire une assurance vie avant de la buter ? Rassure-toi, Goldy, je peux dormir sur mes deux oreilles. Et toi, alors, tu prépares ta prochaine émission ?

Je lui avouai en riant qu'on n'avait pas avancé d'un poil. Puis nous sélectionnâmes plusieurs créneaux dans la semaine où nos fils pourraient se retrouver afin d'achever leurs travaux de physique. En priant pour qu'aucun d'eux ne mette le feu à la maison...

Nous raccrochâmes apaisées, Dieu merci. Il eût été dommage de gâcher une vieille amitié pour de simples rumeurs ou malentendus.

À propos de vieille amitié... Je contactai les renseignements, obtins le numéro de Rorry Bullock et l'appelai sur-le-champ. Elle parut fort surprise d'entendre ma voix.

– Nous avons prié pour toi à la messe de ce matin, l'informai-je. Ta grossesse te donne quelques soucis ?

– Juste un léger décollement du placenta. Rien de méchant.

– Et il paraît que tu as des ennuis de voiture ?

– Oui, quelqu'un me l'a empruntée et démolie. Je te jure, le parc à mobile-homes est l'endroit le moins sûr de Killdeer. Comme si ce n'était pas assez dur de vivre dans une roulotte !

Je lui soufflai quelques paroles de réconfort, et m'offris de lui apporter de bons petits plats le lendemain. Une fois de plus, la magie de la bouffe opéra : enchantée par ce geste, elle se décrispa. Puis elle demanda si je pourrais, en repartant, la conduire au dépôt de conteneurs pour qu'elle prenne son service. J'avais repéré le bâtiment, une de ces granges sombres appartenant à Killdeer Corporation, alors que je cherchais la résidence d'Arthur. Je répondis à Rorry qu'elle pouvait compter sur moi.

C'est juste après l'avoir quittée que me revint une question cruciale : qu'était-il précisément arrivé à sa voiture ? Mais je ne pus la rappeler, car au même instant Tom franchissait la porte.

C'était la fin du troisième quart-temps, et les Broncos menaient dix à zéro. Mais curieusement, cette excellente nouvelle laissa Tom de marbre, qui se traîna dans le salon d'un air morose.

– Tom ?

Il me rejoignit sur le canapé, posa trois feuillets sur la table, puis pivota et me prit les deux mains.

– Q'y a-t-il, chéri ?

Son expression me terrifiait.

– Quelqu'un s'est introduit dans le chalet de Doug le jour de sa mort. Étant donné qu'il vivait seul depuis son divorce d'avec Elva, on sait que le cambrioleur est venu pour ses affaires à lui. Le hic, c'est que nous n'avons aucun moyen de découvrir si quelque chose a disparu. Nous avons saisi tous les dossiers qu'il détenait, et demandé ses relevés bancaires. Nous cherchons d'éventuelles coïncidences entre ses dépôts d'espèces et ses recommandations favorables auprès de la Commission. Mais nous n'avons encore rien démontré.

– Vous pensez qu'il a touché des pots-de-vin ?

Tom hocha la tête.

– Portman faisait déjà l'objet d'une enquête à ce sujet. Plusieurs détenus de Cañon City et de Furman County ont déclaré s'être vu réclamer de l'argent, à un moment où la sténographe était absente. Portman exigeait que les sommes lui soient remises en main propre par un proche. Et à en juger par les biens que renferme ce bungalow, il n'a pas lésiné sur les montants. Même avec son brocantage d'objets militaires et ses maigres piges de critique, je ne vois pas comment un homme payé soixante mille dollars par an pourrait mener un tel train de vie.

– Alors il n'a rien arraché à Elva en divorçant ?

– D'après nos documents, non. Ils n'avaient pas signé de contrat de mariage. Elle a revendu sa galerie et conservé la recette.

– Et Jack Gilkey ? Un rapport entre Doug et lui ?

– Pas pour l'instant. Rien n'indique que Jack ait acheté sa liberté. Nous avons parlé à ce dernier et à Eileen, de façon anodine, et tous deux nous ont dit la même chose : Portman appréciait Jack et ne lui a jamais rien réclamé. Nous avons vérifié les alibis de Gilkey tant pour le meurtre que pour le cambriolage ; une personne se souvient l'avoir côtoyé pendant la préparation des ingrédients du déjeuner, et quatre l'ont aidé pour le menu. À l'heure où il a quitté le boulot, le chalet de

Portman avait déjà été cambriolé. La concierge de l'immeuble a déclaré qu'un type en uniforme s'était présenté vers midi, un badge à la main, soi-disant pour vérifier le système de sécurité. Comme il n'est jamais réapparu, elle suppose que c'est lui le coupable. Eileen, pour sa part, dit avoir passé le plus clair de la journée sur les pistes. Mais elle était seule, sans témoin.

– Autrement dit, son alibi ne vaut rien, grimaçai-je. Et du côté d'Arthur Wakefield ?

– Il jure qu'il était sur les skis. Tout seul. Aucun alibi à l'heure du meurtre, ni à l'heure de l'effraction.

Je réfléchis un instant.

– Sait-on si Doug possède un autre logement, ou un bureau où il aurait pu cacher les traces de ses transactions ? Les bungalows de Killdeer sont souvent des résidences secondaires.

– Les secrétaires de la Commission ne lui connaissent qu'une seule adresse. Par contre, il y a un détail bizarre : toutes ses affaires étaient rangées dans des cartons, comme s'il s'apprêtait à déménager. Ses reliques militaires étaient soigneusement réparties dans une bonne quarantaine de boîtes marquées « magasin ». Cela renvoie-t-il à une cave, à un entrepôt, à un commerce ? C'est ce qu'on cherche à savoir.

Je hocha lentement la tête, hébétée. Tom considéra sa première feuille d'un air hésitant, puis demanda :

– Combien d'antiquaires as-tu démarché pour ma paire de skis militaires, Goldy ?

– J'ai appelé un type de Lodo, un couple de South Broadway, et une femme de Vail. Personne n'a voulu monter au-dessus de cinq mille dollars. « Prix fournisseur », disaient-ils. Mais tous l'estimaient à dix mille minimum. Alors j'ai décidé de les vendre sans intermédiaire.

– Et tu les as proposés à Portman. Parce que tu te souvenais qu'il aimait ce genre d'objets.

Je confirmai, quoique l'expression de Tom me mît très mal à l'aise. Il reprit :

– Mais tu ne voulais pas me révéler l'identité de l'acheteur, parce que tu étais sortie avec lui avant notre rencontre, n'est-ce pas ? Ça te gênait de contacter un ancien flirt, même s'il n'en était pas un à proprement parler.

– Je me sentais surtout ridicule. Oui, ça me gênait énormément.

– Donc, tu as négocié un prix avec Portman.

– Il était prêt à m'en donner huit mille...

– Ce qui correspond grosso modo aux sommes retrouvées sur lui et tout autour.

– Mais où est le problème, Tom ?

Il pinça les lèvres et détourna les yeux vers l'écran.

– Tu allais vendre des skis de collection à un membre de la Commission, de la main à la main. Pendant ce temps, ton ex-mari est en prison, libérable sous peu. Tu vois où je veux en venir ? Tu allais vendre ces skis à un type susceptible de t'accorder une immense faveur en maintenant ton ex sous les verrous.

– Mais je ne savais même pas qu'il appartenait à cette commission !

– Tout porte à croire que tu voulais l'influencer.

– Tout ce que je voulais, c'était m'acheter ces foutues canalisations !

– Laisse-moi finir, chérie. Le second élément incriminant, c'est que tu lui cèdes ces skis *en dessous* de leur valeur marchande. Autrement dit, tu lui accordes une faveur, sous la forme d'une ristourne d'environ deux mille dollars. (Ses yeux verts et tristes me dévisageaient gravement.) Tu te rends compte de ce que ça signifie ?

– Je m'en fiche ! éclatai-je. Ce que tu racontes est parfaitement grotesque ! Comment peux-tu me croire capable d'une chose pareille ?

Pas de réponse.

Incapable de supporter son regard accusateur, je me concentrai sur le match. Kansas City commit un hors-jeu, mais l'arbitre ne siffla pas.

– Écoute, reprit Tom, tu ne m'avais pas prévenu, mais moi je te préviens. Il vaut mieux pour toi que le bureau du shérif découvre l'assassin de Doug Portman. Et ses mobiles. Parce que tu risques fort d'être soupçonnée de corruption. Il ne manquerait plus que la presse s'en empare, et ta clientèle finira vite en peau de chagrin. Et si par malheur tu étais inculpée...

Il ne termina pas sa phrase.

– Le district attorney ne va quand même pas me poursuivre pour tentative de corruption ! Ce serait absurde !

Le téléphone sonna. Tom se leva pour répondre.

– La transaction n'a pas abouti, alors je doute que tu sois poursuivie, me dit-il. (La main sur le récepteur, il ajouta avant de décrocher :) Mais vu de l'extérieur, je te jure que c'est troublant, Goldy.

14

En pénétrant dans la cuisine je trouvai Tom assis à la table, le téléphone calé sur l'épaule, en train de griffonner dans son fidèle carnet à spirale. Le match de football était entré dans les prolongations et le score était serré. Mais je m'en moquais. J'étais rongée de colère pour ma cuisine en friche, de haine pour ma camionnette en miettes, et de remords pour n'avoir pas su dire à Tom qui allait acquérir ses skis. Tout ça parce que j'avais eu le malheur de sortir avec Doug Portman des années plus tôt, et la faiblesse de croire que son goût pour les reliques dc guerre résoudrait nos problèmes d'argent. Quelle farce !

Je promenai mon regard dans la pièce. Je déplaçai délicatement la feuille de cuisson gluante d'Arch, puis ouvris ma vieille boîte de fiches cuisine. Tom demeurait suspendu au combiné.

Voyons voir... Quels plats seraient les mieux indiqués pour le retour de Rorry, de la maternité ? J'optai pour deux classiques à toute épreuve, que j'avais appris avant d'entrer dans le métier : lasagnes et boulettes de viande suédoises. Par chance, mon frigo contenait origan frais, basilic et thym. Ma réputation de fin traiteur en prendrait un coup si l'on apprenait que je donnais dans les lasagnes et les boulettes, songeai-je tout en rassemblant bœuf haché, ricotta, fontina, crème fraîche, œufs et mozzarella. Mais il suffirait que Rorry tienne sa langue.

– OK, c'est noté, murmura Tom. Ouais, parfait, envoie-le

maintenant. Merci. (Il raccrocha.) On a identifié la substance contenue dans les patchs, m'annonça-t-il. Il s'agit de Duragesic.

– Seigneur...

Le Duragesic était un puissant antalgique souvent administré sous forme de timbres à des cancéreux en phase terminale.

– Tu as de fortes chances de mourir si tu utilises plus d'un timbre à la fois, ajouta Tom. Mais dans le cas présent, les patchs étaient trop faiblement dosés pour tuer un homme.

– Alors à quoi servaient-ils ?

– Je ne sais pas. Le coupable s'est peut-être trompé dans ses calculs. Ou bien cherchait-il seulement à effrayer sa victime ? (Tom parcourut de l'index une liste de noms dans son calepin.) Parmi les prévenus que j'ai arrêtés au cours de ces quatre dernières années, onze ont été soignés au Duragesic, tous pour des cancers. Et cinq d'entre eux ont été déboutés de leur demande de libération anticipée par Doug Portman. L'un termine sa peine à Lamar, un autre est couvreur à Pueblo, un troisième est sous respirateur à l'hôpital de Colorado Springs. Un quatrième est mort. Le dernier, âgé de trente ans, a été libéré en juin dernier par quelqu'un d'autre, après que Portman s'y fut refusé par deux fois. Il s'agit du fameux Barton Reed. Mais il est retourné à l'ombre quinze jours plus tard pour avoir frappé un fan des Red Wings de Detroit. Il a refait six mois, pour être relâché il y a quelques semaines.

– Et comment va sa santé ? demandai-je tout en plaçant une casserole d'eau sur le feu.

– C'est pas brillant. Il est sous Duragesic depuis le mois de mai.

Le fax de Tom s'enclencha. Quelques instants plus tard la machine produisit le portrait en haute résolution de Barton Reed, en plan serré, l'air menaçant, une dizaine d'anneaux rivés à chaque oreille. Je me souvins avoir remarqué ce visage – et ces lobes – l'été précédent à l'épicerie diététique d'Aspen Meadow. Reed y était sûrement venu chercher quelque plante médicinale pour calmer ses douleurs. Aux dernières nouvelles – celles de Cinda –, il confectionnait à présent un tout autre type de décoction : les cartes empoisonnées. Que m'avait dit Jack à son sujet ? « Il s'est juré de se venger. »

Je versai de l'huile d'olive vierge dans une poêle. Quand elle se figea sous la chaleur, j'y jetai des rondelles d'oignon et des gousses d'ail concassées, qui grésillèrent tout en exhalant une odeur alléchante.

– Et pour quel délit a-t-il été condamné au départ ? m'enquis-je.

Tom leva un sourcil broussailleux.

– Savais-tu que notre ami Barton a été une bête de snowboard pendant plusieurs années ? Mais ce n'est pas ça qui l'a perdu, rassure-toi. Il courait le circuit free-style, ici comme à l'étranger, ce qui nécessitait de l'argent – pour les voyages, le logement, les droits d'inscription, etc. L'hiver, il restait basé à Killdeer et, l'été, il sillonnait Aspen Meadow et les autres coins chics du comté à la recherche de vieilles dames en phase terminale de cancer.

J'ajoutai le bœuf aux oignons, qui superposa son fumet aux effluves de la pièce. Je me sentais déjà mieux, peut-être parce que je cuisinais. Ou bien que nous évoquions des problèmes autres que les nôtres. Je réagis néanmoins :

– De vieilles femmes riches et malades ? Dans quel but ?

Tom examina la fiche des boulettes, se lava les mains et mêla dans un bol crème et œufs.

– Pour les dépouiller, pardi. Il racontait à leurs familles qu'il connaissait un spécialiste au Mexique, un chercheur génial au CV long comme le bras qui avait mis au point un traitement miracle. Mais ce dernier demeurait méconnu, car la Food and Drug Administration refusait de l'homologuer. Tiens, pourquoi ça ? demandaient alors les familles. À quoi le brillant Reed répondait : parce que l'ordre des médecins ne voulait pas voir ses cancérologues au chômage.

– Rien que ça...

– Dans son luxueux centre de cure d'Oaxaca, au sud du Mexique, Dr Génial guérissait les malades en six mois. Reed sortait des photos, des témoignages. Le grand jeu, quoi. Son passé de prédicateur laïque lui avait donné du bagout. Les familles qui tombaient dans le panneau lui remettaient plus de soixante mille dollars – soit dix mille par mois. Elles confiaient la mamie à Reed, et il se chargeait du reste. Elles ont reçu des rapports encourageants de Dr Génial et de Reed, et même d'un aumônier, mais n'ont plus jamais entendu la voix de leur grand-mère.

– Ce qui aurait tout de suite dû les alerter.

Tom hocha la tête.

– Un type a fini par descendre là-bas pour voir de quoi il retournait. Il a retrouvé les vieilles dames entassées dans un dispensaire insalubre, sans téléphone, sans traitement, sans aumônier. Et, bien entendu, sans toubib. Barton Reed a dû raccrocher son surf pour passer trois ans en prison. Où est le poivre de Jamaïque ?

Je le lui tendis, et il reprit :

– L'ironie de l'histoire, c'est qu'après six mois à l'ombre, Barton Reed a développé un cancer du testicule. Mais un certain Doug Portman, membre de la Commission des Remises de peines, n'a rien voulu savoir.

– Ou bien Barton Reed n'avait pas les moyens de l'émouvoir, tempérai-je.

À l'aide du hachoir, Tom réduisit en poudre des flocons d'avoine qu'il versa, ainsi que des oignons en granules, dans les œufs.

– Demain, nos gars vont convoquer Reed pour un interrogatoire. Ce type semble dévoré de haine.

Tom vida son bol dans un saladier de steak haché frais. Puis ses épaisses mains formèrent de jolies boulettes, qu'il ordonna sur un plat à gâteau et mit au four. De mon côté, je mélangeai tomates, vin rouge et herbes dans ma poêle pour constituer la sauce des lasagnes. Quand elle se mit à épaissir, je dorai quatre cuisses de poulet dans de l'huile d'olive puis les fis cuire en pression avec oignons, carottes et une feuille de laurier. Elles constitueraient la base du strudel au poulet Sonora que je servirais chez Arthur.

Strudel au poulet Sonora

Pour 9 personnes :

- *2 cuillerées à café d'huile*
- *5 tomates épépinées et émincées*
- *2 gousses d'ail concassées*
- *250 g de piments verts hachés*
- *3 oignons grossièrement hachés*
- *2 pincées de cumin*
- *500 g de poulet cuit émincé*
- *200 g de cheddar râpé*
- *2,5 dl de crème fraîche*
- *1 cuillerée à café de sel*
- *250 g de feuilles de pâte filo*
- *250 g de beurre fondu*

Dans une grande poêle, chauffer l'huile à feu moyen jusqu'à ce qu'elle grésille. Réduire le feu et verser les tomates, l'ail, les piments, les oignons et le cumin. Laisser cuire sans couvrir, en remuant de temps en temps, pendant une trentaine de minutes, jusqu'à l'obtention d'un mélange épais. Ôter du feu et laisser légèrement refroidir.

Préchauffer le four à 200°. Beurrer un plat en Pyrex d'environ 22 x 32 cm. Dans un saladier, mélanger le poulet, le cheddar, la crème fraîche et le sel. Incorporer la sauce de la poêle. Verser l'ensemble dans le plat.

En procédant rapidement, couvrir le mélange d'une feuille de pâte filo, la badigeonner de beurre au pinceau. Superposer ainsi toutes les feuilles et bien beurrer la dernière. Avec un couteau affûté, découper 9 parts égales.

Laisser cuire 20 à 30 minutes. La garniture doit être chaude, la pâte gonflée et bien dorée. Servir immédiatement.

Je répartis ma pâte à lasagnes cuite, les fromages râpés et la sauce dans deux plats – un pour nous, l'autre pour Rorry –, que j'enfournai avant de dresser la table. Quand les lasagnes se mirent à bouillonner, j'appelai Arch. Sans décocher un mot, il apparut et se lécha les babines devant mon gratin. Tom y planta son couteau ; une coulée de fontina et de mozzarella fondues se mêla aux fines couches de ricotta et de bœuf à la tomate. Chaque bouchée fut un régal. Mais le meilleur fut de voir mes deux hommes se resservir trois fois.

Le repas terminé, Arch se leva et m'embrassa.

– C'était super bon, maman.

Cette marque d'affection inattendue faillit m'arracher une larme.

– Merci, trésor.

– Alors voilà, reprit-il sur le ton qui précède une grande annonce. Le père de Lettie nous conduira au collège de bonne heure demain matin, parce qu'on va rédiger ensemble les conclusions du devoir de physique. Il passe me prendre à 7 heures. (Il remonta ses lunettes et me lança un regard d'une extrême gravité.) Quand Lettie sera là, maman, je te supplie de ne pas lui demander ce qu'elle veut pour Noël, d'accord ?

– Pas de problème. Si tu veux, je peux même la laisser à la porte. Elle a un gros manteau ? Je ne voudrais pas qu'elle prenne froid...

– Je ne sais pas, répondit Arch, tout à fait sérieux. Tu peux quand même l'accueillir dans la cuisine.

Le regard espiègle de Tom croisa le mien.

– Dans ce cas, lançai-je, qu'est-ce qu'elle prend au petit déjeuner ?

– Tu vas arrêter, oui !

L'aube du lundi matin apparut, froide et austère. Levée à 6 heures, je foulai le parquet glacé jusqu'à la fenêtre de la chambre pour lire le thermomètre extérieur : – 14°. Avec un peu de chance, l'après-midi culminerait à – 5°.

Je fis quelques mouvements de yoga, pris ma douche, m'habillai et me rendis dans ma cuisine sombre. Je nourris

Jake et Scout, puis les convainquis de faire un tour dehors pour réintégrer dare-dare leur espace réservé. Assise devant un grand café noir, je rédigeai ma liste quasi définitive de plats.

Avant de partir, je confectionnerais une salade, au cas où Arthur en aurait retenu l'idée. Une fois chez lui, je m'attellerais au strudel, aux filets de porc, aux gâteaux de crabe et à la florentine de sole qu'il m'avait réclamée. Puis j'apporterais les lasagnes et les boulettes de viande à Rorry, tâcherais de recoller les morceaux avec elle, et si possible lui délierais un peu la langue. Au fait, me restait-il quelques couvertures de bébé, bavoirs ou autres pièces de layette à lui prêter ? Que je sache, Rorry n'était pas membre de la Commission des Remises de peines ; je pouvais donc lui rendre service sans m'attirer d'ennuis, n'est-ce pas ?

Tout en cherchant dans mes souvenirs où j'avais pu ranger les barboteuses d'Arch, je battis du beurre avec du sucre roux puis incorporai vinaigre de cidre, œufs – sans les coquilles – et mélasse. Ça me revint : les couvertures et les grenouillères se trouvaient dans un carton au grenier. J'ajoutai épices et farine à ma pâte, la divisai en boules sur une feuille de papier cuisson, et courus là-haut pour exhumer la boîte marquée *bébé*. Je la redescendis en hâte, la hissai dans la Range Rover, puis regagnai la cuisine illico pour sortir ma première fournée de biscuits. Ils s'étaient aplatis et fendillés au sommet. Excellent. Mais cette exquise fragrance de gingembre imposait un deuxième café, non ? Et une ou deux bouchées, tout de même. Mmmm... À vrai dire, on sentait davantage la mélasse que le gingembre, mais Arthur les préférait ainsi : éviter les mets trop croquants avec les invités d'un certain âge. J'avalai un second cookie pour m'assurer de leur moelleux. Mmmm... Mélasse ou gingembre, une certitude : ils méritaient d'accompagner plus souvent mon petit déjeuner.

J'emballai vite fait le poulet cuit et les ingrédients du strudel, et réunis les divers produits nécessaires aux autres mets.

À 7 heures précises, le père de Lettie arrêta sa Jeep noire dans la rue. Remontant notre allée d'un pas félin, Lettie apparut avec ses tresses blondes, sa frimousse d'ange et ses dents parfaites. Elle portait un chemisier blanc, un kilt rouge, un blouson de cuir noir et des bottines. Un vrai mannequin.

– Bonjour, madame Schulz ! lança-t-elle dès que j'eus ouvert la porte.

– Bonjour, Lettie. Entre vite.

Elle franchit le seuil, ferma les yeux et gonfla ses poumons.

– Il règne toujours une odeur incroyable ici ! s'ébaubit-elle en rouvrant les paupières.

– Tu veux un cookie ? Un verre de jus d'orange ? Tout est prêt.

– Ma foi...

– Salut, grogna la voix engourdie d'Arch depuis la mezzanine.

Le visage de Lettie s'illumina.

– Salut, Arch.

– Je vous prépare un petit quelque chose ? proposai-je.

– On doit y aller, maman.

Mon fils arborait aujourd'hui un baggy kaki, un tee-shirt vert trop grand, et une surchemise noire. Ses cheveux de jais formaient des piques maintenues par du gel extra-fort. Un instant d'inattention, et je pouvais m'érafler la joue en l'embrassant. Mais je n'aurais pas le front de l'embrasser devant sa copine...

Pendant qu'il descendait, je glissai deux petites briques de jus de pomme et quatre biscuits ensachés dans son sac à dos, que je lui apportai dans le vestibule.

– Surprise à l'intérieur, murmurai-je.

Arch me foudroya du regard : *Ferme-la, maman !* Lettie me salua chaleureusement tandis qu'ils s'éloignaient dans l'allée. Arch ne daigna pas se retourner.

Je vérifiai une dernière fois que je n'oubliais rien, allai dire au revoir à Tom, et mis les voiles. Passé le Divide, le ciel s'éclaircit, et à l'approche de Killdeer le vent commençait de charrier une douce odeur de feu de bois. Sur le coup de 9 heures j'atteignis le parking de la Crête des Élans, déjà rempli de skieurs en tenues bariolées. Ils sortaient les skis des voitures, bavardaient en soufflant des nuages de vapeur, et s'éloignaient joyeusement en direction de l'arrêt de bus.

En traversant l'esplanade pour atteindre la rue d'Arthur, je croisai deux monticules de neige matérialisant le début du Sentier des Crêtes. Ces skieurs me rendaient un brin jalouse. Cette journée s'annonçait idéale pour dévaler les pistes : le soleil commençait d'effleurer les pentes immaculées, le ciel était un dôme d'azur vierge de tout nuage, une légère brise véhiculait le bon air des cimes, et les deux cent quinze centimètres de neige dure avaient reçu douze centimètres de poudreuse. Que rêver de mieux ?

Une relation mère-fils pacifiée, me répondis-je tout en m'arrêtant devant le garage d'Arthur. Mais je doutais que cela fût possible avec un ado de quatorze ans. Une nouvelle camionnette, alors. La réouverture de ma cuisine. Ah, j'oubliais : élucider le meurtre de Doug Portman, et identifier le corbeau de la bibliothèque.

Le ding-dong de la sonnette résonna dans l'intérieur sans âme du chalet d'Arthur. Je pris soudain conscience que je m'aventurais seule dans la maison d'un collègue que je ne connaissais pas tant que ça. Me rappelant les mises en garde de Tom, je posai prestement mes boîtes à terre et dégainai mon téléphone portable. Je composai le numéro de mon mari et indiquai sur sa boîte vocale que je me trouvais sur le perron d'Arthur Wakefield. C'était mieux que rien. L'instant d'après, l'intéressé m'ouvrit la porte, agrippé comme d'habitude à son flacon d'antiacide.

– Entre donc, dit-il.

– Bonjour, Arthur ! J'étais en train de signaler ma position à mon flic de mari.

Il me regarda d'un air étrange, avant d'aviser les boîtes posées à mes pieds. Il rangea le Pepto-Bismol dans sa poche et se baissa pour les soulever.

– Je suis en pleine crise avec un fournisseur. Je risque de devoir me rendre à Vail pour dégotter un sauvignon blanc.

– Je suis désolée, murmurai-je.

L'import de vin ne semblait pas drôle tous les jours.

– Tu peux prendre possession de la cuisine, Goldy. Tu as d'autres paquets dans la voiture ?

– Je m'en occuperai, Arthur.

Dieu merci, le téléphone sonna au même moment. Arthur me fourra les cartons dans les bras et fondit sur le téléphone.

Dans la cuisine jaune et blanche aussi splendide qu'inutilisée, il me fallut du temps pour repérer les tiroirs à ustensiles, les placards à saladiers, les poêles, le papier cuisson, les planches à découper... Arthur avait réalisé un plan détaillé du buffet, avec des instructions précises concernant la disposition des plats. Ne restait plus qu'à lui montrer comment les parachever.

– Il paraît que tu t'es accrochée avec Boots Faraday, me dit-il d'un voix morne en revenant dans la cuisine, tout en plaquant le sans-fil sur le comptoir carrelé.

La Faraday avait passé l'après-midi à se plaindre de moi, ou quoi ?

– Je lui ai remis sa bouteille et je suis restée pour déjeuner, expliquai-je. Malheureusement, je crains de ne pas être son genre. Au fait, tu ne m'as rien dit de cet article qui me dépeint comme une détective du dimanche.

– Je sais, j'aurais dû. Mais c'est le show-business, Goldy. Il faut appâter le chaland. Je parlerai à Boots, si tu veux. L'affaire Bullock est un sujet très sensible pour elle. Vois-tu, Rorry est persuadée que Boots était la maîtresse de Nate, ce qui est parfaitement faux. Boots voulait juste aider Nate à conclure quelques affaires. Rorry est devenue si jalouse que Boots a viré parano. Elle s'est mise à appeler Nate depuis des cabines téléphoniques, avec des messages codés, ce qui n'a, bien entendu, fait qu'aggraver la situation. Mais je suis sûr que vous finirez par vous entendre. Je lui demanderai de s'excuser.

– Laisse tomber, Arthur, ça n'a pas d'importance. De quel type d'« affaires » était-il question entre Nate et Boots ?

– Pas maintenant, soupira-t-il. J'ai une entreprise à faire tourner. Mettons-nous au travail, si tu veux bien.

À propos de travail, j'avais hâte de le questionner sur sa relation d'attraction-répulsion avec PBS. Je présumais qu'elle concourait autant que ses grands crus et ses recours en justice à son abus d'antiacides.

– Entendu, répondis-je, tout sourire. Voyons voir... Si l'on commençait par la salade verte ? J'ai préparé un assortiment qu'il suffit d'assaisonner.

– Excellent idée. C'est vrai que je devais te rappeler à ce sujet. Mais souviens-toi : surtout pas de vinaigre. (Il indiqua ses rangées de bouteilles.) Malheureusement, je ne vois que mon unique bouteille de sancerre pour ça. (Il soupira, puis feuilleta son agenda.) Au fait, nous serons quatorze, en définitive. Deux amis viennent de rentrer du Mexique, et ils voulaient être de la partie. Ça ne posera pas de problème, dis-moi ?

Une des règles d'or du métier : ne jamais paniquer devant le client. Encore moins le jour J.

– Mmm... Quatorze, n'est-ce pas ?

J'avais prévu quatre hors-d'œuvre : crabe, sole, porc et poulet. Sauf allergies généralisées, nous aurions de quoi tenir.

– Aucun problème, affirmai-je. Et les convives sont... ?

– Nous aurons deux grossistes, dit-il en comptant sur ses doigts, neuf des plus gros clients à l'ouest du Divide et, bien entendu, trois détaillants, qui prendront les commandes. Deux de ces derniers sont cavistes, et le troisième est restaurateur. Mais autant te le dire tout de suite, il ne s'agit ni de ton amie Eileen ni de son fringant cuistot.

– Jack Gilkey, précisai-je à dessein. J'espérais justemcnt que tu me parlerais un peu de lui...

Arthur se retourna et ouvrit le réfrigérateur.

– Tu oublies qu'on a du pain sur la planche, Goldy. Ah, voilà... Deux filets de porc.

Il sortit un paquet sous film plastique et une boîte de pâte filo, les posa sur le comptoir, puis contempla ses bouteilles comme s'il s'agissait de pièces d'échecs. Il finit par en choisir une.

– Voici le châteauneuf-du-pape dont je...

– Un instant. Si tu comptes terminer les plats ce soir...

– Eh bien ?

– Alors la filo reste au frigo.

Dans un grand soupir, il rangea la boîte au frais, puis déboucha d'un coup sec sa bouteille de rouge, avant de la frapper sur le comptoir.

– C'est pour la marinade du porc, expliqua-t-il. Un grand côtes-du-rhône, idéal avec les viandes riches.

– Dacodac. Mais il faut absolument qu'on discute de Jack. Tu comprends, il vit avec l'une de mes meilleures copines, et...

– Alors Boots n'avait pas tort, hein ? Il faut que tu interroges tout le monde !

– Ne te fâche pas, Arthur. Nous sommes amis, pas vrai ? Quelqu'un vient de m'adresser, via la bibliothèque d'Aspen Meadow, une série d'articles et deux bouquins. Serait-ce toi ? Ces coupures concernaient toutes la mort de ta mère.

Arthur renifla dédaigneusement et se détourna de nouveau face au réfrigérateur.

– Tu crois vraiment que j'ai le temps de jouer à ça ? Si je voulais te faire lire un truc, je te le remettrais en main propre, Goldy.

Il sortit ce coup-ci un emballage en papier qu'il plaqua à côté du porc.

– Voici ta sole.

– Je t'en prie, Arthur. On est collègues. Parle-moi, bon sang.

Il pivota, rouge de colère.

– Jack Gilkey est un croqueur de diamants. Il a épousé ma mère pour son argent. Il avait vingt ans de moins qu'elle, et il était si beau, si gentil et si attentionné... Il l'a forcée à me rayer de son testament, à me laisser des miettes et à lui léguer tout le reste. Mais ma mère a dû éprouver quelques remords à agir ainsi, alors elle a décidé que, si Jack mourait avant elle, sa fortune reviendrait à la télévision publique, car j'avais appris à lire devant ses programmes éducatifs. Je n'ai découvert tout cela qu'après son décès, évidemment. Mais le stratagème de Jack Gilkey n'a pas fonctionné, car il était un rien voyant. Et je suis heureux qu'un jury ait su lire dans son jeu. Point final.

– Crois-tu qu'il ait soudoyé Doug Portman pour être libéré plus tôt ?

– Mais j'en suis convaincu, Goldy !

– Et avec quel argent ?

– À ton avis, madame-la-détective-dont-la-meilleure-copine-est-pleine-aux-as ?

Le téléphone sonna. Il bondit dessus. À son visage je devinai que les nouvelles étaient mauvaises : les caisses de sancerre se faisaient toujours attendre.

Ainsi Eileen aurait permis à Jack d'acheter Portman ? Je ne pouvais y croire. Je me lavai les mains avant d'ouvrir le récipient du poulet vapeur. Je triai rapidement les morceaux, puis étudiai les posters de France ornant les murs.

Quand Arthur eut raccroché, je dis :

– Écoute, oublions Jack Gilkey pour le moment. Il se trouve que la mort de Portman me met, moi, dans une position délicate. Je m'apprêtais à lui vendre une paire de skis de collection, pour un prix inférieur à leur valeur marchande. Or, vu qu'il présidait la Commission des Remises de peines, cela ressemble fort à une tentative de corruption. Comme si je voulais lui acheter une faveur.

– Quel genre de faveur ?

– Le genre : je vous supplie de maintenir mon ex en taule. Ma seule intention était de vendre ces skis au plus vite, mais qui va me croire ?

Les yeux noirs d'Arthur pétillèrent.

– Alors tu trafiques au marché noir ? s'écria-t-il.

– Ce n'est pas drôle.

– Je ne t'ai envoyé aucun article, Goldy. Mais je confirme que Doug Portman a touché. Tu veux savoir ce que m'a dit ce fumier ? Qu'il laisserait Gilkey sous les verrous, mais qu'il m'en coûterait vingt mille dollars par an. Le problème, c'est que les millions de ma mère passaient dans *Rue Sésame*, et que je ne pouvais commettre une telle dépense tous les ans.

– L'un des articles rapporte que tu contestes la validité du testament, au motif que Jack a fait pression sur Fiona.

– Et je n'invente rien. Il a dressé ma mère contre moi, l'a dissuadée de me voir, a changé leur numéro toutes les semaines, renvoyé l'avocat de la famille, et j'en passe. Maman s'est laissé berner parce qu'elle voulait que ce bonimenteur l'aime. Puis il a cru pouvoir l'assassiner et hériter de son fric, ni vu ni connu. Sauf qu'il s'est fait prendre.

– L'assassiner ? relevai-je tout en incorporant crème fraîche et fromage râpé dans la salsa.

Lui, pendant ce temps, alignait d'un geste appliqué des verres ballons à côté des bouteilles.

– Oui, l'assassiner. Et je pèse mes mots. Hélas, le procureur n'a pas réussi à prouver la préméditation. En tout cas, sois sûre d'une chose : Jack Gilkey compte bien épouser Eileen Druckman pour sa fortune. À ta place, je m'inquiéterais pour ma copine.

– C'est le cas, Arthur. Je suis désolée de raviver des souvenirs douloureux, tu sais.

Il soupira.

– Si seulement j'avais pu enregistrer l'appel où Doug tentait de monnayer le maintien de Gilkey en prison... Maintenant qu'il est mort, ce ne sera pas simple de prouver qu'il prenait des pots-de-vin. Mais je dois y parvenir si je veux faire annuler le testament. J'aurai alors prouvé que Gilkey est une ordure, et je pourrai...

Il se tut brusquement, le regard fixé sur un poster.

– Tu pourras quoi ? relançai-je d'une voix sciemment distraite, tout en dosant les différents ingrédients de la marinade. Te rendre en France ? T'installer en Toscane ? Mon rêve à moi serait de faire un tour gastronomique de l'Italie en six mois, à pied – l'exercice élimine les calories.

Arthur susurra :

– Mon rêve à moi est sous tes yeux.

Il indiquait le poster figurant un village provençal encerclé de lavande.

– La France ? Pour y vivre ?

– Pas n'importe où en France, Goldy. Je rêve d'acquérir un vignoble à Bandol, au bord de la Méditerranée. Bouge pas, je vais te faire goûter quelque chose.

Il attrapa un tire-bouchon et disparut de la cuisine, pour revenir cinq minutes plus tard muni d'une bouteille de rouge.

– Tu m'en diras des nouvelles, lança-t-il.

– Pitié, Arthur. Il est à peine 9 heures du mat.

– Allez, rien qu'une gorgée.

Il déboucha la bouteille et versa un fond d'un centimètre

dans deux verres. La situation évoquait deux autres règles de la profession : ne jamais boire pendant le service, et plus le client vous sera précieux, plus il vous en fera voir. Arthur me tendit solennellement un ballon, et j'y trempai mes lèvres. C'était un vin délicieux. Même moi, je sus le juger généreux et fruité, idéal pour commencer la journée du bon pied.

– C'est mon futur que tu bois là, déclara-t-il. Mon futur gâché.

– Pourquoi gâché ?

Il redressa la tête.

– Que trouves-tu dans ce vin, Goldy ? Quels arômes ?

– Je ne suis pas très calée, tu sais.

– Je vais te dire ce qu'on y trouve. Le parfum de la lavande, le goût du romarin. On sent du basilic, du laurier. On y retrouve Bandol. Une partie, du moins. (Sa voix fléchit.) Bandol est une adorable petite ville de Provence où j'aurais pu acheter un vignoble pour deux millions de dollars. Je laisse cette affiche au mur pour garder à l'esprit ce que Jack Gilkey m'a volé. À l'heure qu'il est, je pourrais cultiver mes vignes et me prélasser tous les soirs sur ma terrasse face à la mer. Mais Jack Gilkey en a décidé autrement. Et ton copain Portman a laissé ce meurtrier sortir de taule !

– Doug Portman n'était pas mon copain, protestai-je.

– Si tu veux, si tu veux. Mais ça n'a plus grande importance, pas vrai ?

Il porta la main à sa poche et sortit son flacon de Pepto. Dieu merci, il n'en but pas sous mes yeux, mais se contenta de le soupeser. Il me restait une dernière question :

– Si je comprends bien, tu cherches à reprendre l'argent que ta mère a légué à PBS, tout en continuant à y travailler. N'est-ce pas un peu contradictoire ?

Il but une gorgée avant de répondre :

– Pas tant que ça. Ma mère et moi partagions le même amour de la télévision. Certes, je veux revoir mon argent. Mais je ne vais pas tourner le dos à cette chaîne, qui demeure une sorte de lien entre nous deux. *Par monts et par vaux* était l'émission préférée de maman ; elle et Nate nous ont quittés le même jour...

Je reposai mon verre, soufflai quelques paroles compatissantes, puis hésitai à lui réclamer un de ses divins expressos. Ma tête commençait à tourner, après trois malheureuses gorgées. Manque de pot, le téléphone sonna de nouveau. Arthur remplit son verre tout en apprenant les derniers malheurs : ses caisses de sancerre étaient restées sur le quai d'un entrepôt de Glenwood Springs. Seule façon d'en profiter ce soir : les rapatrier soi-même en voiture. Arthur fracassa l'appareil sur le comptoir.

– Je dois partir, pesta-t-il.

– J'aurai terminé dans deux heures. Je fermerai la maison, si tu veux. (Il grimaça, tout en palpant nerveusement sa poche de pantalon.) Je procède souvent comme ça avec mes clients, Arthur. Tu n'as rien à craindre. On a signé un contrat.

Il considéra la nourriture étalée devant lui.

– Bon. C'est d'accord. Je saurai faire cuire le porc, mais pour le reste ?

– Je te mettrai tout par écrit.

– Oh, merci, Goldy, dit-il avec soulagement, avant de se raidir de plus belle : occupe-toi juste de la bouffe, d'accord ? Je remonterai les autres vins à mon retour.

– Si tu veux, sauf que tu ne seras jamais revenu pour 17 heures. Or il faudrait mettre le blanc au frais...

– Non, tant pis ! rétorqua-t-il tout en remuant des tiroirs et en scrutant le comptoir. Zut, j'ai dû laisser mon chéquier dans la bagnole. Je peux te payer mercredi ? Mieux : on déjeune ensemble au Bistro. Gilkey est de repos ce jour-là. On pourra parler de l'émission. À ce propos, tu peux déjà réserver ton jeudi. Je pensais présenter ce porridge que tu m'as offert, et peut-être un pain...

– Bonne idée.

– On pourra skier ensemble, si ça te dit.

– Volontiers, mais je te préviens : je me limite aux pistes vertes. Et je bois rarement durant la journée.

Il écarquilla les yeux, avant de lancer :

– Alors rendez-vous mercredi, au Bistro, à midi !

Sur ce, il rafla ses clefs, vérifia la porte verrouillée du hall, jeta un coup d'œil sur la bergère en porcelaine de l'entrée, et disparut.

J'examinai les trois bouteilles qu'il m'avait laissées. Pourquoi ce coup de sang quand j'avais proposé d'aller chercher le blanc ? Tandis que l'Escalade d'Arthur s'ébranlait dans l'allée, je m'attelai aux gâteaux de crabe, songeuse. Si Arthur faisait tant de mystères, c'est qu'il devait tenir, comme nombre d'amateurs de vin, à soustraire sa cave aux regards étrangers. Je roulai mes galettes dans la chapelure et les plaçai au frigo à côté du strudel, puis me rendis à la fenêtre donnant sur la rue. Le 4 × 4 d'Arthur n'était plus en vue.

La porte du hall était bel et bien verrouillée. Je réfléchis. Si je fouillais un peu, mais sans rien dérober, que risquais-je vraiment ? Si je fouillais un peu, et qu'Arthur rentre pour me prendre la main dans le sac, me briserait-il une bouteille sur le crâne ? Et serait-elle pleine ou vide ?

Je ne volerais rien, décidai-je. Et si Arthur me surprenait, je prétendrais chercher le vin, pour lui faciliter la tâche. Et je me garderais d'avouer que son attitude étrange m'avait convaincue qu'il cachait davantage que du chardonnay derrière cette porte interdite. Et que je résistais rarement à la tentation...

Il me fallait la clef. Jc commençai par palper les poches de sa veste de cuir où, à défaut de clef, je découvris son chéquier « oublié ». Puis je me souvins de ses coups d'œil furtifs vers la bergère de l'entrée. Alors je soulevai le fragile figurine de porcelaine et trouvai, comme par magie, une petite clef en laiton. Je la tournai dans la serrure, et la porte s'ouvrit sur un escalier moquetté.

Je m'y engouffrai sur la pointe des pieds, retenant mon souffle, et me retrouvai dans un long couloir bordé de photos en couleur. Celui-ci desservait deux chambres d'amis, une salle de bains et une autre porte. Celle de la cave à vin ?

Une personne en quête de renseignements, d'objets de valeur, d'argent ou de je ne sais quoi avait visité l'appartement de Doug Portman le jour même de sa mort. Les hommes du shérif rendus sur place n'avaient trouvé aucune trace d'éventuels dessous-de-table, encore qu'il leur restât à examiner les innombrables cartons de reliques militaires. Le cambrioleur avait pu dérober des pièces rares ou des documents compromettants. Mais qui aurait éprouvé le besoin, et pris le risque, de s'introduire chez Portman ce jour-là ? Ou bien, dit autrement : si prouver les malversations de Portman pouvait vous rendre dix-neuf millions de dollars, n'auriez-vous pas eu hâte d'arriver chez lui ? Surtout si vous l'aviez tué vous-même et s'il s'agissait de précéder les flics ?

Je déglutis. Que savais-je d'Arthur, dans le fond ? Il se montrait charmant quand il n'était pas rongé d'anxiété, c'est-à-dire rarement. Le croyais-je vraiment capable de meurtre ? Difficile à dire.

Je tournai la poignée de la porte au bout du couloir. Elle était fermée. Arthur gardait-il la clef sur lui, ou la cachait-il dans les parages ?

Je longeai lentement le couloir, le regard à l'affût, un peu comme dans la galerie d'art de Killdeer. Voici donc où mon client accrochait les photos de famille qui manquaient tant à son séjour. Elles étaient toutes datées ; plusieurs montraient Arthur plus jeune de dix ans, posant à côté d'une belle femme élancée que je reconnus d'après les coupures de presse : Fiona Wakefield. Elle souriait, flanquée de son fils, au pont des Soupirs de Venise ou au pied du Parthénon. Suivait un cliché des années soixante, pris devant le Waldorf Astoria de New York, d'une Fiona enlaçant un jeune homme, sûrement le père d'Arthur.

Mais c'est une autre image qui retint mon attention. Moulée dans une combinaison de ski, lunettes noires sur le nez, Fiona souriait en haut d'un sommet enneigé. On devinait qu'elle n'était pas seule : on avait recadré l'image de façon à masquer son accompagnateur, dont émergeaient seulement les bâtons. Une indication au stylo datait la scène de quatre ans.

La silhouette écartée ne pouvait être que Jack Gilkey, à qui Arthur reprochait de lui avoir confisqué son avenir.

Le cliché était ceint d'un cadre en acrylique. Je le soulevai délicatement, et quelque chose tinta sur le sol. Baissant les yeux, je vis scintiller un anneau métallique unissant une clef de porte en laiton à une clef de cadenas en acier.

15

Je n'eus aucun mal à ouvrir la porte, puis la grille cadenassée protégeant la cave froide et lugubre.

Je trouvai l'interrupteur, et une lumière blanche jaillit des plafonniers. Les murs étaient en pierre du Colorado, et des centaines de bouteilles s'alignaient, couchées, dans des casiers à croisillons. Mes semelles crissaient sur le sol pavé à mesure que j'avançais, hésitante. La cave n'était pas rectangulaire, ni même symétrique, mais anguleuse et bornée de recoins sombres. Je frissonnai. Combien Arthur avait-il déboursé pour aménager ce bunker ? Pire, comment pourrais-je l'entendre en cas de retour précipité ?

Promenant mon regard sur les rayonnages, au cas où ils contiendraient autre chose que du vin, je trouvai, roulés dans une case, deux dossiers cartonnés. Je feuilletai le premier, qui concernait visiblement l'état des stocks. La paperasse du second retraçait les sorties – date, destination, nombre de bouteilles. Je gagnai ensuite une rangée d'étagères creusées dans la pierre où reposaient des cadavres de bouteilles. Sur chaque étiquette figurait, sous le millésime, une date manuscrite – vraisemblablement la date de dégustation. Arthur Wakefield n'était pas la moitié d'un maniaque. D'autres bouteilles vides jonchaient le sol, comme par faute de place.

À trente centimètres de ces étagères s'étalait un paysage de falaises calcaires, au bord d'une mer d'un bleu profond. Avec un temps de retard je compris qu'il s'agissait à l'évidence de la mer Méditerranée et de la région de Bandol.

Les quatre coins de l'affiche étaient collés au mur par de la gomme adhésive. Je détachais les deux angles inférieurs, et découvris ce que je soupçonnais : deux étagères identiques aux précédentes, à ceci près qu'elles étaient vides. Arthur avait donc transféré leur contenu vers le sol. Pourquoi diable ?

En vérité, elles n'étaient pas tout à fait vides ; sur l'une d'elles se trouvaient trois lettres et un pli UPS. Sans grande surprise, chaque lettre était adressée à Doug Portman. Et, bien entendu, décachetée.

Je parcourus d'abord les courriers. D'après les cachets postaux, ils avaient tous été envoyés dans la première quinzaine de décembre. L'un émanait d'un particulier du Minnesota qui évoquait un lot de cartouches datant de la guerre de Sécession. Un autre proposait un fusil à baïonnette. La troisième missive, plus ancienne, provenait du Mexique : une certaine Juanita Martinez expliquait dans un anglais policé que la villégiature du señor Portman était prête, et que le señor Portman pourrait vaquer à ses affaires dans le centre de Puerto Escondido. Je savais que Puerto Escondido signifiait « port caché ». Je savais aussi que ce n'était guère un haut lieu du tourisme américain.

Enfin, le pli d'UPS, frappé dans la case « expéditeur » du tampon d'une agence de voyage de Copper Mountain. Il contenait un billet d'avion aller-retour – départ pour Puerto Escondido le 20 décembre, date du retour indéterminée –, ainsi qu'une mot du voyagiste : « Monsieur Portman, à cette période-ci de l'année, il est plus économique d'acheter un billet aller-retour. Merci pour votre chèque. »

Le cœur palpitant, je replaçai le billet et la note dans le pli, ainsi que les lettres dans leurs enveloppes. Je rempilai le tout comme je l'avais trouvé sur l'étagère de pierre, recollai les coins du poster au mur, traversai la pièce, éteignis la lumière, tournai la clef, la rangeai dans sa cachette et remontai.

Revenue en lieu sûr, je pochai la sole, braisai les épinards et allongeai la sauce de ma florentine, avant d'élaborer une vinaigrette au vin. Puis je rédigeai le mode d'emploi complet pour Arthur. Il fallait beurrer les fragiles couches de filo avec précaution, et les superposer sur le poulet de façon à obtenir après cuisson une pâte gonflée et croustillante. J'expliquai ensuite comment réchauffer les gâteaux de crabe et la florentine, et mélanger la salade. Sur ce, je déblayai le comptoir, claquai la lourde porte d'entrée derrière moi et regagnai la Rover au pas de course.

Mon crâne bouillonnait de questions. Doug Portman s'était apprêté à émigrer vers un petit port de l'État d'Oaxaca. Il s'était déniché une villa et des perspectives commerciales. Il avait préparé ses bagages, rempli ses cartons. Ce qu'Arthur Wakefield avait découvert en s'introduisant chez lui dans les heures suivant sa mort, à la recherche du moindre indice permettant d'accabler Gilkey.

Mais pourquoi Portman s'enfuyait-il comme un voleur ? Avait-il eu vent de l'enquête ouverte par la police concernant ses pratiques suspectes ? Se pouvait-il qu'Arthur l'ait assassiné après avoir appris – via l'agence, par exemple – ses projets de voyage ? Mais dans ce cas, pourquoi retourner dans le bungalow ? À moins qu'une tierce personne ait percé, et contrarié, les intentions de Portman...

Je me mis en route vers le parc de mobile-homes perché à la lisière de Killdeer. Rorry me ferait peut-être part de ses lumières. Car plus je m'attaquais aux secrets de cette ville, et moins j'y voyais clair.

Après m'être une nouvelle fois perdue dans le labyrinthe de la station, je compris qu'il me fallait par-dessus tout une bonne dose de caféine. Cuisiner, boire et fouiner dans la même matinée est une gageure, même pour une dure à cuire des Rocheuses.

Soleil oblige, le parking du téléphérique était plein. Alors je laissai la voiture sur celui de la crête et finis à pied le trajet jusque chez Cinda. La promenade n'était pas déplaisante, quand on portait autre chose que des chaussures de ski. Après vingt minutes de marche, je m'affalai sur le comptoir du Pause Cannelle, hésitant entre un double express et un quadruple. Et pourquoi pas un croissant au fromage pour accompagner le café ?

Cinda, les cheveux roses maintenus en arrière par des élastiques, écarquilla ses yeux clairs en me voyant. Elle me fit signe d'approcher et me chuchota à l'oreille :

– Il est ici. Le surfeur. Barton Reed.

– Ici, en ce moment ? Eh bien... Pourrais-je avoir un quadruple expresso et un croissant au ricotta, histoire de me remettre les idées en place ?

– Souviens-toi, c'est le type qui a proféré ces menaces. Nous parlions justement de lui avec Ryan, mon deuxième serveur. Barton Reed était autrefois une star dans le circuit du snowboard, et il nous rendait dingues avec son caractère de cochon. Puis il est allé en prison pour une histoire d'escroquerie. Les flics le croient à l'origine d'une carte piégée qu'on vient de trouver. Alors je n'ai aucune envie d'avoir affaire à lui.

Sur ces mots, elle disparut. Il était 11 heures, temps de la pause matinale, et son échoppe était bondée. Mais elle fut vite de retour, lestée d'un plateau rempli de gâteries : un bol rempli de café mousseux et fumant, un croissant au fromage encore chaud, et un bocal de confiture de prunes. Miam miam ! Je portai le bol à mes lèvres et parcourus la salle du regard. Je reconnus aussitôt le profil accidenté et la forêt de piercings de Barton Reed.

– T'a-t-il dit quoi que ce soit en arrivant ? chuchotai-je à Cinda.

– Ouais, répondit-elle sur le même ton. Les flics l'ont cueilli hier, puis ils l'ont relâché. Il y avait ses empreintes sur la carte, mais ce n'était pas son écriture. Seulement une imitation. Il a débarqué ici pour savoir si c'est nous qui avions rapporté ses menaces à la police. On a joué les innocents. Mais des amis commerçants m'ont confié que Barton avait claironné ses intentions dans toute la ville. Alors il ne peut savoir qui l'a balancé.

– Et qu'est-ce qui l'amène aujourd'hui ?

– Il dit attendre quelqu'un. Un vampire, peut-être, à en juger par le crucifix qu'il tient à la main.

J'entamai le croissant moelleux. Un régal.

– Et s'il attendait Doug Portman ? suggérai-je. Il sait que Portman est mort ?

– J'imagine que oui. Les gens ne parlent que de ça. Crois-moi, ce type ne tourne pas rond.

Elle illustra son propos en se tapotant la tempe avec l'index.

Au même instant, Reed se leva pour se traîner jusqu'à la porte. Soudain, il se retourna et nous fixa toutes deux d'un œil sombre.

– Mais qui cherche-t-il ? soufflai-je en détournant le regard.

– Aucune idée. Et je doute qu'il se confie à mes serveurs de sitôt...

Reed pivota et sortit. Je remerciai Cinda, lui promis de passer plus tard, et retrouvai l'air libre à mon tour. Avant de reprendre le chemin de la Rover, je scrutai la loge des remontées mécaniques, l'intérieur du loueur de skis, et les files entrant dans les autres cafés. Aucune trace de Barton Reed.

Si ! De l'autre côté du pont, dans la queue de la télécabine. La foule m'empêchait de voir s'il était muni d'un surf. Avait-il retrouvé la personne qu'il attendait, ou avait-il tiré un trait sur son rendez-vous ?

Si le bureau du shérif l'avait relâché, c'est que Reed n'avait a priori rien à m'apprendre. Je demandai la direction du parc à mobile-homes à des employés de la station puis regagnai le parking de la crête.

L'Aire de Résidence de Furman Ouest – manière habile de préserver le nom de Killdeer – était ceinte d'une clôture en mailles de chaîne haute d'un mètre cinquante et bardée de panneaux d'interdiction de stationner. L'entrée était elle-même flanquée de deux pancartes informant les indésirables que le parc était strictement réservé aux résidents et à leurs invités – et que les véhicules inconnus seraient enlevés sur-le-champ. Comme tous les complexes de sports d'hiver, Killdeer manquait de places de stationnement, et nul doute que sans ces menaces le parc de Rorry aurait été envahi par une cohorte d'indélicats.

Si les quartiers pavillonnaires de la ville se distinguaient par leurs rues serpentines, les voies non déblayées formaient ici un strict quadrillage. Je m'arrêtai derrière un break Subaru rouge. Tiens, tiens... Comme ses voisines, la maison des Bullock était perpendiculaire au trottoir. Des bandelettes de peinture verte et blanche se détachaient d'une fenêtre en saillie délabrée, et la plate-forme de la roulotte était rongée par la rouille. Il n'y avait aucun signe de vie.

Je sautai de mon véhicule et examinai celui de Rorry. Le pare-chocs avant était enfoncé, le phare droit pulvérisé. Je passai un doigt sur le métal froid. D'après Rorry, on avait volé son break pour le lui rendre dans cet état. Je la croyais, car je doutais qu'une femme enceinte s'amuse à emboutir une camionnette de traiteur. Je rebroussai chemin sur la neige verglacée, sortis les plats cuisinés de mon coffre, puis gravis prudemment le petit escalier branlant menant à la porte en aluminium dépoli.

Il n'y avait pas de sonnette, mais la porte s'ouvrit avant que j'aie pu frapper.

– T'as vu dans quel état ils me l'ont mise ? soupira Rorry. Bah, ça m'apprendra à laisser la clef sur le contact.

Elle portait une robe de grossesse marine en laine distendue. Elle avait le teint jaunâtre, le regard vitreux, et ses fragiles cheveux blonds s'emmêlaient autour de son visage. On aurait dit une gosse perdue. Si j'avais eu les mains libres, je l'aurais prise dans mes bras. Elle ouvrit la porte aussi grand que possible.

– C'est vraiment une honte, répondis-je en jetant un dernier coup d'œil à la Subaru.

Je renonçai à lui conter ma sortie de route. Ne jamais affoler une femme sur le point d'accoucher, m'avait-on enseigné.

– C'est la deuxième fois que je subis un préjudice dans ce parc, déplora-t-elle.

– La deuxième ?

Rorry ouvrit le freezer de son petit réfrigérateur.

– La première remonte au décès de Nate. Alors que je me trouvais chez le coroner, un gamin a forcé la porte et emporté la télé ainsi que le Caméscope de Nate. Les flics l'ont arrêté en possession du téléviseur, mais il a nié avoir pris la caméra. Le petit vaurien...

– Eh ben dis donc, murmurai-je tout en logeant mes plats entre les blocs de givre du congélateur.

Décidément, le cambriolage semblait un sport en vogue dans cette ville. Je secouai la tête, me retournai, et étreignis affectueusement Rorry. Puis je m'absentai quelques secondes.

– Toujours folle de café ? fit-elle lorsque que je revins munie du carton de couvertures pour bébé.

– Plus que jamais !

Elle pressa le bouton d'une vieille cafetière à filtre. Jadis, Rorry ne manquait jamais une occasion de m'inviter pour le café, quand elle et Nate habitaient un minuscule appartement d'Aspen Meadow. À l'époque, il bouclait ses fins de mois en filmant chorales, remises de diplômes et autres mariages. Et tous deux rêvaient, à ce qu'on disait aujourd'hui, de fonder une famille.

Sur le comptoir, un paquet de thé froissé et une tasse à moitié remplie d'un liquide vert indiquaient que la future maman évitait la caféine ces temps-ci. À côté trônaient néanmoins un bocal de grains d'arabica et un moulin d'une marque prestigieuse. Les gens modestes conservent souvent des produits de qualité pour honorer leurs hôtes.

– Je t'en prie, assieds-toi, dit-elle en désignant son séjour exigu. Et merci mille fois pour les plats et les couvertures.

– Ne me remercie pas, Rorry. Pour moi la cuisine est toujours un plaisir. Et je suis ravie que les affaires d'Arch puissent resservir.

Je m'avançai dans l'espace lambrissé, où le lino de la cuisine faisait place à une vieille moquette verte. Un petit sofa en brocart vert élimé et deux fauteuils dorés entouraient une table basse en bois lamé pourvue d'une pile de sous-bocks publicitaires. Ce mobilier relevait du style des années soixante-dix dit « méditerranéen ». C'est à cette époque-là, songeai-je, que ce mobile-home avait dû leur être vendu sous forme de meublé. Killdeer dépensait des millions dans l'extension des pistes, mais n'était pas fichue de loger proprement ses employés municipaux.

Rorry posa une grande tasse de café sur un sous-bock.

– Ne regarde pas la moquette, dit-elle en clignant de l'œil.

Mon ancien patron d'Aspen Meadow Tapis aurait fait une attaque en voyant ça.

– Je garderai le silence, si tu gardes pour toi que je t'ai préparé des boulettes de viande.

Elle rit et but une gorgée de thé. Je goûtai mon café et le déclarai délicieux.

Rorry lissa sa robe sur son ventre ovoïde, avant de reprendre :

– Merci de te montrer si gentille, Goldy. Je ne le mérite pas, vu que j'ai été chienne avec toi.

Ses yeux noisette me fixaient d'un air contrit.

– Je ne t'ai pas trouvée chienne, Rorry. Tu te souviens quand la présidente des Femmes de l'Église épiscopalienne a hurlé devant notre représentation de la « Vision des ossements desséchés » ? Voilà ce que j'appelle se montrer chienne.

Un léger sourire étira ses lèvres. Elle ajusta laborieusement sa position dans le fauteuil.

– Ah, le bon vieux temps du catéchisme ! soupira-t-elle en sortant de sa poche un flacon de lait hydratant dont elle s'oignit les mains nerveusement. Je me souviens, on avait fait Ézéchiel juste après Josué et les murs de Jéricho. On formait un groupe assez turbulent, pas vrai ? Je suis restée en contact avec Saint-Luc à travers le groupe de prière. C'était une chouette communauté, comme on n'en trouve pas à Killdeer. Ici, on a d'un côté les riches, de l'autre leurs domestiques, qui vivent dans des roulottes reléguées en périphérie.

Elle rit tristement.

– Alors pourquoi restes-tu ?

– Nate adorait skier, répondit-elle avec amertume.

Ses sautes d'humeur étaient spectaculaires. Mais après tout, elle était enceinte de neuf mois et, de toute évidence, isolée.

– Je suppose que tu connais les rumeurs, poursuivit-elle. Là-dessus, Killdeer n'a rien à envier à Aspen Meadow. Les ragots y vont bon train.

– Non, on ne m'a rien raconté à ton sujet. Tu sais, moi aussi je suis une domestique dans cette ville.

– Mais tu meurs de curiosité, comme tous les autres de PBS. Ce sont eux qui t'envoient, avoue !

– Personne ne m'envoie, Rorry. Je t'ai vue vendredi, et ça m'a rappelé notre belle amitié. Alors j'ai appelé.

Fixant le plafond bas et taché, elle ignora ma remarque :

– Les gens de la télé ne me disent rien. Sauf pour me convoquer à leur fameuse collecte en mémoire de Nate. Ils aimeraient bien me reverser une obole, mais le comté fédéral de la Communication les oblige à garder tout l'argent pour eux. Pour leur équipement. Quelle blague !

– Écoute, Rorry, j'ignore ce que...

Elle fit claquer sa tasse sur la table et planta son regard dans le mien.

– Nate est le père de mon bébé, susurra-t-elle.

– Ah...

Soit elle avait recouru à l'insémination artificielle, soit elle perdait la tête. Elle expliqua :

– Je suis tombée une première fois enceinte, par procréation médicalement assistée, avant la disparition de Nate. Puis il est arrivé ce que tu sais, et j'ai fait une fausse couche à sept mois. L'an dernier, j'ai lu que de nombreuses femmes dans mon cas réclamaient l'usage des échantillons de sperme congelé de leurs compagnons décédés, et j'ai décidé de les imiter – avant que sa copine ne le fasse, ajouta-t-elle hargneusement.

Le nez dans mon café, je me souvins des propos d'Arthur quant à la jalousie maladive de Rorry, et de son animosité vis-à-vis de Boots Faraday.

– Tu crois qu'une autre femme irait...

Elle me coupa en dressant la main.

– Nate prétendait que Boots Faraday – tu la connais ? (Je hochai la tête.) Il prétendait qu'elle le conseillait pour de soi-disant « affaires ». Puis il s'est aventuré dans une zone non balisée pour filmer quelque chose, et *elle* a dit qu'il était parti traquer le lynx. Mais je doute franchement qu'il ait parié sur le lynx pour faire fortune. Tu t'y connais, en traque d'animaux sauvages ?

– Dieu merci, non.

– Tu parles d'un spectacle ! Tu cherches les traces de la bête, et quand tu trouves des crottes tu commences à filmer.

– Où veux-tu en venir, Rorry ?

Elle s'extirpa de son siège, regagna la cuisine et prit quelque chose dans un tiroir. Sans un mot, elle revint et me mit une enveloppe sous le nez. J'y trouvai une note froissée : « *Retrouve-moi au sentier des Crêtes à 14 heures. Assure-toi que personne ne te voie. Et n'oublie pas ton matériel, l'ami.* » L'écriture était penchée et féminine.

Dans un élan de triomphe pathétique, Rorry lança :

– Les lynx n'achètent pas de vidéos, et ils n'écrivent pas de billets doux ! « Un vaillant aventurier trouve la mort en filmant la nature sauvage », tu parles ! Les seules traces que l'on ait trouvées étaient celles d'un homme et d'une femme. Nate et sa copine, Boots. *Et n'oublie pas ton matériel*, chéri ! Ils se sont réfugiés dans cette zone pour faire l'amour. Là où personne ne les verrait.

– Il n'y a pas de bottes de paille dans la Vallée des Élans, Rorry.

Elle secoua la tête avec dédain. J'insistai :

– Et les empreintes divergeaient. Une série montait, l'autre descendait.

– Et tu prétendais ne pas connaître les rumeurs !

– Il ne s'agit pas de rumeurs, mais de faits établis par les patrouilleurs. Depuis la collecte, je m'inquiétais pour toi. Alors j'ai interrogé une secouriste au sujet de l'avalanche. C'est tout. Et si les traces divergent, j'en déduis qu'il ne faisait peut-être que l'accompagner.

– Ou bien il comptait l'attendre à poil en bas de la montagne, cracha-t-elle.

Ma vieille amie avait à l'évidence connu trois ans d'insomnies, à chercher des réponses, à tenter de bâtir une théorie cohérente. Elle n'avait pu faire son deuil, faute de savoir ce qui s'était réellement produit. Pire, les trop nombreuses zones d'ombre avaient nourri un sentiment de trahison plus douloureux encore que le chagrin.

– L'Association des artistes de Killdeer prétend que Nate cherchait à se diversifier, pour améliorer votre quotidien...

– Pitié, épargne-moi le baratin de Boots. Je connais ses salades par cœur. Dis-moi plutôt pourquoi elle ne cessait d'appeler ici, en essayant chaque fois de dissimuler son identité. Pourquoi, hein ? C'est une bonne skieuse, une grande artiste, et une vraie poupée. Je l'ai vue, un soir, dans une réunion de l'Association où Nate m'avait traînée. Elle faisait du gringue à tout le monde, afin d'obtenir des signatures pour sa pétition anti-Portman. Tu as dû la voir lors de la collecte. C'est bien la preuve qu'elle pense encore à lui. Je parie que c'est elle qui a bousillé ma voiture, et qui me l'a rendue dans le seul but de me persécuter.

– Rorry, j'ai une question très personnelle à te poser, enchaînai-je d'une voix douce. Pourquoi as-tu décidé de porter l'enfant de Nate maintenant, après toutes ces années ?

Elle se pinça les lèvres, luttant contre les larmes.

– J'ai perdu un bébé après la mort de Nate. Et, malgré tous ces doutes, je l'aime encore. Cet enfant est pour moi – pour nous. J'ai décidé d'accomplir ce que la vie nous promettait...

Sur ces mots, elle remonta sa manche et consulta sa montre.

– Je dois y aller. Tu peux toujours me conduire au dépôt ? Un collègue se chargera de me ramener.

Elle se retira pour faire un brin de toilette, pendant que je calais nos tasses vides dans le minuscule lave-vaisselle. Rorry réapparut en après-skis, anorak et bonnet, et nous mîmes le cap sur le dépôt de Killdeer.

La zone d'activités se trouvait à quelques centaines de mètres au-delà du sentier desservant la Crête et la Vallée des Élans. Pour éviter que Rorry se renfrogne à la vue des panneaux indicateurs, je l'entrepris sur son travail.

– Ça n'a rien de palpitant, rit-elle. Cela se résume à inventorier tout ce qu'on achemine là-haut.

Nous arrivâmes sur le parking jouxtant de gigantesques édifices de tôle marron. Deux hommes chaudement vêtus déchargeaient des palettes d'un camion aux couleurs d'un industriel alimentaire de Denver. Une série de pancartes nous interdisait de nous garer, d'entrer, de faire quoi que ce soit hormis partir.

– Voici l'entrepôt central pour tout ce qui est fruits et légumes, viandes et conserves, expliqua-t-elle en indiquant un bâtiment derrière une flotte de motoneiges. Les rails destinés aux conteneurs commencent ici et mènent droit au Bistro. C'est très ingénieux. Bon, c'est l'heure. (La main sur la poignée de la portière, elle marqua un temps d'arrêt.) Goldy... je suis désolée de t'embêter avec tous mes soucis.

– Mais, Rorry, tentai-je une dernière fois, à supposer que Nate ait gravi la Crête en compagnie d'un surfeur ou d'une surfeuse, ils n'ont peut-être rien fait de coupable. Il voulait peut-être filmer autre chose que le lynx, et...

– Où est sa caméra, dans ce cas ? Une Sony VX-1000 numérique, bécane standard pour filmer en extérieur. Il faut bien une caméra pour filmer des bêtes, des skieurs ou même des arbres. Supposons que ce jeune délinquant n'ait pas dérobé l'engin, comme il le prétend, et que Nate l'ait emporté sur la Crête. On aurait fini par le retrouver, non ? Ils ont récupéré son bonnet à vingt mètres de son corps. Et même le petit mot dans la poche de son blouson. Tu n'as pas la solution ? Moi non plus. Et si cette petite excursion était innocente, pourquoi sa copine n'est-elle pas venue me l'expliquer ? « On ne faisait pas l'amour, on voulait juste causer télévision publique. Ensuite il est descendu, et je suis montée ! »

– Rorry...

Elle déboucla sa ceinture.

– Merci pour ta gentillesse et ton soutien. Tes petits plats seront bienvenus. Je t'appellerai de la maternité. (Elle sembla chercher ses mots.) Crois-moi, Goldy. Si je pouvais transformer la disparition de Nate en parabole de catéchisme sur le thème de la rédemption, je le ferais de bon cœur. Mais cela m'est impossible.

– Si seulement tu retrouvais cette personne...

La colère enfiévra son visage.

– Ça ne m'intéresse plus, répliqua-t-elle. Je ne veux ni la connaître, ni la voir. Je suis de nouveau enceinte. Je dois me ménager. Mon mari m'a trompée, j'ai à peine de quoi vivre, et on a démoli ma voiture. Mais je ne perdrai pas ce bébé-ci. Je ne suis pas idiote, Goldy. La maîtresse de Nate n'est jamais venue à moi parce qu'elle refuse d'admettre qu'elle baisait le mari d'une femme enceinte.

Elle s'extirpa de l'habitacle et claqua la portière, avant de s'éloigner d'un pas chaloupé, le dos rond et la tête baissée.

En mon for intérieur, je savais qu'elle pleurait. « Tu n'as pas envisagé toutes les possibilités ! » voulais-je lui crier.

« Copine » ou non, le snowboarder qui suivait Nate avait déclenché une coulée de neige. Mais Rorry se trompait sur un point : cette personne n'avait pas gardé le silence parce qu'elle couchait avec un futur papa, mais parce qu'elle l'avait accidentellement tué.

16

Je quittai Killdeer aussi abattue que lorsque l'inspecteur des services d'hygiène avait fermé ma cuisine. Pauvre Rorry, pensai-je tout en m'engageant sur la nationale enneigée. Je connaissais cette amertume qui succède à la trahison, et savais combien l'infidélité d'un mari peut ternir votre vision de la vie. Sans compter que j'étais aussi passée par la case zéro argent, zéro véhicule. Mais la roue avait tourné : j'avais aujourd'hui un mari en activité, et un ami qui me prêtait son 4 × 4. Rorry avait moins de chance. Avait-on délibérément abîmé sa voiture ? Dans quel but ? Était-ce bien sa Subaru qui avait percuté le minibus derrière moi ? Ou fallait-il exclure une telle coïncidence ? Toujours est-il que je gardai un œil rivé sur mon rétroviseur central. Un saut de l'ange par semaine me suffisait amplement.

Quand la Rover fit crépiter la neige de notre allée, Arch et Todd se livraient une bataille de boules de neige sans merci. Je baissai ma vitre et réclamai un cessez-le-feu, juste le temps que j'atteigne la maison. Arch accourut pour me demander si je me souvenais qu'on hébergeait son copain cette nuit. Bien sûr, répondis-je. Il leur fallait terminer d'apprendre un extrait de *La Reine des fées*, expliqua-t-il. Les deux garçons détestaient mémoriser des vers, alors ils s'encourageaient mutuellement. À part ça, Tom souhaitait me parler.

– Il est rentré ? m'étonnai-je en sautant du 4 × 4.

– Ouais. Il installe les canalisations qui viennent d'être livrées.

Arch repartit à grandes enjambées reconstituer sa réserve d'obus.

– Lettie et toi avez bien avancé ? lançai-je.

– Oui, oui, répondit-il avant de reprendre le combat.

Je n'insistai pas. Je retrouvai Tom allongé sur le sol de la cuisine, les jambes cernées d'outils et de panneaux de merisier. Le haut de son tronc disparaissait sous l'évier.

Je me penchai.

– Comment vas-tu, homme à tout faire ?

Avec force grognements, il émergea de sa grotte et se redressa, le visage aussi crasseux que son tee-shirt. Le sourire qu'il me décocha n'en parut que plus étincelant.

– Tes tuyaux sont arrivés, annonça-t-il en se relevant. Je n'avais pas d'enquête en cours, alors le capitaine m'a laissé prendre deux jours de congé.

– Tu es une perle ! m'écriai-je en lui sautant au cou, manquant de renverser le nouveau travail de physique posé au bord du comptoir. Mais pourquoi ne pas appeler un plombier ? Il n'y a pas de raison que tu...

– Tu n'as pas confiance, hein ? répondit-il en détachant mes bras pour retourner dans sa niche, où sa voix s'assourdit. Je m'en occupe moi-même, car je tiens à savoir ce que ma cuisine a dans le ventre. Ce sera l'affaire de quelques heures.

– Alors dis-moi ce que tu aimerais manger pour dîner. N'importe quoi.

– J'avoue, Miss G., que j'ai de grosses envies de curry. D'ailleurs, j'ai acheté des crevettes dans l'espoir que tu me ferais une telle proposition. Mais il faudra les rincer dans la baignoire. Tu voudras un coup de main ?

– Pas besoin. Va pour un curry aux crevettes. Mais d'abord j'ai des choses à te dire.

– Mince, j'allais oublier ! s'exclama-t-il. Tu dois rappeler ton pote œnologue avant 18 heures.

Aïe. Arthur avait-il découvert mon raid dans sa cave ? Et que penserait mon mari de mes incursions souterraines ?

– En fait, Tom, c'est justement d'Arthur Wakefield que je veux te parler.

– Commence par le rappeler, d'accord ? Je lui ai promis que tu le ferais.

Il était 17 h 30 ; pour peu qu'Arthur soit d'humeur bavarde, je n'aurais plus le temps de préparer le curry. Je me lavai les mains dans la salle d'eau du rez-de-chaussée, puis allai rincer crevettes et champignons dans la baignoire. Après avoir épongé et émincé ces derniers, je hachai une échalote, un oignon et deux gousses d'ail, versai un fond d'huile dans une poêle et y jetai l'ensemble, à l'exception des crevettes. Lorsque les ingrédients eurent fondu, je les poudrai de farine et de curry, remuai pendant une ou deux minutes, puis retirai la poêle du feu et ajoutai des brins de thym séchés, du bouillon de poulet maison, une cuillerée de crème fraîche, et du vermouth blanc sec – seul un maniaque comme Arthur dilapiderait un chablis à cinquante dollars dans un curry aux fruits de mer. Ne restait plus qu'à ajouter les crevettes, et le brave Tom serait un homme heureux.

Il me rappela que je devais joindre Arthur. Je promis de m'exécuter sitôt que j'aurais mis à cuire le riz aux raisins. Dans un poêlon, je fis dorer du riz dans du beurre chaud, y ajoutai une poignée de raisins secs, puis le mouillai de bouillon de poulet, baissai le feu, et couvris.

– Ça sent divinement bon, là-haut ! commenta Tom depuis ses profondeurs.

– Merci, chéri.

Je composai le numéro d'Arthur, calai le sans-fil sur mon épaule et commençai de rassembler la vaisselle sale. Il répondit à la première sonnerie.

– Mes invités sont censés arriver dans dix minutes, débita-t-il. Mes vins sont prêts et au complet. Tes mets fabuleux sont au four. Merci pour tout, Goldy.

– À ton service, Arthur.

Vu l'état dans lequel je l'avais laissé ce matin-là, il me paraissait étonnamment jovial.

– J'ai honte de ne pas t'avoir payée. On se voit toujours mercredi ?

Un frisson d'appréhension me traversa.

– Bien sûr ! répondis-je.

– Ce sera le troisième anniversaire de la disparition de maman. Et j'aimerais te... te montrer l'endroit, bredouilla-t-il avant de raccrocher.

Quel endroit ? me demandai-je, alarmée. La tombe de Fiona ? Le lieu de sa chute ? Voilà qui donnait envie de déjeuner avec lui !

– Tom, on peut discuter du sac de nœuds de Killdeer ?

– Oui, répondit une voix ténébreuse.

Tout en lui parlant, je remplis séparément des bols de crème fraîche, d'arachides concassées, de chutney, de poudre de coco, de morceaux d'ananas, de miettes d'œuf dur, et de raisins secs.

– Doug Portman s'apprêtait à se rendre à Puerto Escondido quand il est mort. Il s'agit d'une petite ville mexicaine sur la côte pacifique. Et j'ai, comment dire... trouvé son billet d'avion caché dans la cave à vin d'Arthur Wakefield. C'est pourquoi j'ai un peu peur de manger avec lui mercredi.

Un « Quoi ? ! » s'éleva de sous l'évier, aussitôt suivi d'un bruit sourd. Tom émergea en se frottant le crâne, fulminant.

– Qu'as-tu fait, encore ? bougonna-t-il en s'accoudant au comptoir.

Je sortis deux bières du réfrigérateur – notre boisson préférée avec le curry – et des sodas pour les garçons.

– Je sais, je n'étais pas censée fouiller la maison d'Arthur, mais ce type est obsédé par le cas Portman.

– Ne m'en parle pas. L'administration pénitentiaire en a plein le dos des courriers rageurs d'Arthur Wakefield. Mais ce n'est pas une raison pour risquer ta peau !

– Je n'ai rien volé, attention.

Les grognements de Tom m'incitèrent à poursuivre :

– Ce type se bat pour récupérer la bagatelle de dix-neuf millions de dollars. Et m'est avis que lorsque tu contestes le testament de ta défunte mère au motif qu'elle a subi les pressions de ton beau-père, tu feras tout pour accabler ce dernier. Jack Gilkey, en l'occurrence. L'accabler de manière directe... ou indirecte, par exemple à travers la personne qui l'a libéré, j'ai nommé Doug Portman. Tu me suis ? Si Arthur prouve que Portman a relâché Gilkey contre un bakchich, il marquera des points. Et pour savoir ce que Portman fomente, rien de tel que de voler son courrier. Si tu veux obtenir un mandat, sache que le billet provient de l'agence Copper Mountain Worldwide Travel.

– Bon sang, Miss G., qu'est-ce qui t'a pris ? Un billet d'avion ne prouve rien en soi. Tu veux perdre ta licence, c'est vraiment ce que tu veux ?

– Puisque je te dis que je n'ai rien volé...

Mais il avait déjà décroché le téléphone. Il laissa sur le répondeur de Marla un message la priant de me retrouver à Killdeer ce mercredi-ci à 11 heures, pour descendre quelques pistes avant d'aller déjeuner. Il la rappellerait pour confirmer.

– Mais que fais-tu, Tom ? Tu sais bien que Marla déteste le ski !

– Peut-être, mais elle a un bon niveau, et je tiens à ce qu'elle t'escorte.

– Pourquoi ?

– Parce que je me méfie de la réaction d'Arthur face à un traiteur qui s'introduit dans sa cave et farfouille dans ses papiers. Tu pourras t'estimer heureuse s'il n'en découvre rien.

Là-dessus, il monta se doucher.

– Arthur ne saura rien si tu tiens ta langue ! lançai-je derrière lui.

Vexée, je transférai le riz dans un plat chauffé et le couvris. Puis j'incorporai les crevettes au curry et appelai les garçons. Tom apparut tout pimpant et parfumé. Il semblait m'avoir pardonné mon inconduite. Ou alors, il cachait bien son jeu.

Chacun s'attela à sélectionner ses condiments. Pour ma part, je saupoudrai de cacahuètes une couche de chutney et mélangeai mon assiette avant de goûter. Le croquant des arachides mêlé au fondant des crevettes épicées était à se damner. Tom m'exprima sa gratitude d'un clin d'œil. Puis Arch déclara, un rien grandiloquent, que Todd et lui souhaitaient nous réciter à deux voix leur poème de Spenser. Mais de dos, car ils n'osaient encore soutenir les regards d'un public. La représentation aurait lieu juste après le repas.

Tom insista pour débarrasser la table seul. Pendant qu'il convoyait la vaisselle vers la salle de bains, je feignis de feuilleter un livre de cuisine, tout en épiant avec délice les deux ados penchés fébrilement sur les œuvres complètes du poète.

Todd avait accueilli Arch pendant les pires heures de ma bataille contre l'Enfoiré ; en retour, il avait passé de nombreuses nuits ici après qu'Eileen eut à son tour chassé son mari. Plus petit qu'Arch, mais plus trapu, Todd avait gardé de bonnes joues d'enfant que je voyais présentement rougir de trac. Ses chevelure inégale ne devait rien à la mode, mais tout à sa manie compulsive – survenue après la découverte des déboires de son père – de s'arracher des mèches. Arch affirmait toutefois que ce tic lui était passé. Ces deux gaillards étaient passés du vélo de cross au snowboard, après une phase Donjons et Dragons, tout en restant les meilleurs amis du monde. Les vraies amitiés sont un don du ciel, me rappelai-je, avec une nouvelle pensée coupable pour Rorry...

Tom me rejoignit. Les assiettes trempaient dans la baignoire. Arch annonça que le spectacle pouvait commencer.

– Livre Cinq, chant II, stance 39, énonça Todd d'une voix serrée, debout face au four à convection.

Il se racla la gorge deux fois de suite, puis débita d'une traite :

De ce que tu n'as vu comment peux-tu juger,
Répondit alors le brave Artegal,
Toi que les choses visibles ont tant de fois abusé ?
Même si la mer et ses vagues incessantes
Balaient la terre, qui soudain semble absente...

Todd se tourna vers Arch et lui fit un signe pressé. Je retins mon souffle tout en cherchant le regard de Tom. Devait-on applaudir ? Mon mari fit non de la tête. Arch se plaça face au four et se jeta à l'eau :

Mais la terre n'en demeure pas moins là,
Car tout ce qui chute d'un endroit
Sera par la marée en un autre déposé,
Car n'est point perdu ce qu'il suffit de chercher.

– Bravo, Arch ! Bravo, Todd ! Excellent ! m'écriai-je en même temps que Tom.

Todd porta la main à ses cheveux, avant de se ressaisir et de remettre la casquette de base-ball à l'effigie des Rockies qu'il avait ôtée pour le dîner.

– Merci, madame Schulz. Ma mère aussi a aimé. Elle estimait qu'on n'avait plus besoin de répéter, mais je lui ai dit que si.

Me revint une remarque d'Arch, selon laquelle Todd passait beaucoup de temps chez nous car il n'appréciait pas Jack Gilkey. Comment réagirait-il si celui-ci épousait sa mère ? C'était le coup à produire un Arthur Wakefield bis...

Les garçons s'éclipsèrent, et Tom rapatria la vaisselle propre, qu'il essuya et rangea dans les placards. Puis il étudia un lot de factures pour s'assurer qu'il avait reçu tout le matériel commandé. Je contemplai nos comptoirs en marbre éclatant, nos meubles en merisier verni, et notre parquet en chêne moyen. J'étais en vacances forcées jusqu'au dernier enregistrement de *Cuisine au sommet !*, prévu en fin de semaine.

Je soupirai. Je me plaignais quand j'avais du travail, et me morfondais quand je n'en avais pas. Jamais contente.

Je me confectionnai vite fait un chocolat chaud. Hélas, le breuvage crémeux ne combla en rien le sentiment de vide qui s'emparait de moi. Sans travail était synonyme de sans vie. Quand j'avais les mains plongées dans un koulibiac ou une pâte à gâteau, je songeais rêveusement aux pulls que je tricoterais et aux plages de sable fin que je foulerais au bras de Tom un jour. Puis, quand j'étais enfin libre de mes mouvements, je me trouvais désemparée, à me demander si 20 h 30 était une heure décente pour monter se coucher.

Dehors, la neige avait repris. Je rassemblai mon équipement de ski, l'enfournai dans la Rover, et dis bonne nuit à Tom. Arch et Todd, qui se remettaient de leurs émotions en écoutant du rock, me remercièrent pour le repas et promirent de ne pas veiller trop tard. Je pris une longue douche et plongeai sous la couette.

Mais le sommeil ne vint pas, et je restai des heures à regarder tomber les flocons autour du réverbère. Puis les battements de la musique cessèrent, Tom se glissa à côté de moi, et je dus finir par m'endormir, car la sonnerie du téléphone me parut d'abord très, très lointaine.

Je scrutai le réveil. Qui pouvait bien m'appeler à 6 h 15 un mardi matin sur ma ligne professionnelle ?

– Tu veux que je réponde ? grommela Tom. C'est sûrement le commissariat.

– Sur cette ligne ? Sûrement pas.

J'attrapai le récepteur et marmonnai ma phrase d'accueil.

– Goldy Schulz, de Goldy Restauration ? Ici Reggie Dawson, de la *Chronique du comté de Furman.*

Il avait un timbre fluet, presque de fausset. Son nom ne m'évoquait rien ; je n'étais pas une lectrice régulière de la *Chronique*, où les journalistes changeaient sans cesse car ils étaient mal payés. D'ailleurs, il m'arrivait régulièrement de fournir leurs pots de départ.

– Vous n'êtes pas soumis aux horaires de bureau, monsieur Dawson ? persiflai-je. Rappelez-moi ultérieurement. Je ne fais pas dans la restauration d'entreprise en ce moment.

– D'après ce que j'en sais, madame Schulz, vous pourriez ne plus faire de restauration du tout.

Visiblement, ce type savait s'y prendre pour capter l'attention. Si seulement je possédais l'identificateur d'appels...

– Que racontez-vous là ?

– Il y a quatre jours, Douglas Portman est mort sur une piste de Killdeer. Vous avez découvert son corps, et vous vous connaissiez tous les deux.

– Et alors ?

– D'aucuns prétendent que Portman et vous étiez redevenus amants ? Pouvez-vous confirmer ou infirmer ?

Nom d'un petit bonhomme...

– J'infirme !

– Aviez-vous fixé rendez-vous à Portman parce que vous attendiez quelque chose de lui ?

– Comme quoi ?

J'avais la cervelle engourdie, et je frissonnais dans la fraîcheur du matin. Y avait-il moyen d'abréger cette conversation ? Face à un journaliste odieux, valait-il mieux répondre ou raccrocher ? J'imaginais déjà l'article : « Mariée à l'inspecteur Thomas Schulz, de la police criminelle, et ex-épouse du Dr John-Richard Korman, qui purge une peine de prison pour coups et blessures, le traiteur Goldy Schulz a refusé de répondre à nos questions concernant sa liaison secrète avec le défunt président de la Commission des Remises de peines Douglas Portman... »

Reggie Dawson insista :

– Avez-vous soudoyé Portman pour qu'il maintienne votre ex-mari en prison ?

– Non. Bien sûr que non. Écoutez, pourriez-vous me rappeler...

– C'était ça, la faveur qu'il devait vous rendre ?

– Il n'a jamais été de question de faveur.

– Votre mari actuel, le super-flic Tom Schulz, est-il au courant de cette relation extraconjugale ?

– Je n'ai jamais eu de relation extraconjugale !

– Votre relation avec Portman était-elle un levier pour élucider de nouveaux crimes dans le comté de Furman ?

J'attendis avant de répondre, pour éviter d'être à nouveau interrompue. Mais cette fois-ci le journaliste se tut. Je rompis le silence :

– Je skiais avec Doug Portman. Point barre.

– Ainsi, vous tentez de dissimuler votre relation avec Doug Portman ?

– Je n'ai strictement rien à cacher, monsieur.

– Procédiez-vous à une quelconque transaction avec Portman dans l'espoir de sauver votre entreprise en déclin ?

– Maintenant écoutez-moi, monsieur Dawson. Il n'y a pas d'entreprise en déclin ici. J'ai un boulot d'animatrice télé, et...

– Madame Schulz ! Étant donné ce que vous avez vu à

Killdeer, vous paraît-il bien prudent de fourrer votre nez partout pendant que votre fils surfe tout seul ?

Mon sang se glaça ; ma mâchoire tomba, sans que j'émette le moindre son. Des bribes de lois sur les *menaces implicites* traversèrent mon esprit.

– Écoutez, espèce de... de...

Mais il avait raccroché.

Après ça, dormir n'était même plus envisageable. Les doigts tremblants, je parcourus l'annuaire, sans trouver le moindre Reggie ou R. Dawson – ou Dausson – dans toute la région de Denver. Tom m'apporta un bloc et un crayon, m'enjoignant de noter chaque mot de notre échange téléphonique. Pendant que je m'exécutais, il appela ses collègues pour voir s'ils pouvaient localiser l'appel. Ils promirent d'essayer.

Tom me servit un expresso, avant de griller du bacon pour les garçons. Une boule s'était formée dans ma gorge, qui m'empêchait même d'avaler du café. Après avoir rempli les assiettes des jeunes, Tom me prit la main.

– Préfères-tu, Miss G., que les garçons restent ici pendant que je termine les travaux ?

Les intéressés poussèrent des cris d'orfraie : il n'y avait rien à faire à la maison, et leur après-midi devait être consacré à la préparation du Noël de leur collège ! Je m'en remis à la sagesse de Tom : s'il les jugeait en sécurité là-bas, je ne les retenais pas. Il rappela le commissariat, qui lui promit de dépêcher un agent de police à l'entrée de l'établissement. En réponse à la recrudescence des fusillades en milieu scolaire, les parents d'élèves avaient obtenu l'érection d'une grille de sécurité reliée à la clôture électrifiée, et la présence non-stop d'un garde armé dans l'enceinte du collège. Ce dernier serait alerté par la police quant aux menaces pesant sur Arch, et prié de joindre le commissariat au moindre détail suspect.

– Ça ira comme ça ? demanda Tom.

– Oui, c'est parfait, répondis-je sans grande conviction.

Peu avant 8 heures, les trois hommes partirent sous une averse de flocons. Dès qu'ils eurent passé le coin de la rue, j'appelai le chef des pages culinaires de la *Chronique de Furman*, une copine à moi qui me jura qu'aucun Reggie Dawson ne travaillait chez eux. Un pigiste, à la rigueur, mais elle en doutait fort.

Moi aussi, songeai-je tout en programmant une série de chants de Noël sur la platine CD, avant de rassembler les cadeaux qu'il me restait à emballer. Bien entendu, cette activité ne suffit pas à faire le vide dans ma tête. Qui pouvait être ce mystérieux correspondant matinal ? Pourquoi m'avait-il harcelée de questions au sujet de ma « relation » avec Doug Portman ? Avait-il réellement menacé Arch ? Ou avais-je mal interprété ses propos ?

Je déroulai papier cadeau et bolduc, et découpai, pliai, scotchai, nouai. Arthur Wakefield mesurait-il seulement l'impact de son article soi-disant « publicitaire » ? Mais au fait... Et si c'était lui qui m'avait appelée ?

Rien ne permettait de l'affirmer ; si Rorry disait vrai au sujet de la prolifération des rumeurs, tout Killdeer savait désormais que mon entreprise vacillait, que mon fils surfait dans la station et que mon ex était en taule.

J'étiquetai les présents aux noms de Tom, d'Arch, de Marla et de Julian, puis les glissai sous des lits ou dans d'autres cachettes. De retour à la cuisine, je sortis beurre, sucre, farine et concentré de vanille dans l'idée d'offrir des cookies aux voisins. Le nom de Reggie Dawson résonnait toujours dans mon crâne.

« Votre relation avec Portman était-elle un levier pour élucider de nouveaux crimes dans le comté de Furman ? » l'entendais-je encore demander. Ridicule, pestai-je à part moi tout en mélangeant le beurre et le sucre. Après avoir incorporé les autres ingrédients et pétri la pâte, je relevai la tête d'un air hébété. *Une petite minute...* Me croyait-on au fait des malversations de Doug Portman ? Pensait-on que la vente des skis n'était qu'un prétexte à autre chose ? Mais à quoi ? Jouer les indicateurs de police ? Mettre au jour les combines de Portman ?

Je découpai la pâte en étoiles, cloches, Pères Noël et sapins. La cuisine s'emplit vite d'une douce odeur de biscuits chauds.

Après les avoir refroidis, glacés et décorés, je les répartis par douzaines sur dix assiettes en carton rouges et vertes, et fis la tournée du voisinage. Chaque remerciement, accolade ou tasse de cidre me ragaillardit.

Quand je regagnai la maison, le téléphone sonnait. En décrochant, je n'entendis qu'une série de respirations suivie d'un clic. Je reposai l'appareil en soupirant.

Tom avait vu juste en m'exhortant à la prudence : j'étais maintenant convaincue que ma sortie de route n'avait rien d'un accident, et que l'on cherchait bien à me mettre hors jeu.

17

Le lendemain, je grimpai dans le téléphérique aux alentours de 10 heures. La journée de la veille s'était conclue sans nouvel appel anonyme, ce qui ne m'avait pas empêchée, durant mon trajet vers la station, de redouter que « Reggie Dawson » ne s'en prenne à mon fils ou à moi.

Comme la cabine s'élevait dans les airs, je souris poliment à mes compagnons de voyage – cinq skieurs huppés de Virginie – tout en récapitulant dans ma tête ce que j'avais appris des morts de Killdeer.

Voilà trois ans, Fiona Wakefield et Nate Bullock avaient péri dans ce massif, par un même après-midi de décembre, dans des circonstances pour le moins obscures. Jack Gilkey avait été jugé partiellement responsable de la mort de Fiona. Et le surfeur qui accompagnait Nate s'était mystérieusement volatilisé.

En dessous de nous se distinguait à peine la passerelle menant au pied du Toboggan. Quatre jours plus tôt, Doug Portman, critique d'art tant adulé que contesté et président de la Commission des Remises de peines de l'État, avait été assassiné sur cette piste, après avoir reçu une carte de vœux exprimant une menace de mort. Portman avait dû pressentir la curiosité grandissante des autorités à l'égard de ses basses besognes, d'où sa décision de fuir au Mexique.

À ces données de base s'ajoutaient une série de faits ou d'incidents dont les liens avec le meurtre de Portman restaient à démontrer. Dans les heures suivant le décès, on avait emprunté la Subaru de Rorry Bullock, et je soupçonnais qu'elle avait servi à causer ma sortie de route. Mais pourquoi la voiture de Rorry ? Je refusais d'y voir le fruit du hasard...

Barton Reed, un repris de justice atteint d'un cancer, s'était vu débouter de sa demande de libération par Portman, et depuis son deuxième séjour en prison chantait à qui voulait l'entendre qu'il allait se venger. Un autre ex-détenu, Jack Gilkey, craignait que le décès de Portman n'entache sa nouvelle vie. Arthur Wakefield, fils de Fiona, maudissait Portman pour avoir relâché son beau-père Gilkey, et ne ménageait pas sa peine pour faire invalider le testament de sa mère. Il avait en outre traqué les faits et gestes du président de la Commission, et s'était introduit dans son bungalow pour dérober son courrier, où figurait le billet pour le Mexique.

La porte de la cabine s'ouvrit d'un coup sec. Je descendis à la suite des joyeux touristes, puis attrapai mes skis et traversai la neige boueuse tapissant les abords du téléphérique. Je plantai mes bâtons dans la couche damée et chaussai mes skis. *Ne pense plus à rien*, m'intimai-je. Tout autour, des skieurs enthousiastes se rassemblaient avant de s'élancer dans une descente. Je nageais peut-être en plein brouillard quant aux mystères Portman, Bullock et Wakefield/Gilkey, mais je savais une chose : j'étais ici pour la journée. Sous mon ensemble anthracite à capuche provenant de la friperie d'Aspen Meadow, personne ne me reconnaîtrait, et je comptais bien, à quelques jours de Noël, m'offrir un peu de bon temps dans la neige, nom d'un petit bonhomme !

Chaque fois que le soleil dardait ses rayons, entre deux nuages effilés filant vers l'est, la neige scintillait, comme parsemée de paillettes. Une bourrasque d'air montagneux me mordit les joues. Je partis à l'assaut d'une piste verte, et me laissai griser par les sensations du schuss. Les skis m'obéissaient, sereins, chuchotant dans les virages tout en chahutant la neige. J'eus vite l'impression de voler, mon esprit, mes muscles et mes spatules ne formant plus qu'un.

– Eh, poupée ! Pas si vite ! lança-t-on dans mon dos.

Je m'arrêtai d'un long dérapage, projetant une vague de

deux mètres de poudreuse au-delà du cordon jaune bordant la piste, non loin du panneau indiquant la Boogie-Woogie.

– Pour l'amour du ciel, Goldy ! Je ne vais pas te manger ! s'exclama Marla en freinant sous mes yeux.

J'éclatai de rire, et lui donnai une accolade un peu gauche.

– Alors, comme ça, tu vas être mon garde du corps ? Mais tu es sûre que le ski est recommandé dans ton cas ?

– Mon cardiologue jure que le sport me fait du bien.

– Même le ski de descente ?

– C'est toujours mieux que le skateboard, que j'avais cité en premier choix.

L'accoutrement de mon amie consistait ce matin en une combinaison mauve ultra-moulante à carreaux jaune poussin, complétée d'un bonnet pourpre et citron, de lunettes profilées jaunes, de chaussures fabriquées sur mesure et d'une paire de skis flambant neuve.

– Comment m'as-tu trouvée ? demandai-je.

– Je me suis souvenue des pistes que l'on prenait l'an dernier. Et Tom m'avait prévenue que tu aurais l'aspect d'un bloc de granite. Alors, quand a lieu ce déjeuner à haut risque ? Je meurs de faim. Au fait, j'ai eu Eileen au téléphone. Après le repas, elle se joindra à nous sur son... snowboard. On la retrouve à 14 heures au Bistro.

– Et Jack sera de la fête ?

Marla remua son nez en réajustant ses lunettes.

– J'espère que non. Je n'ai pas envie qu'un petit frimeur me donne un coup de vieux.

– Alors en avant, l'ancêtre !

Nous descendîmes en slalom. Marla était effectivement une bonne skieuse. Souple et décontractée, les skis serrés, elle négociait bosses et virages avec une grâce nerveuse. Ses seules réserves vis-à-vis de ce sport étaient le froid et la foule. Mais ce jour étant exempt de l'un comme de l'autre, nous eûmes tout le loisir de faire les folles en savourant le ciel bleu, la neige fraîche et la vitesse. Nous nous arrêtâmes devant un carré noir annonçant une piste de la même couleur.

– On fait la course ? proposa Marla.

– Jamais de la vie.

– Un, deux, trois, partez !

Et nous dévalâmes la piste comme des fusées. Deux minutes plus tard, nous nous laissions choir au pied de la station. Marla m'avait battue haut la main. Hilares, nous traversâmes la passerelle jusqu'au téléphérique.

Lors de la remontée, nous eûmes la cabine pour nous. J'en profitai pour l'informer en quelques mots des confidences de Rorry : l'insémination artificielle, sa certitude que Nate la trompait... Marla fit une moue dubitative. D'après ce qu'elle en savait, Nate Bullock n'avait jamais eu de maîtresse.

– Si je comprends bien, c'est de Rorry que je dois te protéger ? C'est pour ça que Tom m'a confié cette mission ?

Je ris. Puisque nous nous apprêtions à retrouver Arthur Wakefield, je ne pouvais lui conter mon incursion dans sa cave, de peur qu'elle ne commette une gaffe.

– Disons que Tom se fait du mouron depuis mon accident de camionnette. Et puis, cet Arthur ne nous inspire pas totalement confiance.

– Tu peux compter sur moi, déclara-t-elle lorsque nous arrivâmes là-haut.

Nous enchaînâmes trois autres pistes noires avant de repartir pour le Bistro des Cimes. J'avais prévenu Marla qu'Arthur ne s'attendait pas à la voir, afin qu'elle ne s'étonne pas de le trouver cassant ou ronchon. Précaution inutile : quand nous poussâmes les portes de l'établissement, Arthur, adossé au mur en stuc près des casiers à chaussures, nous gratifia d'un grand sourire.

– Vous aimez le vin ? demanda-t-il suavement à Marla après que j'eus fait les présentations.

– Hélas, je ne bois plus à cause de mon cœur, répondit-elle avec la même ardeur. Mais si vous avez un cru à me recommander, j'en achèterai une caisse pour mon cardiologue.

– Soyez mes hôtes, dit-il en nous rabattant vers la table qu'il avait choisie, avant de murmurer à l'intention de Marla : Rappelez-moi s'il existe un caviste à Aspen Meadow...

À l'arrivée de la serveuse, mon amie commanda des brochettes de crabe sans huile ni beurre. Arthur choisit la même chose – mais avec matières grasses, précisa-t-il – avant d'extraire gaiement de son sac une gourde chromée, pendant que je choisissais un chili végétarien servi dans une timbale de pain. Pour quelqu'un qui commémorait la mort de sa mère, mon patron semblait drôlement en forme.

– Je sais ce que ce jour représente pour toi, commençai-je. Je veux dire : ta mère et...

– Eh, mais je vous connais ! s'écria Marla, s'attirant les regards des clients alentour. Vous êtes le fils de Fiona Wakefield. Elle et moi avions le même coiffeur à Denver.

Arthur déboucha sa gourde.

– Cela remonte à quand ? demanda-t-il d'un ton détaché.

– Ça fait quatre ans. Alors comme ça, c'est vous qui travaillez avec Goldy sur ce programme de PBS ?

Il hocha la tête, puis remplit de vin rouge deux verres à pied.

– Un robuste côtes-du-rhône, articula-t-il en poussant le ballon devant moi.

Je compris que ce serait l'une des rares fois où je boirais de l'alcool à midi. Mais le client est roi... Arthur leva son ballon.

– À la mémoire de ma mère Fiona, dit-il.

Nous choquâmes nos verres – pour Marla, celui d'eau – et bûmes une gorgée. Le vin était exquis, qu'Arthur qualifia de « fruité, parfait pour un pique-nique ». Après quelques lampées, même la propension d'Arthur à m'agacer semblait éteinte. Me vint soudain une vision de nous trois effectuant un tour de France des vins. Au deuxième verre, je me sentais presque capable de battre Marla sur une piste noire.

– Et vous connaissiez bien maman ? se vit demander cette dernière.

– Nous n'étions pas vraiment intimes. Mais je me souviens comme elle était fière de vous. Elle aimait à répéter que seule une poignée d'individus dans le monde savait reconnaître les vins aussi bien que son fils.

Arthur s'empourpra. Pourquoi n'avais-je jamais pensé à brosser mon chef de plateau dans le sens du poil ? Marla était comme un poisson dans l'eau. Draguer Arthur était sa façon à elle de me défendre.

Au détour d'un grand sourire, un mal de crâne s'abattit sur moi, sans crier gare. Hélas, il n'y avait pas de corbeille de pain sur la table. J'avais quatre pistes dans les jambes, et un verre et demi d'alcool sur un estomac vide. Ébriété et stupidité devaient être étroitement mêlées.

Une pensée en appelant une autre, je me demandai combien de verres Fiona avait bu avant son accident, trois ans plus tôt. Et s'il existait la moindre chance que son fiston me confie cette info-là.

– Au fait, Arthur, tu voulais me parler de la prochaine émission, je crois ? Si nous pouvions éviter les bourdes de la dernière fois...

– Il est exclu d'enregistrer vendredi, veille de Noël, répondit-il avant de se resservir de vin.

Je couvris mon verre avec la main.

– Pas la veille de Noël, répétai-je. Bonne idée. Quand, alors ?

– Demain après-midi. On enregistre à 16 heures. Sois là vers 15 h 30. Ce sera possible ? Je voulais aussi te dire que ma dégustation fut un vrai succès. (Il replongea la main dans son sac à dos et sortis une enveloppe.) Voici ton chèque.

Je le remerciai et glissai l'enveloppe dans la poche à glissière de mon blouson.

– Demain, donc, repris-je. Et quel sera le menu ?

– Je n'ai pas envie de pousser les parents honteux à acheter de la dinde en catastrophe. Aussi j'avais pensé à un bon petit déjeuner de fête. Une recette de pain toute simple, si tu as ça en rayon, et ton fabuleux porridge. Puis tu pourras rouler des hanches devant une grande salade de fruits et de belles tranches de bacon. Qu'en dis-tu ?

– Ça marche, répondis-je, bien qu'il ne me vînt à l'esprit aucune recette de pain « facile » – mais j'avais désormais pour règle d'acquiescer à tout ce qu'il disait.

Je cherchai la serveuse du regard, afin de lui réclamer une corbeille de pain. Mais elle avait disparu. Un autre personnage était là, en revanche, dont la vue me fit tressaillir.

Barton Reed était avachi derrière une table près de la fenêtre, les yeux tournés vers l'arrivée de la télécabine et les grappes de skieurs s'approchant du Bistro. Comme l'autre jour au Pause Cannelle, il semblait guetter quelqu'un. Il promena brièvement son regard sur la salle ; je rentrai la tête dans mes épaules.

La serveuse disposa devant Arthur et Marla des brochettes de crevettes crépitantes, des tomates cerises et des quarts d'oignons, et sous mon nez un chili fumant. Pendant qu'elle plaçait une corbeille de pain au centre de la table, je jetai un coup d'œil discret en direction de Barton, dont l'oreille multipercée rutilait dans la lumière du lustre. Il avait vidé une bouteille de bière mexicaine dans un grand verre qu'il tétait sans quitter des yeux l'extérieur. Une question de Reggie Dawson retentit dans mon crâne : « Aviez-vous fixé rendez-vous à Portman parce que vous attendiez quelque chose de lui ? »

Que cherchait Barton Reed au juste ?

– À vrai dire, expliquait Arthur à Marla, je comptais justement conduire Goldy à cet endroit après le repas. Vous joindrez-vous à nous ?

Pour ne pas voir Marla jurer « combien cette invitation me va droit au cœur », je me concentrai sur mon chili. Il se composait de maïs, de haricots rouges et noirs et de tomates, mijotés dans une sauce épicée. Il faudrait que je m'y essaie. Qui plus est, ce plat se mariait à merveille avec le côtes-du-rhône. Mais une fois mon verre vidé je passai sagement à l'eau.

Je sauçai mon assiette pendant que Marla narrait son début d'infarctus lors d'un séjour en Provence. Arthur l'écoutait religieusement, entre deux commentaires sur la nourriture ou le vin. Nous commandâmes trois cafés, puis il décrivit à son tour une croisière de découverte œnologique effectuée le long du Rhin.

– Ne t'emballe pas trop pour ce type, murmurai-je à Marla devant les casiers à chaussures. Je ne suis pas sûre qu'il soit réglo.

Elle enfila son bonnet pourpre et citron sur ses bouclettes.

– Ne t'inquiète pas, ma grande. Je ne fais que te protéger.

Arthur nous rejoignit avant que je puisse répondre.

– Mais... où ai-je laissé mes skis ? lança-t-il quand nous regagnâmes les râteliers.

À cet instant, un troupeau de bambins survoltés fondit sur nous, jouant des coudes pour passer. Marla perdit l'équilibre, et Arthur bondit derrière elle pour l'empêcher de chuter. Malheureusement, il dosa mal son effort et, plus que la redresser, la fit chuter en avant, c'est-à-dire sur moi. Dans une pelote de bonnets, de lunettes et de gants, nous dévalâmes l'escalier métallique telle une énorme boule de neige.

– Ah, la gamelle ! s'écrièrent les gamins ravis.

Arthur traita de tous les noms le moniteur du groupe, qui se hâta de faire circuler sa classe.

– Tu devrais peut-être reprendre un café, lui suggérai-je. Après tout ce vin...

– Et ce mono devrait peut-être surveiller ses gosses !

– Arthur...

– Allons-y ! trancha-t-il en remontant les marches quatre à quatre, comme pour prouver sa parfaite condition physique.

Une fois nos skis attachés, Arthur annonça qu'il nous fallait emprunter Bighorn, une piste noire, pour rallier la corniche. Il s'empressa d'ajouter que nous pourrions ensuite redescendre par une bleue, la bien nommée « Jeu d'Enfant ». Sur ces mots, il fila tout schuss, d'un style étonnamment fluide, vers l'entrée de Bighorn, d'où il nous fit signe de presser l'allure.

Bordée de corde orange, la piste se révéla un mur de bosses, si abrupt qu'il semblait disparaître dès le premier virage, quelque soixante mètres plus bas. J'essayai de m'ôter de l'idée que chaque bosse symbolisait une tombe de skieur...

Arthur se faufila facilement entre les bosses, sautant et pivotant avec un plaisir manifeste. Je savais la force qu'il fallait pour maintenir ses spatules strictement parallèles, et planter son bâton au centre exact de chaque bosse. C'était un pro, cela ne faisait aucun doute.

Comme souvent sur de telles pistes, deux couloirs plus lisses longeaient la pente. Je me rendis à la suite de Marla sur celui de droite, et nous descendîmes toutes deux en godille. Le visage fouetté par le vent, je songeai que Fiona et Jack avaient dû être d'excellents skieurs.

Nous atteignîmes vite le grand virage d'où partait le chemin interdit. Arthur semblait tout excité. Je bénissais Tom de m'avoir adjoint Marla, car, à ce que je voyais, l'insaisissable Arthur avait sans conteste assez de force pour terrasser quelqu'un à mains nues. Il souleva la corde. Il n'était pas même essoufflé.

– Nous y sommes, mesdames, dit-il en désignant un étroit sentier sinuant entre de grands pins. La corniche se trouve à une vingtaine de mètres d'ici. (Il indiqua une voie plus dégagée, barrée de rondins de bois.) Les patrouilleurs ont condamné l'ancien passage.

– Ceci est illégal, commentai-je comme nous franchissions le cordon. Tu ne connais pas la réglementation, patron ? On risque une amende et une interdiction de skier d'une journée. Voire davantage.

– Je sais, soupira-t-il. Bien sûr que je le sais.

– Voudrais-tu passer devant ? ajoutai-je en forçant ma voix.

Il me toisa bizarrement, puis ouvrit la marche au milieu des arbres en poussant sur ses bâtons. Pantelante, Marla se hissa à mon niveau, écarquillant les yeux devant l'étroitesse du passage.

– C'est quoi, ce truc ? Un parcours d'entraînement militaire ?

Au sol se succédaient d'épaisses couches de poudreuse et plaques verglacées. Je m'avançai prudemment, dans la pénombre des arbres accentuée pas mes verres teintés. J'avais consenti à m'aventurer jusqu'ici afin d'en savoir plus sur Arthur et les trois défunts. Mais l'heure était plus que jamais à la vigilance.

Le bois s'ouvrit soudain sur une saillie de granite. Je mis mes skis en travers pour m'immobiliser, et manquai défaillir en découvrant que j'étais à moins de cinq mètres du précipice. Je pris de grandes inspirations pour garder mon sang-froid. En dépit du danger, la vue panoramique sur les sommets enneigés, les vallées boisées et les glaciers vertigineux était féerique. Sur notre gauche, les skieurs ressemblaient à des fourmis sur des luges.

– La vache... souffla Marla. J'ignorais l'existence de cet endroit.

– Les patrouilleurs ne tiennent pas à le faire connaître,

répondit Arthur. C'est pour ça qu'ils ont fermé l'ancien passage.

Il pointa du doigt un ruban de fumée s'élevant d'un petit bâtiment beige sur la colline à notre droite. L'édifice était encerclé de centaines de troncs couchés.

– Voici la zone d'extension. La station a souscrit des prêts à très court terme, alors on déboise nuit et jour. L'installation des remontées doit impérativement débuter au printemps. Et là, dit-il en indiquant une petite loge à l'orée du secteur en construction, Killdeer Corporation poste un vigile à temps plein, pour prévenir d'éventuels coups de force des écologistes.

Il pointa son doigt plus haut, à droite de la zone d'extension.

– Voilà la Crête des Élans. Sous la couronne d'arbres s'étend une pente de trente-trois degrés très exposée au vent.

Son index ganté longea la déclivité jusqu'à une splendide vallée inhabitée.

– C'est là que s'est produite l'avalanche qui a tué Nate Bullock.

Les skis parallèles au ravin, il poussa jusqu'à l'extrémité de la saillie. Je restai là où j'étais, et fis signe à Marla de m'imiter.

– Ne t'inquiète pas, répondit-elle dans un murmure, les yeux fixés sur le précipice.

Notre guide continuait d'avancer.

– Attention, Arthur ! lançai-je sans le vouloir.

L'instinct maternel, sûrement...

Arthur s'accroupit sur ses skis et désigna le vide devant lui.

– C'est ici que Jack Gilkey a poussé ma mère. Devant les jurés, il a martelé que *je* les avais fait boire plus que de raison, et que quelqu'un – sous-entendu : moi – avait surgi des arbres et l'avait assommé avec une pierre. Et que ce mystérieux homme des bois avait précipité ma mère dans le ravin.

Il se retourna vers nous.

– Vous croyez franchement qu'un type pourrait à lui seul terrasser un grand costaud et projeter une femme athlétique dans le vide ?

– Ce n'est pas impossible, affirmai-je, songeant aux terribles histoires de meurtres et de violences conjugales que j'avais entendues depuis ma séparation d'avec l'Enfoiré.

Arthur me fusilla du regard.

– Non, Arthur, Goldy ne pense pas qu'un type ait pu faire ça tout seul, s'empressa de corriger Marla. On peut rentrer, maintenant ?

– Et combien de verres Jack avait-il servi à ta mère ? demandai-je d'un ton conciliant.

Il haussa les épaules.

– Trois. D'un riesling provenant de ma cave. Mais je ne leur aurais jamais offert cette bouteille si j'avais su qu'il allait lui proposer de faire la course jusqu'ici. À qui viendrait une idée pareille, tu peux me le dire ?

– Je ne sais pas, murmurai-je, avant de me souvenir que Jack prétendait au contraire avoir été mis au défi par Fiona, ce qui m'avait paru plausible : la femme mûre désireuse de prouver à son jeune mari qu'elle n'a rien perdu de sa fougue...

Arthur eut à nouveau cette énigmatique expression de victoire.

– Tu ne veux pas venir voir de quoi parlaient ces articles, Goldy ? Ceux que tu me soupçonnais de t'avoir envoyés ?

– Non, elle ne veut pas, rétorqua Marla. Et si elle s'approche encore d'un millimètre, je refais une crise cardiaque.

Arthur contempla une dernière fois le précipice, puis se releva et rebroussa chemin jusqu'au sentier, que nous remontâmes en file indienne. Avant de revenir sur Bighorn, il s'assura qu'aucun patrouilleur ne passait dans les parages, puis nous expliqua comment atteindre la « Jeu d'Enfant ».

– C'est l'affaire de quelques minutes, dit-il en reculant. Je vous laisse, je retourne là-bas quelques instants.

Marla et moi acquiesçâmes d'un air compatissant – et surpris. Arthur hocha la tête à son tour, comme satisfait de son petit effet. Il me demanda de l'appeler ce soir-là pour définir le libellé exact du menu de l'émission, puis franchit de nouveau la corde, avant de disparaître au milieu des pins.

– Ce type est très étrange, jugea Marla en rajustant ses lunettes. Et il boit beaucoup trop.

Eileen nous attendait au Grand Plan. Elle salua notre approche par de grands gestes. Avec son ensemble bleu roi plus moulant encore que celui de Marla et sa casquette à pompon rouge assortie, elle avait l'air d'un top model. Quoi qu'Arthur puisse penser de Jack Gilkey, il avait incontestablement métamorphosé notre Eileen.

– Allons, allons, le temps presse, s'amusa-t-elle. Jack nous retrouve au Bistro à 14 h 45. On essaie Mission Hill ? C'est une piste intermédiaire assez molle.

Nos deux paires de skis suspendues au râtelier de la cabine, et le surf d'Eileen occupant deux sièges, nous remontâmes donc la montagne. Après avoir rechaussé, et trouvé l'entrée de la piste, il ne fallut pas longtemps pour que nous retombions en enfance, nous aspergeant mutuellement de neige, et criant « Yahoo ! » chaque fois que l'on parvenait à se doubler.

Jack Gilkey nous rejoignit au terme de notre seconde ascension.

– J'avais oublié combien ce type est appétissant, me confia Marla sous cape.

Vêtu d'une combinaison noire et beige dernier cri et d'une casquette à pompon rappelant celle d'Eileen, il se montra cordial, quoiqu'un peu réservé, vis-à-vis de Marla et de moi. En revanche, il débordait d'attentions pour sa compagne, veillant sur elle comme la maman poule qu'Arch me reprochait souvent d'être.

Force était de constater qu'Eileen savait surfer. Il fallait sûrement des années d'entraînement pour réussir les sauts et pirouettes qu'elle nous montra cet après-midi-là. Marla et moi nous extasiâmes devant ses acrobaties, tandis que Jack restait sur ses talons, prêt à la relever ou à lui dire de ralentir. Ce besoin de se surpasser était peut-être le lot des femmes aux amants plus jeunes. Qui sait ? En tout cas, ils s'amusaient bien.

Une constante sur les pistes faciles : les cris. Les enfants supplient leurs parents de les attendre, et réciproquement ; maris et femmes se commandent d'accélérer ou de ralentir ; les moniteurs tentent de maintenir leurs élèves en une file ordonnée, telle la tête d'une chenille lançant des ordres à ses dizaines de pattes.

Bien que proscrits, les baladeurs permettent de substituer au vacarme les notes d'une valse de Strauss ou d'un standard des Stones. Je n'en porte jamais, et pourtant j'ignore moi aussi les clameurs alentour, qui sont cause de distraction et d'accidents.

Ainsi, je n'entendis pas l'avertissement qu'on me lança. Du moins, pas le premier ; les « Attention ! Poussez-vous ! Dégagez le passage ! » hystériques finirent néanmoins par capter mon attention. J'essuyai mes lunettes d'un revers de manche, sans parvenir à localiser le danger. Je me rangeai sur le côté. Les cris se rapprochaient.

Dans sa tenue clinquante, Marla fut facile à repérer, immobilisée comme moi sur l'autre bord. Une classe s'était arrêtée en colonne ; une bande de snowboarders, casquettes vissées à l'envers, fusa à deux mètres de moi. Plus haut, un surfeur isolé dévalait la piste à toute vitesse, filant droit sur un couple en mouvement. Paniqué, ce dernier vira à gauche, puis à droite, pour éviter l'impact. Mais le surfeur changeait lui aussi de direction, comme un missile à guidage laser verrouillé sur sa cible.

Soudain je vis avec effroi que ce couple n'était autre qu'Eileen et Jack.

– Eileen ! Jack ! hurlai-je. Attention ! Eh, surfeur ! Stop ! Stop !

Mes deux amis se retournèrent, puis s'élancèrent vers les arbres. L'assaillant se rapprochait, de plus en plus rapide. Était-il ivre ? Cinglé ?

Il percuta Jack et Eileen comme une boule dans deux quilles, projetant les deux corps dans les airs. Puis il parvint à se stabiliser et poursuivit sa course folle. Je crus un instant qu'il allait me heurter, moi aussi, mais il finit par ralentir.

Il s'arrêta à quelques centimètres de mes spatules, puis vacilla un instant, avant de s'effondrer sur le dos.

Je me hissai prudemment à son niveau, pour soulever ses lunettes fumées. Je découvris alors les yeux fermés de Barton Reed. Des appels affolés retentirent : Jack Gilkey réclamait des secours, prosterné devant un corps inerte en combinaison bleu roi.

Eileen.

18

Eileen et Barton furent évacués en traîneau. Les sauveteurs restés sur place se bornèrent à nous dire qu'ils avaient tous deux perdu connaissance, et que Barton avait une jambe cassée. À quelle vitesse descendait-il ? voulurent-ils toutefois savoir.

– Aussi vite que l'on puisse aller, répondis-je. Ce n'était pas une de ces collisions qui vous font mordre la neige, mais le genre de crash qui atomise les corps. Qui vous tue sur le coup.

Faute de pouvoir approcher Jack, en état de choc et pris en charge par deux secouristes, Marla et moi fûmes autorisées à regagner la station. Tandis que nous acheminions notre matériel vers les voitures, je la mis au fait de mes découvertes au sujet de Barton Reed. Un ex-détenu, atteint d'un cancer, a priori fâché à mort contre Portman et, visiblement, contre Eileen et/ou Jack.

Nous nous suivîmes en direction de l'est, Marla au volant de son 4 × 4 Mercedes et moi dans la Rover. Au-dessus de nos têtes, deux hélicoptères de la sécurité civile s'éloignaient dans le même sens que nous. Les pisteurs nous avaient indiqué l'hôpital où les deux victimes seraient transportées : le Centre médical luthérien de Wheat Ridge, au nord-ouest de Denver. Tout en conduisant, je sortis mon portable et composai le numéro de la maison.

– Eileen a été renversée, lançai-je dès que Tom décrocha.

Sur une piste. Sous mes yeux. Mais je n'ai... (ma voix fléchit)... je n'ai rien pu faire.

– Calme-toi, Miss G. Tu dis qu'Eileen a été renversée ? Dans quelles circonstances ? Un accident ? Elle n'a rien, au moins ?

– Elle est inconsciente. C'est Barton Reed qui l'a heurtée, Tom. Volontairement. Avec son surf. J'ai tout vu...

La gorge comprimée, je luttai pour continuer :

– L'hélicoptère l'emmène au Centre luthérien. Pareil pour Reed. Bon sang, Tom... Pourquoi faire une chose pareille ?

– Je ne sais pas, chérie. Écoute, Wheat Ridge se trouve dans le comté de Jefferson. Je vais tâcher de dépêcher un confrère à l'hôpital. Penses-tu que je doive prendre Todd au collège pour le conduire là-bas ? Et Arch ?

Bien entendu, la place de Todd était auprès de sa mère. Ce que je dis à Tom.

– Mais je te préviens, ajoutai-je, elle n'est pas belle à voir. Son corps paraît tout flasque... Et pourrais-tu... ?

Les mots refusaient de sortir. Des larmes coulèrent sur mes joues.

– Pourrais-tu avertir le prêtre de Saint-Luc ?

Une heure et demie plus tard, Marla et moi nous garâmes côte à côte sur le parking de l'hôpital. Au moment de quitter la voiture, je me rendis compte que j'avais effectué le trajet en chaussettes. J'attrapai mes tennis sur la banquette arrière et les enfilai. Marla ouvrit ma portière pour me demander :

– Pourrait-on entrer là-dedans sans courir ? Je sens ma tension qui monte.

– Attends un peu ici, le temps de reprendre tes esprits.

– Tu plaisantes ? L'hosto est l'endroit rêvé pour une crise cardiaque !

– Quoi ?

– Je plaisante.

Nous traversâmes le parking enneigé jusqu'au bâtiment. De gros nuages sombres cachaient la chaîne de Front Range.

– Tu as vu ce qui s'est passé ? demanda Marla.

Je hochai la tête.

– Je ne cesse de me repasser le film, poursuivit-elle, et crois-moi, les apparences sont trompeuses.

Les portes automatiques coulissèrent devant nous. Une chaude odeur d'antiseptique nous assaillit les narines.

– Qu'entends-tu par là ? demandai-je.

– Ce snowboarder que tu dis connaître... Barton Reed, c'est ça ? Ce n'est pas Eileen qu'il visait, mais Jack.

– Alors comment se fait-il qu'il ait raté son coup ?

– Va savoir. J'ai compris ses intentions dès le début. Reed était perché en haut de la piste. Eileen restait dans le couloir de droite, et Jack faisait de grands zigzags. Reed s'est bien élancé en direction d'Eileen, mais il était en surf. Afin de gagner suffisamment de vitesse, il devait d'abord suivre le sens de la pente puis virer au dernier moment pour faucher Jack. Tu me suis ?

Je me concentrai sur mes souvenirs. Mes connaissances en matière de snowboard ne me permettaient pas d'analyser la trajectoire de Reed. Jack avait-il vu la menace avant tout le monde ? J'avais cru son changement de cap destiné à préserver Eileen, du moins à l'éloigner du danger. Cherchait-il en fait à se protéger lui-même ?

La femme de l'accueil nous informa qu'Eileen était dans un état critique mais stable dans l'unité de soins intensifs. Lésions internes, externes ? demandai-je fébrilement, sans obtenir de précisions, sinon que les visites seraient bientôt autorisées aux membres de sa famille, à raison de dix minutes toutes les heures, et pas plus de deux personnes à la fois. Tandis que l'ascenseur nous menait à l'étage, je réfléchis à la théorie de Marla, avant de me souvenir que Jack m'avait parlé de Reed le samedi matin : sa condamnation, sa maladie, le refus de Portman de le libérer... Je n'avais jamais songé à lui demander d'ou il tenait ces renseignements.

Arch et Tom nous avaient précédées dans la salle d'attente. Todd, en revanche, n'était pas dans les parages. Je me jetai sur mon fils pour l'embrasser.

– Arrête, maman, maugréa-t-il.

– Je me faisais tellement de souci...

– Pourquoi ? J'étais en classe. (Devant mon émotion, il se

fit plus doux.) Tout va bien, maman. Une infirmière vient de nous annoncer qu'Eileen a rouvert les yeux. Mais elle reste très faible. Elle souffre d'une commotion cérébrale. Todd se trouve auprès d'elle. Au fait, Tom a dit qu'il pouvait rester chez nous. Indéfiniment. Je veux dire : jusqu'à ce que sa mère soit remise. C'est d'accord ?

– Bien entendu.

Son visage s'illumina. Comme sa mère, il aimait recevoir.

– Jack est également dans la chambre, à pleurer comme une madeleine. Ce n'est pas un membre de la famille, pourtant.

– Voyons, chéri... répondis-je, mais sans savoir terminer ma phrase.

Tom vola à mon secours :

– J'aimerais bien un câlin, moi ! dit-il en me pressant contre son torse. Le prêtre était retenu par une séance de thérapie conjugale. Mais il m'a fait promettre de lui donner des nouvelles.

Maintenant qu'Eileen était réveillée, la présence du curé ne semblait plus nécessaire.

– Comment va mon copain Arch ? lança Marla, que j'avais presque oubliée. J'ai passé tellement de temps entre ces murs que je connais tous les distributeurs de bonbons, de biscuits et de boissons de la clinique. Qui plus est, fit-elle en brandissant son porte-monnaie, j'ai le code d'accès. Mais il me faut une escorte.

Arch tenta de réprimer un sourire. Sans grand succès.

– Je te suis, dit-il. Je prendrai aussi un truc pour Todd.

Dès qu'ils eurent passé les portes battantes, je soumis à Tom la thèse de Marla. Il fit une moue songeuse.

– Et toi, Goldy, tu as l'impression que Reed visait Jack ?

Je répondis que je connaissais trop peu les technique du surf pour en juger. Il dégaina son téléphone portable et pianota sur le clavier. « La prison », chuchota-t-il à mon intention. Pendant qu'il patientait, toute une famille hispanique pénétra dans la pièce, les visages torturés. Je comparai leur nombre à celui des sièges disponibles – un vieux réflexe de cuisinière – et vis qu'ils ne tiendraient pas car les livres, sacs, blousons, et autres effets des garçons occupaient plusieurs fauteuils.

Tom étant suspendu au téléphone, je rassemblai les affaires moi-même. Lorsque je les soulevai en bloc pour les transférer sur la banquette, le maudit travail de physique d'Arch tomba de son cartable, répandant sur la moquette une nuée de cristaux blancs. L'un d'eux vint se loger dans l'œil d'un Latino d'une vingtaine d'années, qui poussa un cri. J'extirpai des mouchoirs de ma poche et me ruai sur lui, bredouillant l'une des rares phrases d'espagnol que je connaissais : « *Lo siento, lo siento* » – je suis désolée. Il s'essuya la pupille en souriant. Je crus comprendre que sa parentèle raillait sa douilletterie. Je réitérai mes excuses, et il répondit dans un anglais parfait :

– Il n'y a pas de mal. J'ai juste été surpris.

Toute honteuse, j'allai ramasser la feuille de papier cuisson coincée sous un sac à dos. Comme je soulevais ce dernier, les œuvres complètes de Spenser s'en échappèrent, dont le coin perfora le centre de la feuille, décollant les dernières gouttes de sucre séché. Je ramassai rageusement mon fatras et me laissai choir à côté de Tom, sous les regards médusés de la famille hispanique, qui devait me croire en attente d'admission aux urgences psychiatriques.

Égayé par mon numéro, Tom m'applaudit en silence avant d'obtenir enfin son correspondant. Il demanda quelques précisions sur les dates et les lieux d'incarcération de Gilkey et de Reed. Il coucha quelques notes dans son calepin, remercia son informateur et raccrocha.

– Voilà quatre ans, commença-t-il à voix basse, le pénitencier de Cañon City était déjà en surcapacité. C'est pourquoi Reed a rejoint la prison de Furman County. Comme tu le sais, c'est également là que Jack a purgé sa peine. L'un et l'autre ont été les voisins de palier de John-Richard Korman. En d'autres termes, Gilkey n'a pas juste entendu parler de Reed ; il le connaissait personnellement. Et je doute que notre ex-champion de surf ait vu d'un bon œil la libération anticipée de son copain Jack.

– Bon sang, pestai-je, aussi contrariée par ces révélations que par mes dégâts précédents. Si seulement les flics de Furman trouvaient la preuve que Portman était pourri... Il a bien dû laisser traîner quelques documents compromettants, non ? En tout cas, si nous pouvions faire parler Reed au sujet de Portman et de Gilkey, nous y verrions déjà plus clair.

– Nos gars examinent en ce moment quarante-six cartons de reliques militaires, soupira Tom. Qui sait ? Portman y aura peut-être planqué des cahiers ou des disquettes.

– Certes. Mais plus j'essaie de reconstituer le puzzle, plus il semble y avoir de pièces. Qu'est-il vraiment arrivé à Fiona Wakefield ? Qui a déclenché l'avalanche qui a emporté Nate, à supposer qu'elle soit d'origine humaine ? Où est passé l'individu qui l'accompagnait ? Pourquoi Barton a-t-il tenté de tuer quelqu'un ? Et qui, d'ailleurs ?

Tom se frappa le front :

– J'allais oublier. La nana des collages a cherché à te joindre. Boots Faraday. Elle aimerait te revoir lors d'une prochaine visite à Killdeer. Elle demande que tu la rappelles.

– J'ai hâte d'y être, grommelai-je.

Je me tus un instant, songeuse, avant d'ajouter :

– Dis-moi, tes hommes ont interrogé Reed ?

– Pas sûr.

– Je peux le voir, moi ?

Tom pinça ses lèvres d'un air hésitant.

– C'est d'accord, lâcha-t-il. Tu peux lui rendre visite. Mais sa jambe est salement amochée, il a perdu du sang, et il n'est pas au mieux de sa forme. Remarque, au moins il ne pourra pas te blesser. Mais de ton côté, ne l'agresse pas non plus, compris ? Il occupe la chambre 19. Tu trouveras un adjoint du shérif en faction devant la porte. Dis-lui que tu es ma femme, et il te laissera passer. La seule personne qu'il ait pour ordre de refouler est Jack Gilkey.

Je me levai. Tom promit de prendre soin d'Arch, de Marla, et surtout de Todd à leur retour.

À l'énoncé de mon nom et de mon statut marital, le policier posté devant la chambre 1019 demanda une pièce d'identité, qu'il examina longuement avant de me laisser passer. Je frappai doucement à la porte. Me répondit un grognement sourd.

Je n'avais pas l'intention d'insister si Reed souhaitait rester seul. Même les snowboarders ultra-violents ont droit à l'intimité. Je poussai la lourde porte métallique.

Seule une faible ampoule éclairait la grande masse alitée. La jambe gauche de Barton était plâtrée et suspendue par un câble. Son crâne et son bras gauche étaient également bandés. Des croûtes de sang coagulé maculaient son front et sa joue. Sa collection de bijoux avait quitté ses oreilles grêlées d'une myriade de trous ; ses anneaux reposaient dans une assiette sur le bureau métallique, à côté d'une croix en argent reliée à une chaînette oxydée.

– Barton ? chuchotai-je.

Il respirait lourdement.

– Hein ? gémit-il.

– Vous préférez que je parte ? Je suis venue vous rendre visite.

– Qui, vous ?

– Goldy Schulz.

Je me rapprochai afin qu'il puisse me voir. Il ouvrit un œil vitreux – l'autre, poché, restait fermé – et me dévisagea. Je poursuivis :

– Je vous ai vu pour la première fois l'été dernier, à l'épicerie diététique d'Aspen Meadow. Vous veniez chercher des herbes médicinales. (Il hocha lentement la tête.) Et j'étais à Killdeer aujourd'hui. J'ai vu l'accident.

– Vous êtes... de l'Église ? murmura-t-il d'une voix agonisante.

Sa question me prit de court.

– De l'Église ? répétai-je.

– Je vais mourir...

– Mais non, voyons. Je vais chercher le médecin.

– Non ! Pourquoi vous êtes là ?

– Je voulais seulement vous voir...

– Elle est morte ?

Je déglutis, puis demandai :

– Qui ?

– La femme que j'ai renversée.

La femme ? Il ignorait donc son identité ?

– Non. Elle est blessée, mais elle s'en sortira.

– Et lui, il est mort ?

– Qui ? répétai-je.

– Vous ne savez dire que ça ? s'énerva-t-il, s'infligeant aussitôt une quinte de toux.

– Gilkey ? proposai-je quand ses bronches se turent. Vous visiez Jack Gilkey ?

Il se remit à tousser.

– Il est mort ?

– Jack Gilkey, non. Doug Portman, oui. Lui aussi, vous l'avez fauché comme cette femme ?

– Je vais mourir... Il n'y a plus d'espoir.

– Il y a toujours de l'espoir.

Il détourna la tête.

Puisqu'il n'était pas d'humeur à évoquer Gilkey ou Portman, je lançai :

– Vous êtes un as du snowboard. Quand vous serez rétabli, vous pourrez peut-être...

– Elle ne voulait plus m'accompagner sur le half-pipe. Elle se disait blessée, mais c'était des conneries. Elle avait la frousse, c'est tout.

J'évitai de demander « qui ? » une troisième fois, préférant appliquer la technique du psychologue Carl Rogers – un vieux reste de ma fort inutile licence de psycho –, qui consistait à répéter les mots du patient pour l'inciter à poursuivre :

– Elle se disait blessée, avançai-je.

– C'était la meilleure. Elle s'est blessée. Elle rêvait d'être une star. Ça ne s'est jamais produit.

– Ça ne s'est jamais produit...

– Il y a de l'écho, ou quoi ? grogna-t-il. Il a crevé ? Il faut que je sache !

Je croisai les bras, cherchant une issue. Barton Reed divaguait, persuadé d'être au seuil de la mort. Il attendait une chose – un renseignement, l'absolution ? – dont j'ignorais la nature.

– Vous êtes de l'Église ? gémit-il de plus belle.

– Oui, répondis-je.

– Alors priez pour moi.

Je pris sa main bandée entre les miennes. *Vous avez toujours quelque chose à donner*, répétais-je jadis à mes élèves de catéchisme.

– Notre Père qui es aux cieux... commençai-je, aussitôt rejointe par les murmures de Barton.

La prière terminée, je vis qu'il s'était endormi. Je ne savais toujours pas à qui renvoyait ce lancinant « Il est mort ? ». Tant pis, je reviendrais tenter ma chance demain.

Mais le sort en décida autrement. Le lendemain matin, nous reçûmes un coup de fil de l'hôpital : Barton Reed avait succombé à une crise cardiaque durant la nuit.

19

Ce matin-là, jeudi, je priai pour le salut de Barton Reed, puis tentai de me vider l'esprit à travers quelques exercices de yoga, avant de me traîner sous la douche. Mais rien à faire : l'image de Barton courbé, jambes fléchies, fonçant droit sur Eileen m'obsédait. Les médecins ne m'avaient pas permis de voir mon amie, mais ils avaient promis à Todd qu'elle se rétablirait vite et pourrait sûrement quitter les soins intensifs aujourd'hui. Fort secoué, l'adolescent avait dormi chez nous, dans la chambre d'Arch, sur l'ancien lit de Julian.

Jack Gilkey, de son côté, les yeux rouges et gonflés, nous avait prévenus qu'il passerait la nuit à l'hôpital, en demandant à Tom d'annoncer au personnel du Bistro qu'il n'irait pas travailler. Avant notre départ de la clinique, nos voisins de banquette hispaniques avaient compati à la détresse de Jack. Eux étaient venus au chevet d'un grand-père victime d'un accident de voiture, et comptaient aussi dormir dans la salle d'attente. Diego avait pris Jack sous son aile, lui murmurant des paroles de réconfort et lui offrant des *tamales* maison.

Comment allait-il ce matin ? me demandai-je tout en me séchant le corps. Dormir dans un fauteuil paraît jouable, jusqu'à ce qu'on se réveille tout fourbu et à peine reposé... Je me glissai dans des vêtements chauds et descendis à la cuisine. Tom était plongé dans un manuel de plomberie, qu'il reposa pour me confectionner un double expresso nappé d'une noix de chantilly. Je le sirotai face à la fenêtre de ma cuisine en reconstruction. Trop d'événements en si peu de temps. Trop de violence, trop de victimes. Et pas la moindre lueur à l'horizon. Dehors, comme en écho à ma morosité, le ciel gris lâchait de nouvelles chutes qui semblaient vouées à durer.

– J'emmène les garçons au collège, signala Tom. Ils ont envie d'un petit déjeuner au McDo. Je te rapporte quelque chose ?

– Non, merci. Mais ils tiennent vraiment à manger à l'extérieur ? Je dois préparer des plats de petit déj pour le tournage d'aujourd'hui. J'aurai de quoi les sustenter d'ici une demi-heure.

Tom me pressa l'épaule.

– Todd dit qu'il préfère bouger. Il a demandé au médecin de l'appeler au collège en cas d'urgence. Et puis, ajouta-t-il avec un sourire malicieux, ils sont tous deux pressés d'en finir avec leur récitation, car juste après ils fêtent Noël avec la classe...

– Mince ! Je n'ai rien préparé !

Tom prit sur le comptoir un plateau recouvert d'aluminium. Il souleva un coin de la feuille, révélant une douzaine de cookies cacao coma truffés de cerises, d'amandes et de pépites de chocolat.

– Mais qu'est-ce que... ?

– Il fallait bien que quelqu'un teste ta recette, pas vrai ? Alors après avoir terminé d'installer les canalisations, j'ai...

– Tu as terminé ? Oh, Tom !

– Jusqu'au bout tu auras douté, hein ? Femme de peu de foi, va.

À cet instant les enfants firent irruption dans la pièce, suppliant, maintenant qu'ils avaient nourri les animaux, qu'on les emmène déguster des doughnuts. Ils paraissaient en forme, chacun rasséréné par la présence de l'autre, et impatients de retrouver leurs camarades pour une journée festive. Ils ne souhaitaient pas évoquer l'état d'Eileen, mais me sauraient gré de leur envoyer des ondes positives pendant leur récitation. Je leur donnai ma parole.

Tom laissa deux cookies sur une petite assiette à côté de mon café, qui me réveillèrent en un clin d'œil. Je décidai d'intituler le menu de la dernière émission : « Les Fêtes au saut du lit ». Des tranches de bacon croustillant, une bombe glacée au yaourt à la vanille, et une salade de fruits compléteraient à merveille les deux féculents que j'avais retenus – porridge suisse épicé et pain maison. Je sortis Julian du lit pour lui demander la recette de son nouveau pain aux cinq céréales, qu'il se fit une fierté de me faxer. Je dosai la levure et les céréales, puis rassemblai une orange bien mûre, un pot de cannelle d'Indonésie et une poignée de griottes séchées destinées au porridge.

À 9 h 15 je chantonnais gaiement, signe que l'art culinaire m'avait à nouveau requinquée. Me rappelant soudain que la performance d'Arch et de Todd était prévue dans moins d'une demi-heure, je leur dédiai une petite prière d'encouragement, après avoir vérifié que la pâte levait correctement.

Le téléphone sonna. Craignant qu'il s'agisse de l'hôpital, je décrochai plutôt que de laisser tourner le répondeur. C'était Boots Faraday.

– Écoutez, Goldy, lança-t-elle tout de go, Arthur Wakefield tient à ce que je vous présente mes excuses.

– Pardon ?

– Arthur est un copain, et il ne pensait pas à mal en publiant cet article à votre sujet. (Elle se tut un instant, comme pour chercher ce ton désolé dont elle n'était pas familière.) Je suis au courant pour votre amie Eileen Druckman et cet affreux Barton Reed, et je sais que vous avez assisté à la scène. J'ai compris que vous étiez effectivement au centre d'un terrible sac de nœuds.

– J'avoue que ce n'est pas facile, répondis-je sobrement.

Mais pourquoi m'appelait-elle ? Sinon pour confesser que les critiques de Doug Portman l'avaient poussée à le tuer voilà six jours ?

– Je ne vous ai pas tout dit, poursuivit-elle. J'ignore si ce détail a de l'importance, mais tant pis, autant que vous sachiez. (Elle prit une longue inspiration.) Je sais ce que fabriquait Nate le jour de sa mort. Il n'était pas parti traquer le lynx – ça, c'est que je devais raconter si jamais il se faisait prendre.

– S'il se faisait prendre ?

– En train de filmer dans le secteur interdit de Killdeer. Il n'a jamais pensé qu'il pouvait y mourir. Il voulait seulement mettre un peu d'argent de côté avant l'arrivée du bébé. Il voulait tourner une vidéo de sport extrême.

– De quoi ?

– De sport extrême. Vous savez, l'un de ces films où des jeunes gens prennent des risques insensés. Les plus prisés dans la région sont ceux montrant des surfeurs dévalant des murs de neige et de cailloux, souvent au péril de leur vie.

– Oui, je vois, fis-je en me remémorant les images diffusées sur l'écran géant de Cinda. Mais... combien d'argent pouvait-il en espérer ?

Mon innocence sembla l'amuser :

– Énormément, Goldy. Les bonnes vidéos peuvent rapporter entre cinquante et cent mille dollars, voire un demi-million pour les meilleures d'entre elles.

– Vous voulez rire ?

– Pas du tout. J'avais mis Nate en relation avec un distributeur à qui j'avais vendu plusieurs collages et qui s'intéressait à ce type de films. Il souhaitait que Nate lui montre quelques rushes, en vue d'une collaboration future. Mais ce dernier ne voulait pas donner de faux espoirs à Rorry, alors il m'a fait promettre de garder le secret.

– Était-ce Barton Reed qu'il allait filmer ?

– Je... je ne sais pas.

– Était-ce vous ?

– Bien sûr que non. Le danger ne m'a jamais attirée. Ni les hommes mariés, soit dit en passant, au cas où Rorry vous aurait confié ses délires paranoïaques.

– Pourquoi me racontez-vous tout ça, Boots ?

– Écoutez, dit-elle sèchement, cela fait trois ans que je m'échine à préserver la réputation de gentil aventurier de Nate. Et reconnaissez que « mourir en traquant le lynx » sonne mieux que « mourir en quête de fric facile ». Mais j'ai estimé que vous deviez connaître la vérité.

Et cesser de la soupçonner d'avoir elle-même déclenché l'avalanche, ajoutai-je in petto. Après un bref silence, je demandai :

– Est-ce que Nate ou Rorry connaissaient Doug Portman ?

– Nate l'avait rencontré via l'Association. Quant à Rorry, je ne saurais vous dire. Voilà, je tenais simplement à vous révéler la vérité au sujet de Nate. Parce que Arthur m'a priée de vous parler. Et que c'est un bon ami.

– Merci, Boots. (J'évitai d'ajouter : *Est-ce vraiment la vérité ?* ou *Arthur ne serait-il pas davantage qu'un ami ?*) Vous ne savez rien de plus sur Doug Portman, à tout hasard ?

– Seulement qu'il n'a jamais su distinguer une œuvre d'art d'une croûte.

Elle fit claquer le récepteur sans me laisser le temps de répondre.

Je glissai le pain dans le four, réglai le minuteur, et fis chauffer un peu du mélange à porridge à titre d'essai. Miam. Un régal. Je m'apprêtais à y replonger ma cuiller quand le téléphone sonna de nouveau. Boots, peut-être, à la faveur de nouveaux souvenirs ?

– Il paraît que vous continuez à enquêter sur Killdeer ? grinça la voix râpeuse de Reggie Dawson.

Mon sang ne fit qu'un tour.

– Qui êtes-vous ? m'écriai-je. Vous n'êtes pas journaliste. J'ai vérifié. Que me voulez-vous ?

– Si vous tenez à votre fils, vous feriez mieux de skier à Vail, la cuisinière. Votre curiosité vous perdra.

– Laissez ma famille tranquille ! braillai-je.

Mais il avait déjà raccroché. Je tapai fébrilement sur les touches de l'appareil pour capturer son numéro, et croisai les doigts pour que l'opérateur ait bien enregistré l'appel. Puis je signalai ce nouveau coup de fil sur la boîte vocale de Tom, en espérant que ses collègues parviendraient cette fois-ci à le localiser.

À bout de nerfs, je contactai le collège d'Elk Park, qui m'assura qu'Arch Korman et Todd Druckman allaient bien, puisque les caméras de surveillance et les détecteurs de métaux installés cet été tenaient les intrus à distance. Mais l'angoisse que trahissait ma voix convainquit la gardienne d'aller constater de visu où se trouvait mon fils. À son retour, elle m'informa qu'Arch et Todd entraient tout juste en cours d'anglais. Soulagée, je la remerciai vivement.

La cuisine baignait dans une douillette odeur de pain chaud. J'estimais avoir fait mon possible pour démasquer ce « Reggie Dawson ». Arch était sain et sauf, et Tom allait pincer ce maître chanteur. Et le coffrer.

Je me servis un second expresso, y versai un nuage de lait, et décidai de ne pas m'affoler. À 9 h 45, j'envoyai une nouvelle série d'ondes positives aux garçons, et conseillai par voie télépathique à mon fils de ne regarder que les élèves dont il était sûr de ne pas attirer les moqueries. Je l'imaginai debout, déclamant son texte avec éloquence... « *Car tout ce qui chute d'un endroit sera par la marée en un autre déposé. Car n'est point perdu ce qu'il suffit de chercher.* » Une petite minute... *Ce qu'il suffit de chercher*, répétai-je à voix haute, avant que mon esprit s'emballe.

Je songeai d'abord à l'expérience de physique d'Arch. L'essentiel de son eau sucrée était retombé sur le papier cuisson. Mais quelques gouttes avaient atterri plus loin. Le même phénomène s'était reproduit dans la salle d'attente du Centre luthérien, quand le malheureux Diego avait reçu un morceau de sucre dans l'œil. C'est ce genre d'effets que décrit la mécanique quantique.

Par ailleurs, Boots affirmait que Nate était monté dans la zone interdite pour tourner un film. Et Rorry que sa caméra avait disparu avec le téléviseur. Mais seul ce dernier avait été retrouvé.

Car tout ce qui chute d'un endroit sera par la marée en un autre déposé. Dans la coulée de l'avalanche, il se pouvait que certains objets – et l'un d'eux en particulier – aient suivi, à l'instar de la goutte échouée sur le carrelage de la cuisine ou du grain de sucre logé dans l'œil de Diego, une trajectoire improbable.

Je sifflai d'un trait mon reste d'expresso et joignis le standard de la station de Killdeer, qui m'aiguilla par une série de choix numérotés vers la police municipale.

– J'appelle pour un objet perdu, annonçai-je à ma correspondante.

– Un instant, s'il vous plaît. (Je l'entendis pianoter sur son clavier d'ordinateur.) Quand l'avez-vous égaré ?

– Il y a trois ans.

– Trois ans ? (Elle éclata de rire.) Mais nous ne conservons les objets trouvés que soixante jours, madame. Puis ils sont vendus aux enchères ou remis à des œuvres. Désolée.

– Attendez. J'ai une autre question : que fait-on des affaires emportées par une coulée de neige ? Je veux dire : autres que les branches ou les cailloux. Imaginez qu'un skieur meure dans une avalanche. Retrouvera-t-on ses skis ? Au printemps, peut-être ?

– Eh bien, voyons voir... hésita la policière, qui devait me prendre pour une cinglée.

– Mettons, repris-je impatiemment, qu'une avalanche rase une maison. Quand et comment ramassez-vous les débris ?

– Vous savez, les avalanches disséminent les objets dans tous les sens.

– Alors comment faites-vous pour les récupérer ? insistai-je.

Elle soupira.

– Quand le personnel d'entretien ratisse les pistes au printemps, il ramasse tout ce qu'il trouve. Portefeuilles, bijoux, bonnets, gants, etc. Tout cela part aux Objets trouvés, pour soixante jours. Mais à quelle avalanche faites-vous allusion ?

– Vallée des Élans. Il y a trois ans.

– Je vois, fit-elle. C'est une zone interdite en hiver, mais un chemin de randonnée en été. Chaque année, avant l'ouverture du sentier, nous nettoyons la vallée de fond en comble. Autrement dit, l'objet que vous cherchez aura rejoint les Objets trouvés pour deux mois. À moins qu'il ne s'agisse d'un article de grande valeur. Les bijoux, par exemple, sont conservés dans un coffre un peu plus longtemps. Parfois une année entière.

– Et votre fichier remonte combien de temps en arrière ?

– Cinq ans.

– Auriez-vous la gentillesse d'effectuer une petite recherche, s'il vous plaît ? Je tente de retrouver une... (Que m'avait dit Rorry, déjà ?) Une caméra Sony numérique... VX-1000, je crois bien. Oui, c'est ça.

D'après les lois de la mécanique quantique, ce Caméscope avait pu échouer n'importe où. Et émerger n'importe quand.

– Dites-moi seulement si elle a jamais transité par chez vous, repris-je.

– Si vous voulez...

Elle pianota de nouveau.

– Bon, je n'ai rien la première année. Ni la deuxième. En revanche... (quelques secondes s'écoulèrent.) Mmm, intéressant.

– Quoi ?

– En septembre dernier, les bûcherons qui déboisaient la zone d'extension ont trouvé sous un pin une caméra accrochée à sa sacoche.

– C'est bien une Sony VX... ?

Elle me coupa :

– Cet objet vous appartient-il ? Vous avez été prise dans l'avalanche ?

– Peu importe. Ça ne compte plus, après tout ce temps, pas vrai ?

– Oh que si. Des initiales figurent sur la sacoche. Pouvez-vous me les dicter ?

Mon cœur battait la chamade.

– N.B., hasardai-je.

– Exact. C'est vous ?

– Non. Il s'agit de la caméra de Nate Bullock, qui a péri dans cette avalanche.

– Je vois, fit-elle avec une parfaite indifférence. Dans ce cas, vous pouvez vous présenter ici n'importe quel jour de la semaine entre 9 heures et 16 heures, munie d'une pièce officielle prouvant votre lien de parenté avec le défunt.

Et elle raccrocha.

Mince, j'étais coincée... Je tentai de joindre Tom sur son portable, mais les montagnes empêchaient la connexion. De toute façon, à supposer que je mette la main sur le matériel de Nate, fonctionnerait-il après tout ce temps ? Une personne saurait peut-être me le dire : Julian, mon étudiant en cinéma préféré.

– Deux fois dans la matinée ! s'exclama-t-il. Je suis gâté. Tu as réussi ton pain ?

J'allumai la lampe du four et scrutai la mie dorée.

– Il a presque fini de cuire. Et il sent merveilleusement bon.

– Super !

– Je t'appelle pour une question de vidéo, Julian.

– Quel éclectisme ! Boulangerie, cinéma... Mais où t'arrêteras-tu ? Je t'écoute, Goldy.

– Si un Caméscope passe deux hivers dans la neige, penses-tu que la cassette qu'il contient soit encore lisible ?

Il réfléchit un instant.

– Il n'était pas du tout protégé ?

– On l'a trouvé sous un arbre.

– Un instant, je demande à mon cothurne. (Il me mit en attente quelques minutes, puis reprit l'appareil.) La cassette devrait être exploitable, sauf si la caméra a perdu trop d'étanchéité. Le froid en soi n'est pas nocif. Certains habitants du Colorado rangent même leurs cassettes au garage pour les préserver. Mais pourquoi cette question ? Ton prochain tournage a lieu dans la neige ?

– Je t'expliquerai au réveillon.

– Comme tu voudras, répondit-il en riant.

Je raccrochai, considérai quelques instants le problème et composai cette fois-ci le numéro de Rorry. Elle décrocha, fit tomber le récepteur, le ramassa et marmonna d'une voix éteinte :

– Qui que vous soyez, j'espère que vous avez une bonne raison de me réveiller. Autrement, je me tire une balle pour avoir oublié de couper la sonnerie.

Je me confondis en excuses. J'aurais dû me souvenir qu'elle travaillait tantôt de nuit, tantôt de jour.

– C'est pas grave, Goldy. Ça me fait plaisir de t'entendre. Je n'ai pas résisté à l'envie de goûter tes lasagnes. Fa-buleuses ! Le bébé aussi a adoré : il s'est mis à gigoter comme jamais. J'ai presque cru que j'allais perdre les eaux.

J'éclatai de rire, puis repris mon sérieux pour demander :

– Je peux passer chez toi cet après-midi, Rorry ? J'ai peut-être des réponses aux questions qui te hantent depuis la mort de Nate. Seulement, il faudrait que tu réclames son Caméscope aux Objets trouvés de la station.

– Comment ? On a retrouvé sa caméra ? Au bout de trois ans ?

– Oui, des bûcherons l'ont découverte au pied d'un arbre à l'automne. Depuis, elle est en lieu sûr dans un coffre.

– Mais je... Je ne peux pas.

– Je t'en prie, Rorry. Écoute, je te demande juste de la retirer, rien de plus. Il me la faut pour voir s'il reste des images du film qu'il tournait.

Devant son silence, j'insistai :

– Cette zone a connu quatre décès dus à des accidents mystérieux : Nate, Fiona Wakefield, Doug Portman, et, la nuit dernière, un dénommé Barton Reed.

– Le surfeur ? Ce type qui a fait de la taule ?

– Il est mort d'un infarctus, après une redoutable collision qu'il a lui-même provoquée.

– Qu'espères-tu apprendre de cette cassette ?

– On verra bien. Mais chaque fois que j'essaie de dénouer cet imbroglio, j'en reviens au jour de l'avalanche, et...

– Tu as trouvé l'identité de sa maîtresse ?

– Non. Et j'ignore s'il en avait une. Mais j'ai appris qu'il était parti tourner une vidéo sportive.

– Qu'est-ce que tu me chantes ?

– Je n'ai pas tous les détails, mais...

– Je doute de vouloir visionner ce film, Goldy. Pas si près de mon accouchement. Je ne veux pas voir Nate mourir deux fois. C'est au-dessus de mes forces.

– Je t'en supplie, Rorry. C'est extrêmement important. Fais-le pour moi. Parce que j'avais le malheur de connaître Doug Portman, et que j'avais rendez-vous avec lui le jour de la collecte, je fais l'objet de toutes sortes de spéculations. Je risque de ne jamais rouvrir ma cuisine si je ne découvre pas ce qui s'est passé – et se passe toujours – à Killdeer. Une faillite n'est pas comparable à la perte d'un mari, mais ça n'en demeure pas moins douloureux. Et moi aussi, j'ai un enfant à élever.

Elle protesta d'un grognement.

– Allez, viens avec moi réclamer la caméra. Je ne te demanderai rien de plus. Tu n'auras pas à visionner la cassette.

Elle resta muette. Mes espoirs s'envolèrent. Elle allait refuser.

– C'est d'accord, dit-elle pourtant. Quand comptes-tu passer ?

Je me proposai d'arriver sur le coup de 13 heures, puis nous nous rendrions aux Objets trouvés, situés au QG des patrouilleurs. Me souvenant de l'état de sa voiture, je promis aussi de la conduire au travail, quel que soit son horaire.

– Tu enregistres ton émission à 16 heures ? demanda-t-elle.

– Ouais, le tournage est avancé à cause du réveillon. Mais je ne suis pas attendue avant 15 h 30.

– Et pourquoi ne dormirais-tu pas ici ? Cela t'évitera de regagner Aspen Meadow en pleine nuit. Je bosse de 16 heures à minuit, mais il est prévu qu'une collègue me raccompagne. Alors on va chercher la cassette, tu la visionnes chez moi, puis tu me conduis au boulot, tu pars tourner ton show, et tu reviens ici. Tu auras la maison à toi jusqu'à mon retour.

Un temps d'arrêt, et elle ajouta :

– À moins que ma roulotte te répugne...

Je déglutis, préoccupée par « Reggie Dawson ». Il m'était égal de dormir dans son mobile-home, mais je craignais pour mon fils – sans parler des préparatifs du réveillon. En même temps, Rorry avait à l'évidence besoin de compagnie, a fortiori en cette période de fêtes. Alors si Tom acceptait de veiller sur Arch jusqu'au lendemain matin, j'accepterais l'invitation. En repartant avant l'aube j'aurais le temps de décongeler la dinde et de retrouver dans les placards les bottes en feutrine que nous suspendions à la cheminée.

– Avec plaisir, répondis-je donc. Et merci encore. À tout à l'heure, 13 heures.

Je dictai ensuite sur le répondeur d'Arthur l'exact intitulé du menu et la liste des ingrédients dont j'avais besoin. « Recettes très faciles, promis-je. À tout à l'heure, 15 h 30. »

La journée s'annonçait remplie. En tout état de cause, je n'aurais pas le temps de déjeuner. Alors je confectionnai deux sandwiches beurre de cacahuètes-confiture de cerises, l'un pour Rorry, l'autre pour moi. Si le bébé adorait les lasagnes, il vénérerait les sandwiches au BC. Tout en les enveloppant de papier d'alu, je tentai à nouveau de joindre Tom. Serait-il arrivé au commissariat ? Serait-il en réunion ? Par miracle, il répondit.

– Miss G. ? J'allais justement t'appeler. Rien de grave, rassure-toi. Tout d'abord, j'ai déposé les enfants et ils vont bien. J'ai passé un coup de fil à la clinique, et Eileen se remet peu à peu. Elle est en chambre individuelle, et elle se repose gentiment, comme dit l'infirmière. Jack a fini par rentrer chez lui. Enfin, concernant ces coups de fil anonymes, ils ont été passés depuis une cabine de Killdeer. Désolé.

Je lui confiai mon intention de rester chez Rorry après l'émission. Vu ce que prévoyait la météo, il jugea l'idée judicieuse. Et, oui, il ramènerait Arch du collège et resterait collé à lui comme un bout de sparadrap jusqu'à mon retour.

Puis je lui racontai ma découverte – potentielle – aux Objets trouvés, et compris à sa façon de tapoter sur le combiné qu'il n'approuvait guère ma démarche.

– Quel est le problème, Tom ? Je te rapporterai la caméra et ce qu'elle contient sur-le-champ.

– Je réfléchis pour savoir si ce film peut constituer un élément de preuve. Si c'est le cas, tu ne devrais pas y toucher.

– S'il prouve quoi que ce soit, sois sûr que tu l'auras demain à la première heure. Mais c'est à moi qu'on adresse des articles, c'est moi qu'on menace au téléphone. Personne n'a plus intérêt que moi à résoudre cette enquête !

– Et protéger sa femme, ça ne compte pas ?

– Écoute, Tom. Je veux seulement vérifier un truc, si toutefois truc il y a. Et je serai de retour au lever du soleil.

L'inquiétude lui serra la gorge :

– Il y aura toujours une personne de confiance à tes côtés, au moins ?

– Je serai avec Rorry, puis sur le plateau de PBS. Ensuite, je retourne seule chez Rorry. Et je rentre à l'aube.

– Après l'émission, fais-toi escorter jusqu'à la Rover. Et pas par l'œnologue ; il a peut-être découvert que tu avais visité sa cave. Appelle-moi dès que tu retrouves le mobile-home. Et verrouille toutes les portes.

– Il s'agit d'une roulotte, Tom. Il n'y a qu'une seule porte. Et Killdeer est une station de ski, non les bas-fonds d'une grande ville.

– N'empêche que ces dernières semaines, Killdeer affiche un taux d'accidents et de décès suspects qui n'a rien à envier aux pires ghettos de Denver.

– En voilà, une statistique rassurante...

20

Les paquets de neige qui s'abattaient sur le pare-brise m'obligèrent à gagner la nationale au pas. Avec son centre de gravité surélevé, chaque bourrasque imprimait à la Rover un mouvement de roulis. Dans la montée vers le tunnel Eisenhower, un semi-remorque hurlant surgit brusquement devant moi. J'écrasai la pédale de frein, dérapai sur le bas-côté, et calai.

Je redémarrai, tout en songeant que la tempête promettait un trajet en télécabine épique. Toutefois, quand je ressortis à l'ouest du tunnel, le vent avait molli, et sur Killdeer la neige tombait abondante mais calme.

Rorry me guettait depuis la fenêtre en saillie du mobile-home. Elle descendit lentement ses trois marches et se traîna jusqu'à la voiture, vêtue d'une combinaison pour femme enceinte rose à col fourré blanc. Un vrai lapin de Pâques.

– J'ai hâte que ce soit terminé, maugréa-t-elle en se calant dans son siège avant de claquer la portière.

– La grossesse, ou la visite aux Objets trouvés ?

– Les deux !

– Boucle ta ceinture. J'ai préparé des sandwiches et de l'eau.

Nous nous restaurâmes tout en roulant doucement vers la base de la station. Vu le mauvais temps, je cassai ma tirelire pour une place de parking proche des pistes. Je devais bien ça à Rorry, qui longea les vitrines en se tenant les reins, la langue tirée, et dut s'arrêter chez Cinda pour emprunter les toilettes.

Les chutes de neige avaient rabattu nombre de skieurs vers les cafés du centre-ville, et le Pause Cannelle était rempli de buveurs de bière captivés par une vidéo de ski extrême de Warren Miller. Sachant la nature du dernier film de Nate, j'évitai de regarder. Cinda, dont les cheveux rappelaient par endroits l'habit de Rorry, voulut nous offrir des cafés viennois avec une goutte de rhum...

– Ou sans, précisa-t-elle en remarquant le ventre rond de Rorry.

Mais celle-ci n'était pas tentée. Je promis à Cinda de revenir en fin d'après-midi, sitôt bouclé mon enregistrement, pour fêter mes vacances avec un café-Bacardi – et sans lésiner sur le Bacardi. Elle rit et me souhaita bonne chance.

Nous glissâmes nos passes dans le lecteur et embarquâmes sur le téléphérique. Pendant la montée le vent se leva, qui brossa les pentes dans le sens de la largeur, soulevant de longues traînées de neige. Notre cabine se mit à osciller. Entre deux rafales, nous apercevions de-ci de-là quelques skieurs ou surfeurs luttant pour redescendre. Entre les pistes, les rangées de pins ployaient harmonieusement.

Rorry se tortillait sur son siège, les traits tirés et les yeux cernés. Je ne me souvenais que trop bien de ce dernier mois de grossesse, où les douleurs occasionnelles se transforment en malaise permanent, que l'on soit debout, assise ou même couchée.

Arrivée à bon port, la cabine s'arrêta net ; les portes coulissantes s'ouvrirent en claquant et Rorry s'extirpa avec force grognements. Honteuse de la faire marcher jusqu'au chalet, j'eus l'idée de lui emprunter sa carte d'identité. Mais avant que je puisse le lui proposer, elle avait déjà cinq mètres d'avance sur moi. Je dus trotter dans la poudreuse pour la rattraper.

Il y avait une longue file d'attente devant l'entrée de la loge. Rorry me dévisagea, alarmée. Je lui montrai le Bistro. Traverser le restaurant n'était pas le chemin le plus court jusqu'aux Objets trouvés, mais ce serait moins éreintant que de fendre la foule massée devant la porte principale.

Les odeurs de la salle à manger me firent saliver : bœuf rôti, estragon, romarin... Plusieurs clients savouraient un bol fumant de crevettes grillées dans un velouté d'asperge. Je me sentis misérable, avec mon vulgaire beurre de cacahuète.

Je reconnus d'abord Jack Gilkey. Sa toque de chef légèrement oblique, son beau visage luisant de sueur, il alignait des bols de soupe sur le rebord du passe-plats. Une demi-douzaine de serveurs venaient aboyer leurs commandes avant de repartir chargés d'entrées. Dès qu'il m'aperçut, il me fit un grand sourire et leva son pouce – référence au rétablissement d'Eileen ou aux préparatifs de l'émission ? – avant de reprendre son labeur.

– Vous êtes amis ? me chuchota Rorry à l'oreille.

– Il vit avec une vieille copine à moi, Eileen Druckman. C'est elle qui possède le Bistro.

– Quel sale type... cracha-t-elle.

Nous poussâmes les portes battantes et descendîmes.

– Pourquoi dis-tu ça ? demandai-je.

– Jack Gilkey est comme ces profs qui font les yeux doux aux parents mais traitent les gosses comme des chiens. Avec ses supérieurs, ou avec ceux qui peuvent lui rapporter quelque chose, il sera gentil comme un cœur. Mais ceux qui travaillent pour lui, il les traite comme des moins que rien. J'ai deux collègues qui refusent de venir charger les conteneurs depuis que Jack les a insultés un jour qu'il avait oublié de commander du bœuf haché. Il a même tenté de les faire renvoyer. De même, il sait quel type d'imprimés il doit nous faxer à l'entrepôt, mais quand il se plante, c'est toujours notre faute !

Ce fut Joe Magill, l'agent bourru qui avait commencé à me cuisiner après l'accident de Doug, qui nous accueillit au guichet. Rorry chercha sa carte d'identité dans les poches de sa combinaison pendant qu'il s'enquérait de la raison de notre visite. J'expliquai que j'avais appelé au sujet d'une caméra et de sa sacoche, frappée des initiales N.B. Magill tapa sur son clavier, plissa les yeux devant l'écran, pianota de plus belle. Il allait ouvrir la bouche quand Jack Gilkey passa la tête par la porte. Il tenait un plateau contenant un filet mignon grillé, des pommes duchesse coiffées d'une noix de beurre, des pois nouveaux, et une salade mêlant tomates cerises et épis de maïs nains. Mais il voulait ma mort !

– Voici ton déjeuner, dit-il à Magill.

– T'es un as, Gilkey ! répondit ce dernier en réceptionnant le plateau.

Il nous toisa d'un regard semblant signifier : *Si vous vouliez bien me laisser, je pourrais manger en paix.*

Jack se tourna vers moi.

– Tu sais qu'Eileen va mieux ? (Je hochai la tête.) Je retourne la voir ce soir. Tu voudras venir ?

– Impossible, désolée. D'abord il y a le tournage, puis...

– À ce propos, coupa-t-il, j'ai une pâte à pain en train de lever, et l'autre est au four. Tu trouveras les céréales dans un bol en plastique vert dans la chambre froide. (Il grimaça en ajoutant :) Arthur Wakefield m'a remis le menu. Il est en train de déjeuner avec une de ses clientes.

Je le remerciai et il s'éclipsa, sans un regard pour Rorry. Celle-ci leva les sourcils, l'air de dire : *Tu vois, je n'invente rien.*

– Eh bien, mesdames, lança Magill d'un air agacé, je ne vois aucune caméra sur notre liste.

– C'est impossible ! m'écriai-je. J'ai eu votre collègue ce matin même au téléphone. Elle m'a affirmé que la sacoche se trouvait ici !

– Ici, fit Magill d'un air finaud, ou dans notre coffre au pied de la station ?

– C'est la meilleure... soupira Rorry en détournant la tête.

J'étais furieuse. Pourquoi l'imbécile de ce matin ne m'avait-elle rien dit ? Vive l'administration !

L'entrée principale de la loge étant toujours bondée, il nous fallut rebrousser chemin pour sortir. Par malchance, en débouchant sur la salle à manger, je percutai de plein fouet Arthur Wakefield.

Il tomba de tout son long, mais parvint à protéger sa gourde chromée. Dans un réflexe paranoïaque, je le soupçonnai de nous avoir surveillées à travers le hublot des portes battantes, et de ne pas s'être reculé à temps. Il se releva dignement, et nous pria de prendre place à sa table quelques instants. Second coup dur : il déjeunait avec Boots Faraday. Elle me sourit puis fit un petit signe de tête à Rorry, laquelle se raidit sur-le-champ.

– Alors, quel bon vent vous amène ? fit Arthur, visiblement imperméable aux manifestations d'hostilité féminine. On se met en condition pour la dernière émission ? On casse la graine ?

Il déboucha sa gourde et remplit deux verres de vin blanc. Je lorgnai les deux assiettes de petits légumes nappés d'une sauce onctueuse, sûrement de la béarnaise. Arthur se pencha sur mon épaule, renifla, et railla d'un ton accusateur :

– Tu sens le beurre de cacahuète ! Mais ça ne va pas du tout ! Tenez, mesdames, que diriez-vous plutôt d'un chablis grand cru ?

– Je m'exhibe avec mon ventre de neuf mois, et les gens ne m'offrent que de l'alcool ! pesta Rorry.

Boots fit une moue qui semblait dire : *Vous voyez comme cette femme est difficile ?* Puis elle glissa à mon intention :

– Vous avez reçu mon message, Goldy ?

– Votre message ? Mais je vous ai eue il y a quelques heures au...

Elle me fusilla du regard. Ah, d'accord. Elle me demandait en fait si j'avais transmis à Rorry ses révélations au sujet de Nate.

– Ne vous fatiguez pas, intervint Rorry, écarlate. Inutile d'envoyer à Goldy vos petits signaux codés, comme lorsque vous appeliez Nate aux aurores. Si vous croyez que je ne savais pas les déchiffrer... Une sonnerie : rappelle-moi. Deux : déjeunons ensemble. Nate me l'a avoué, vous savez. (Boots resta figée sur sa chaise.) Il jurait que c'était parfaitement innocent, que vous cherchiez seulement à ménager ma jalousie. Mais dans ce cas, pourquoi appeliez-vous toujours d'une cabine téléphonique, comme la compagnie de téléphone me l'a indiqué ? Pourquoi ne pas appeler de chez vous ? Vous craigniez que je possède l'identificateur d'appel, c'est ça ?

Elle regarda Arthur, qui prit par précaution la gourde dans ses bras.

– Êtes-vous marié, monsieur Wakefield ? Car, sachez-le, seuls les types mariés intéressent notre amie.

– Je vous en prie, Rorry ! Boots est ma cliente !

Cette dernière pinça les lèvres. Arthur reposa le vin et fronça les sourcils, avant de réitérer sa question :

– Que faites-vous ici, toutes les deux ?

Dieu merci, Rorry se souvint du caractère confidentiel de notre mission. Je répondis que j'étais venue m'assurer que Jack et son personnel seraient prêts pour le tournage. Arthur opina, et mon amie déclara qu'il était temps de partir. Pendant que la télécabine nous ramenait à la station, je dus subir les litanies de Rorry au sujet de Boots Faraday, cette diablesse qui s'était juré de briser leur mariage.

– Boots est bien conservée pour son âge, concéda-t-elle alors que nous atteignions la base. J'ai même cru que Nate lui faisait tourner un porno, pour qu'elle puisse insérer des images dans ses collages débiles.

– Allez, avec un peu de chance, nous serons bientôt fixées, tempérai-je sur le chemin du QG des patrouilleurs.

Arrivée au guichet des Objets trouvés, Rorry eut soudain besoin de s'asseoir.

– Ça va aller ?

– Oui, oui, fit-elle en se laissant choir dans un fauteuil rembourré. C'est à cause de cette garce : elle perturbe ma digestion.

– Quel objet cherchez-vous ? demanda le patrouilleur au comptoir.

C'était Hoskins, l'agent qui m'était venu en aide lors de la découverte du cadavre de Portman ! *Ces gens-là doivent travailler six jours sur sept*, pensai-je. Il voulut savoir si j'allais bien, et la petite famille. Je répondis par l'affirmative, avant d'expliquer que mon amie et moi cherchions désespérément...

– Une sacoche de Caméscope, compléta Rorry en plaquant sa carte d'identité sur le comptoir. Initiales N.B. On sait qu'elle est au coffre. On a appelé.

Hoskins interrogea son ordinateur, s'absenta, puis réapparut avec une mallette en toile grise terreuse et râpée. Rorry gémit, et fondit en larmes. Mince, avais-je commis une bourde ? Elle tendit les mains et je lui remis la sacoche. Elle la pressa contre son ventre, se rassit, et se balança d'avant en arrière comme au comble du chagrin.

– Rorry... murmurai-je en m'accroupissant devant elle. Je suis navrée. Dis-moi ce que je peux faire...

– J'appelle un toubib ? suggéra Hoskins. Elle n'a pas l'air bien.

– Ne vous inquiétez pas, elle ne va pas accoucher dans l'heure. Pourriez-vous nous apporter un verre d'eau ?

– Prends la caméra, gémit-elle quand le patrouilleur eut tourné le dos. Regarde si elle contient une cassette, arrange-toi pour la visionner, et allons-nous-en. J'ai eu mon compte pour aujourd'hui. Tu veux bien ?

Quand Hoskins revint avec le verre, je lui demandai s'il avait un magnétoscope à disposition. Il secoua la tête, avant de souffler :

– Vous êtes sûre que votre amie n'a pas besoin d'aide ?

– Oui, je crois. Cette caméra appartenait à son mari décédé, et... C'est une longue histoire.

– Vous cherchez un magnéto ?

– Exactement.

Il pointa le menton vers la grande fenêtre.

– Cinda en possède un ou deux. Essayez donc chez elle.

Pourquoi n'y avais-je pas pensé plus tôt ? Je remerciai Hoskins puis retournai auprès de Rorry. J'ouvris la sacoche pour examiner la caméra rouillée. L'inscription « Sony » était toujours lisible. Je remontai la glissière, tapotai l'épaule de Rorry et promis de faire vite.

La neige semblait faiblir quand je remontai le trottoir jusqu'au Pause Cannelle. Mais l'établissement n'avait pas désempli pour autant, et la compétition de free-style diffusée sur l'écran géant soulevait un festival de « Oh ! » et de « Ah ! ». Je dus crier ma requête à Cinda, qui concoctait un café crème : avait-elle un deuxième magnéto dans son arrière-boutique ? Afin que je visionne un film...

– Bien sûr, répondit-elle, un peu surprise, avant d'émettre quelques instructions à l'oreille de Ryan.

Celui-ci me montra une porte, que je gagnai en traversant péniblement la foule compacte.

– Un problème de cassette ? demanda-t-il.

– Ouais. L'une de mes copines est enceinte jusqu'aux yeux. J'ai conservé ces cours d'accouchement sans douleur, mais je voudrais vérifier si la bande est en état, improvisai-je.

Ryan haussa les épaules, comme s'il n'avait jamais entendu plus risible mensonge. Il alluma le lecteur pendant que j'essayais d'ouvrir le Caméscope, d'abord avec les ongles, ensuite avec des ciseaux trouvés sur le bureau de Cinda. Le magasin finit par céder. Ryan prit la cassette et m'expliqua le fonctionnement de l'appareil.

Il rembobina la bande puis enfonça la touche lecture.

Une ou deux secondes de parasites, puis le film de Nate Bullock débuta par un gros plan sur le panneau en bois indiquant la Crête et la Vallée des Élans. J'arrachai la télécommande des mains de Ryan et appuyai sur « stop ».

Il écarquilla les yeux.

– Des cours d'accouchement sans douleur dans une station de sports d'hiver ? s'étonna-t-il. C'est un bonhomme de neige, votre copine ?

J'ouvris la porte du bureau pour le congédier.

– Ce sont des trucs de femmes, Ryan. Je doute que ça vous intéresse.

Il marmonna quelque chose du style : « Je ne vous le fais pas dire » et s'éclipsa.

Je pris une longue inspiration et relançai la bande. La voix brouillée mais familière de Nate me fit tressaillir. Ses propos étaient incompréhensibles, mais le ton était celui d'un préambule. Le deuxième plan montrait le sentier en tant que tel, avant d'obliquer vers un deuxième individu, que je ne sus reconnaître. Mais Rorry avait raison sur un point : il s'agissait d'une femme. Elle portait un snowboard sous le bras. Puis Nate zooma sur elle, et je bondis.

Une combinaison bleu marine des plus sobres, les cheveux courts et bruns, sans une once de rose. Aucun bijou. Une carrure d'athlète, un petit nez de lutin couvert de taches de rousseur, un grand sourire de guingois...

Cinda Caldwell.

Les dernières paroles de Barton Reed résonnèrent dans mon crâne : « Elle se disait blessée, mais c'était des conneries. Elle avait la frousse, c'est tout. Elle rêvait d'être une star. Ça ne s'est jamais produit. »

En effet, ça ne s'était jamais produit. La séquence suivante était prise depuis la vallée. Cinda se trouvait en surplomb, à l'extrémité droite de la Crête. Elle s'élança sur la pente à pic, enchaînant les virages avec une fluidité déconcertante.

Les gargouillis de Nate reprirent, puis on changea de plan. Cette fois Cinda partait de plus haut, près du sommet qu'Arthur avait montré la veille à Marla et à moi, au bord de la fameuse pente à trente-trois degrés. L'image se resserra sur elle, épanouie mais concentrée. Puis soudain, elle releva la tête et ouvrit de grands yeux. Une expression d'effroi lui rida le visage, et elle fit de grands gestes à Nate.

– Là-bas ! Là-bas, pouvait-on lire sur ses lèvres.

Il baissa la caméra, et se mit à crier. Puis l'objectif balaya le paysage d'une manière vertigineuse, pour se fixer sur une image que je reconnus : les trouées de ciel bleu au-dessus du sentier menant à Bighorn Overlook. Au loin retentissaient les cris de Cinda. Ils semblaient noyés.

Un faible bruit me fit sursauter. La porte du bureau s'était rouverte. Ses cheveux roses éclairés à contre-jour par les spots de la salle, Cinda se tenait dans l'embrasure. Elle fixa les initiales de la sacoche posée sur mes genoux, puis leva les yeux pour capturer les miens.

– Qu'est-ce que tu espères avec ce truc ? demanda-t-elle. Me faire buter, moi aussi ?

21

– Non, m'empressai-je de répondre. Au contraire, je veux confondre un meurtrier. Alors c'est à cause de ce film que tu as renoncé au surf ? Parce que tu avais peur ?

– Oui, et c'est toujours le cas. Sans compter mes remords vis-à-vis de Nate.

– Tu sais qui a poussé Fiona Wakefield dans le vide, n'est-ce pas ?

– J'ai seulement vu deux personnes qui se battaient sur Bighorn Overlook. La cassette montre la scène ?

– Je n'en suis pas arrivée là.

Cinda referma la porte, atténuant le bourdonnement de la salle.

– Tu vas faire quoi, maintenant ? demanda-t-elle.

Je haussai les épaules et consultai ma montre. Aussi insoutenable que fût le suspense, la prudence m'interdisait de poursuivre le visionnage ici. Je devais faire parler Cinda, puis partir. Vite.

– Dans l'immédiat, rien, répondis-je évasivement.

– Je t'en supplie, Goldy. Ne donne pas la cassette aux flics, ou je suis grillée. Je ne t'ai pas mise sur la piste pour que tu m'enfonces...

Elle s'interrompit, mais trop tard.

– De quoi tu parles ? m'écriai-je. Alors c'est toi qui m'as laissé tous ces articles et ces bouquins ?

Elle confirma de la tête.

– Et tu es allée jusqu'à voler ma carte de bibliothèque !

– Non. Elle est tombée de ton portefeuille il y a quelques semaines. J'allais te la rendre, je te le jure, puis tu t'es intéressée à la mort de Portman, et je me suis dit : « Eh bien, puisqu'on la dit si forte pour élucider les meurtres, autant l'aider à résoudre celui-ci... »

– C'est toi qui t'es fait passer pour un journaliste du nom de Reggie Dawson ?

– Jamais de la vie. Écoute, je comprends ta colère, mais pense seulement à ce que j'ai enduré depuis l'avalanche. Ce jour-là ma vie a basculé, pour le pire. Chaque jour que Dieu fait, les mêmes questions me hantent. Qui a tué Fiona Wakefield ? L'assassin m'a-t-il aperçue sur la crête ? Nate a-t-il confié à quiconque que c'était moi qu'il allait filmer ? Quelqu'un sait-il que c'est moi qui ai déclenché l'avalanche ?

– Et tes conclusions ? demandai-je, songeant que la cassette était restée dans le magnétoscope, et que soudain Cinda Caldwell ne m'inspirait plus du tout confiance.

– J'ai suivi de près le procès de Jack Gilkey. Je doute qu'il sache que je me trouvais sur la crête ce jour-là. Mais ce que savait Gilkey – ou quiconque a tué Fiona –, c'est qu'il y avait bien quelqu'un là-haut. Cela figurait dans les journaux. En prison, Gilkey a sympathisé avec mon vieux pote Barton Reed. Et il l'a bombardé de questions au sujet des surfeurs de Killdeer fanas de hors-piste. Tu me diras : c'était peut-être uniquement pour meubler la conversation. Barton m'a parlé de son nouveau copain dans l'une de ses lettres, en précisant qu'ils allaient bientôt sortir, et qu'on pourrait surfer tous les trois ensemble. J'ai répondu que je n'étais pas remontée sur une planche depuis mon accident aux genoux de l'année précédente.

– Mais pourquoi ne pas m'avoir raconté tout ça la semaine dernière, quand tu m'as fait part des menaces de Barton ?

– Ben voyons ! fit-elle avec une soudaine fureur dans le regard. Pour que les flics me demandent : « D'où tenez-vous toutes ces infos sur la mort de Fiona Wakefield, mam'zelle Caldwell ? » et que je leur réponde : « Eh bien, monsieur l'agent, je crois avoir vu quelque chose juste avant de déclencher une avalanche dans un secteur interdit, vous savez, celle qui a tué la star de PBS ! » ? Tu crois franchement que ce type d'aveu m'aurait évité la taule ?

Depuis combien de temps Rorry m'attendait-elle ? me demandai-je brusquement. Et comment pourrais-je être au Bistro dans moins d'une heure ?

– Écoute, Cinda. Il faut que j'y aille.

– Je n'avais pas le choix ! poursuivit-elle, enflammée. Je devais te rapporter ce qu'avait dit Barton. Tu me crois dépourvue de tout sens moral ? Barton avait un cancer, il perdait la boule, et il voulait se venger sur un flic. Je refusais d'avoir une deuxième mort sur la conscience ! Regardons le film, et on verra bien ce qu'il nous apprend.

– Non, répliquai-je avant d'éjecter la cassette, de la ranger dans la caméra de Nate et de refermer la sacoche. J'ai à faire. Et pendant ce temps, Cinda, je te conseille vraiment d'aller voir la police. Tu dois nous aider à démasquer l'assassin de Fiona.

– Si c'est Jack, il ne peut être jugé deux fois pour le même crime, opposa-t-elle.

– Je sais, mais écoute. Eileen Druckman est l'une de mes meilleures amies. S'il s'avère que Jack a tué sa femme de sang-froid, il faut qu'Eileen le sache. Qu'elle le plaque avant qu'il ne soit trop tard ! Si c'est Barton qui a fait le coup, alors l'affaire sera classée. Et si c'est Boots Faraday, elle peut d'ores et déjà se préparer à enseigner le dessin aux détenus.

– Je refuse ! Je refuse de finir mes jours en prison.

Elle tendit la main.

– Donne-moi cette cassette, Goldy.

– Pas question.

À cet instant la porte s'ouvrit à nouveau, nous laissant toutes deux pétrifiées. Le gros ventre de Rorry apparut le premier. Elle nous considéra d'un air hagard. La tête de Ryan émergea par-dessus son épaule.

– Eh, patronne ! J'ai quatre personnes qui réclament leur cappuccino vanille, mais pas moyen de trouver un flacon de concentré neuf !

– C'est l'heure d'y aller, lançai-je.

Agrippant la sacoche, je fis l'un de ces paris qui épouvantent mon mari lorsque je les lui raconte après coup. En l'occurrence : Cinda ne prendrait pas le risque de se trahir devant Ryan. Ni de m'arracher la sacoche des mains devant Rorry.

– Je prends bientôt mon service, me rappela cette dernière. Et tu enregistres ton émission.

– C'est vrai, ton émission ! répéta Cinda d'un ton plein de sous-entendus.

– Allez, on file, décrétai-je en me faufilant vers la sortie. Merci encore pour le magnétoscope.

– Alors ? chuchota Ryan d'un air de conspirateur. Vous avez vu ce que vous vouliez ?

Je sentais la présence de Cinda dans mon dos, tout ouïe à ce que nous disions.

– Pas encore, répondis-je à haute voix. Je crains que la cassette ne soit trop abîmée.

Le soleil jouait à cache-cache avec les nuages quand Rorry et moi regagnâmes la voiture. Les questions fusaient :

– Tu as vu qui était le snowboarder ?

– Non.

– Alors Nate tournait vraiment une vidéo sportive ?

– Oui.

– Et qu'est-ce qui a provoqué l'avalanche ?

– Ce n'est pas très clair, répondis-je avec circonspection. Peut-être le bruit des engins de construction...

Elle se tut un instant, puis lâcha d'une voix étranglée :

– Tu l'as vu mourir ?

– Non, Rorry.

En la déposant au travail, je m'enquis à nouveau de sa forme. Notre quête avait été fructueuse, mais éprouvante. Tout en me rassurant, elle me remit une clef du mobile-home et confirma qu'une collègue la raccompagnerait vers minuit. Puis elle disparut derrière les grandes portes de l'entrepôt. Je peinais à dire si mes réponses l'avaient convaincue. Probablement pas, puisque la moitié d'entre elles étaient mensongères.

Quittant la zone d'activité, je réfléchis au meilleur moyen

de rejoindre le Bistro pour l'enregistrement. La neige qui s'était abattue depuis le matin m'interdirait d'y accéder par la route. Restait donc la télécabine. Sauf que Cinda avait une vue directe sur le chemin du téléphérique...

Je choisis donc de me garer sur la parking de la Crête. Je couperais à travers bois et me rendrais directement au Grand Plan. Je portais des jambières imperméables et de bons après-skis qui me permettraient de faire vite. Mais Cinda était plus jeune et beaucoup plus forte que moi, genoux foutus ou pas. Et je n'avais aucune envie de me mesurer à elle.

Je jetai un coup d'œil à la sacoche sur le siège passager. Que faire de la cassette ? La garder sur moi ou la cacher dans le 4 × 4 ? En l'espace d'une semaine, presque tout Killdeer avait eu sa maison ou sa voiture visitée. Je décidai donc d'emporter la cassette, que je glissai dans un petit sachet opaque au fond de mon sac à dos. Le parking n'était qu'aux trois quarts occupé, et se désemplissait à vue d'œil. Les vacanciers avaient skié tout leur soûl, et préféraient éviter les embouteillages de saison à l'approche de Denver.

Le sentier que Nate avait filmé en ouverture de son documentaire était désormais fermé l'hiver, et barré d'une infranchissable palissade en bois. Mais tout n'était pas perdu...

En effet, une pancarte orange vif indiquant « CHANTIER INTERDIT AU PUBLIC » marquait le début de ce qui devait être, sous son manteau de neige damée, une route de terre. Mènerait-elle aux télécabines ? Étais-je prête à y tenter ma chance ?

Plantés à ras des immenses remparts de neige bordant l'entrée, deux poteaux métalliques tendaient un grillage de chaînes censé tenir à l'écart les skieurs ou snowboarders en quête d'un raccourci. Mais je vis tout de suite que le concepteur de cette installation n'était pas né sous nos latitudes : l'enneigement de la région faisait qu'aucun piquet, tube ou pylône planté directement dans la terre – et non coulé dans un bloc de ciment – ne survivait au cycle gel-dégel. Dans le cas présent, l'un des poteaux commençait à pencher vers l'intérieur, ouvrant une brèche dans laquelle une personne déterminée devait pouvoir se glisser.

J'empoignai mon sac, verrouillai la Rover et, m'étant

assurée que personne ne me voyait, franchis le barrage pour m'engager sur la route. Mais au bout d'une vingtaine de mètres, mauvaise surprise : elle fourchait en deux chemins divergents. Lequel prendre ? Je n'avais plus le temps de me tromper...

Celui de gauche menait-il au téléphérique ? Rien n'était moins sûr. Quant à celui de droite, il montait au sentier desservant la Crête et la Vallée des Élans, qui avait été considérablement élargi pour permettre à deux véhicules de se croiser. Je n'osai imaginer la réaction des randonneurs quand reviendrait l'été... Mais d'ici là, les nouvelles remontées seraient déjà sur pied – voilà donc pourquoi la Killdeer Corporation mettait les bouchées doubles.

Bref, la situation était critique : il était 14 h 50, et je disposais de trois quarts d'heure pour rallier le Bistro des Cimes. Autrement dit, je devais impérativement repasser par le centre-ville. La poisse !

Je regagnai le parking en hâte, puis descendis l'artère menant au cœur de la station. Les boutiques aux airs victoriens étaient prises d'assaut pour les cadeaux de dernière minute. Camouflée dans la foule, je me tins à distance des fenêtres du Pause Cannelle, et parvins enfin à monter dans une cabine, en compagnie d'un type fort chagriné par la météo des derniers jours, et de trois adolescentes fredonnant des chants de Noël. Si le vent continuait de sévir par rafales, la neige avait sensiblement faibli. Les nuages sombres poursuivaient leur retraite vers l'ouest. Avec un peu de chance, demain serait un jour sec, et le trafic serait fluide en direction d'Aspen Meadow.

Débarquée du téléphérique, je considérai le Bistro avec ses deux cheminées fumantes, pendant que les skieurs s'éparpillaient pour attaquer leur dernière descente. Introduire la cassette dans le restaurant serait une grossière erreur. Il suffirait que « Reggie Dawson », Cinda, ou je ne sais quelle crapule m'agresse ou me fasse les poches pour que ces preuves disparaissent à jamais. Aussi décidai-je de passer par l'entrée de service, qui conduisait aux salles de stockage du Bistro. À cette heure-là, les ouvriers seraient occupés à entasser les déchets du jour dans les conteneurs. Pourquoi se formaliseraient-ils qu'une domestique emprunte l'entrée des domestiques ?

La grande double porte était entrouverte. Mon apparition intrigua deux costauds grisonnants, méconnaissables sous leurs écharpes, bonnets, gants et bleus de travail rembourrés.

– Je suis l'une des cuisinières, expliquai-je à l'un d'eux tout en m'écartant d'une poubelle nauséabonde.

Il hocha la tête nonchalamment et reprit sa besogne tandis que j'enfilais le long couloir froid et humide, semblable à un tunnel. J'étais frappée par la désolation de ce lieu et par l'aspect miséreux des deux employés. Travailler ici était aussi sinistre que de vivre au parc de mobile-homes. Débouchant sur une salle remplie de congélateurs, je glissai la cassette entre deux bacs de glace au chocolat, tout en me demandant combien de vacanciers connaissaient l'envers du décor – les ouvriers exploités nuit et jour, chichement vêtus et nourris, parqués dans des roulottes aux confins de la commune... Les dirigeants de la station n'avaient pas de quoi être fiers.

Je montai l'escalier quatre à quatre, et accédai, haletante, à la cuisine où les six personnes de l'équipe du soir se lamentaient de ce que l'une des deux chambres froides soit en panne. Il leur faudrait deux fois plus de temps pour confectionner le dîner, déploraient-ils tout en éminçant poireaux, carottes, oignons et céleri. Je posai mon sac et demandai à l'un des cuistots si Jack Gilkey était là. Non, me répondit-il, le chef était parti voir Mme Druckman à l'hôpital. Mais les ingrédients pour l'émission m'attendaient, tout préparés, sur un comptoir. Les collègues se mirent à ricaner, et je crus entendre l'un d'eux murmurer :

– Au moins, il n'est pas en train de s'attribuer le mérite de notre boulot, comme il le fait toujours.

J'endossai ma tenue de scène immaculée, puis examinai les produits que Jack – ou ses subordonnés – avai(en)t soigneusement ordonnés sur le plan de travail : un pain au cinq céréales déjà cuit, un bol de levure, la mélasse, les céréales... Suivaient les ingrédients du porridge, puis un plateau couvert de bacon et d'un chapelet de saucisses. Enfin, sur une assiette en cristal se succédaient des rangées concentriques de fraises, d'ananas et de kiwis en rondelles, émaillées de myrtilles et de framboises. Se souvenant de l'austère sandwich au beurre de cacahuète, mon estomac émit un signal de détresse. *Plus tard*, lui promis-je.

Jack m'avait laissé un petit mot : « Goldy, j'embrasserai Eileen pour toi. Bonne chance ! » À croire que je faisais partie des gens qui l'intéressaient, ou dont il attendait quelque chose... Cela dit, il ne me déplairait pas de travailler avec Jack, si seulement j'étais sûre qu'il avait sa conscience pour lui.

Avec un peu de chance, la vidéo de Nate nous le dirait...

J'acheminai une première série d'ingrédients vers le lieu de tournage. Le public serait-il déçu d'avoir déboursé neuf dollars pour un porridge, un pain, du bacon et quelques fruits ? Je l'ignorais. Boots Faraday, que je ne savais pas fidèle de l'émission, patientait tranquillement près de la cheminée, en compagnie de... Cinda Caldwell. Mon cœur fit un bond.

Arthur s'approcha, ses notes à la main, l'air menaçant. L'adrénaline afflua dans mes veines. Il finit pas lâcher :

– Tu sais sûrement que le chef est parti voir la propriétaire à l'hôpital ?

Il disait cela comme si je l'y avais expédiée moi-même.

– Ne t'en fais pas, Arthur. Tous les ingrédients sont prêts.

Il leva un sourcil sceptique, puis me montra le visuel du menu, coiffé du logo de la chaîne.

– La recette du pain n'est pas de moi, mais de Julian Teller, précisai-je. Il faudrait le citer.

– Non, pas de publicité sur une chaîne publique.

Avant que je puisse protester, Arthur ajouta :

– Entre nous, tu peux me dire ce que Rorry Bullock fabriquait réellement ici ce midi ?

Prise au dépourvu, je répliquai :

– Elle venait voir comment vivent les bourgeois.

– C'est ça, fous-toi de moi, marmonna-t-il.

– Allez, repris-je en tapotant sur le menu, appelons ça le « pain Julian aux cinq céréales ». Ce ne sera pas de la pub puisqu'on ne cite que son prénom. Et si tu refuses, je ne dirai pas un mot sur ton champagne. Il est trop sec pour ce repas sucré, de toute façon.

LES FÊTES AU SAUT DU LIT

***

Plateau de fraises, kiwis, ananas, myrtilles et framboises

*

Porridge suisse du skieur

*

Bacon grillé

*

Pain Julian aux cinq céréales

*

Beurre, confiture
Champagne, café

Porridge suisse du skieur

Pour 4 ramequins :

- *1 grand verre de flocons d'avoine*
- *1 cuillerée à café de zeste d'orange moulu*
- *1/2 cuillerée à café de cannelle*
- *2 cuillerées à soupe de griottes séchées en morceaux*
- *5 dl de lait écrémé*
- *Sucre semoule ou roux*
- *Crème fraîche, beurre ou lait*

La veille au soir, bien mélanger dans un saladier en verre les flocons d'avoine, le zeste d'orange, la cannelle et les morceaux de cerise. Y verser le lait en tournant. Couvrir d'un film plastique et placer au réfrigérateur.

Le matin, transvaser la mixture dans une casserole de taille moyenne, et chauffer jusqu'au frémissement. Baisser le feu et laisser mijoter, en remuant régulièrement, 4 à 6 minutes, afin que le porridge épaississe. Servir immédiatement, soit nature, soit avec sucre et crème fraîche, beurre ou lait.

Pain Julian aux cinq céréales

Pour 2 miches :

- *2 grands verres d'assortiment de cinq céréales ou de flocons d'avoine*
- *30 cl d'eau*
- *2 cuillerées à soupe de beurre doux*
- *2 dl de mélasse brune*
- *2 dl de lait*
- *1 cuillerée à café de sucre brun*
- *5 cuillerées à café de levure de boulanger*
- *600 g de farine ménagère et, si nécessaire, 150 g supplémentaires pour faciliter le pétrissage*
- *300 g de farine complète*

Beurrer deux moules à pain de 22 x 12 cm.

Déposer les céréales dans un saladier. Porter le mélange d'eau, de beurre et de mélasse à ébullition. Verser ce bouillon sur les céréales et laisser refroidir à 40°. Faire tiédir le lait et le sucre à la même température, verser dans un saladier et y incorporer la levure. La laisser s'imprégner entre 10 et 15 minutes.

Mélanger le contenu des deux saladiers. Y incorporer 150 g de farine ménagère puis, en mélangeant énergiquement, les 450 g restants ainsi que les 300 g de farine complète. Placer la pâte ainsi obtenue dans un saladier huilé, la retourner de façon à la huiler équitablement, recouvrir d'un torchon propre et laisser lever à température ambiante jusqu'à ce qu'elle ait doublé de volume, soit environ 1 heure.

Au besoin, ajouter de la farine à la pâte pour éviter qu'elle ne colle, et la pétrir une dizaine de minutes sur une surface farinée, jusqu'à ce qu'elle soit lisse et d'aspect satiné.

Diviser la pâte en deux et déposer chaque moitié dans un moule. Couvrir chaque moule d'un torchon et laisser gonfler jusqu'à ce que les deux levains aient presque doublé de volume.

Préchauffer le four à 190°. Laisser cuire les miches entre 50 et 60 minutes, jusqu'à ce qu'elles soient bien brunes et sonnent creux au frapper. Les démouler et les mettre à refroidir sur une grille.

Le râle outré d'Arthur attira les regards. Il accepta ma proposition et s'éclipsa d'un air morose.

Plus qu'un quart d'heure avant le tournage. Je terminai de transférer mes produits. La tension montait de minute en minute sur le plateau et la salle était comble. Un technicien me remit un micro-cravate, que je passai sous ma veste. *C'est presque fini*, pensai-je avec un pincement au cœur. Aussi stressants que fussent Arthur et ce job, l'idée d'être au chômage après le Nouvel An me déprimait.

Alors je donnai tout ce que j'avais, et cet ultime épisode de *Cuisine au sommet !* se déroula sans le moindre accroc. Côté sexy, je me contentai de rappeler les vertus réputées aphrodisiaques de la mélasse, et d'insister sur l'origine britannique du porridge avant de rappeler que les Anglais étaient les spécialistes de la bouffe qui tient au corps. Pour finir, après avoir mordu dans le pain, tortillé du bassin, et roulé des yeux en goûtant le porridge, je conclus face caméra :

– Deux mots caractérisent ce menu : chaleur et générosité. Peut-on rêver mieux en cette période de fêtes ?

À ma grande surprise, le public m'ovationna. Consterné, Arthur fit signe de couper. L'enregistrement était terminé. Les spectateurs se divisèrent en deux groupes, l'un se dirigeant lentement vers la sortie, l'autre restant pour se remplir la panse. Je me retirai vite fait en cuisine, pressée d'arriver chez Rorry pour une douche chaude et un verre de vin – qu'Arthur aurait sans doute qualifié de piquette.

Les commis de cuisine étaient penchés sur un problème de four. C'est à peine si je les remarquai en gagnant la penderie, voisine de la chambre froide hors service. Grisée par un sentiment de victoire, je raccrochai mon tablier à la patère, puis me baissai pour déboutonner ma veste. Je perçus soudain un mouvement dans mon dos, et mon sang se glaça. *Évite de rester seule...*

Une masse dure me cogna le crâne si fort qu'un rideau noir tomba sur mes yeux. J'ouvris la bouche pour crier. Ma tête reçut un deuxième coup. Mes genoux cédèrent et je heurtai le sol. On plaqua un corps collant sur ma bouche. Quand deux bras robustes me traînèrent dans la chambre froide, je ne voyais plus rien. Ma joue s'écrasa sur le ciment froid. Je garderais le souvenir d'une intense colère, de pensées affolées pour Arch et Tom, puis plus rien.

22

Une douleur sans nom me signifia que j'avais repris connaissance. Je nageais dans une brume épaisse. Je faillis m'étouffer en toussant : ma bouche était fermement bâillonnée. Couchée sur le flanc, je grelottais, glacée jusqu'aux os. La toux me reprit ; je me débattis en suffoquant dans mes renvois.

– Tu l'as mise où ? fit une voix rauque près de mon oreille.

Le morceau d'adhésif bloqua ma réponse. Tout à coup, une porte s'ouvrit et je fus éblouie par la lumière d'une veilleuse. Je gémis. Des mains puissantes me soulevèrent par les aisselles et je fus traînée hors de la pièce. Malgré mes poignets ligotés devant moi, je parvins à me dresser sur les genoux. Je me trouvais dans la cuisine du Bistro. Il faisait nuit. La loge des patrouilleurs serait fermée.

Surgie de nulle part, une main me gifla le visage. Je chancelai. C'était le genre de coup que John-Richard avait coutume de m'administrer. Puis mon agresseur me tira les cheveux en arrière et arracha mon bâillon si brutalement que je sentis mes joues saigner.

Je pulvérisai mon vomi sur Jack. Il hurla et voulut me frapper, mais j'esquivai – une des rares choses que j'avais apprises au contact de l'Enfoiré.

Ses longs cheveux noirs étaient lâchés et emmêlées, son visage de jeune premier rongé de haine. Il serra ma gorge de ses dix doigts, sa bouche effleurant mon oreille :

– Où t'as mis la cassette, salope ?

Le sang me martelait les tempes.

– Si je te réponds, bredouillai-je, tu me laisseras partir ?

Pour toute réponse, il accentua la pression sur ma gorge et me secoua le violemment. Des taches noires dansaient devant mes yeux. J'émis un grincement suppliant.

– Elle est ici ? Dans ce bâtiment ?

– Oui, dis-je quand les secousses reprirent. Oui, oui. Je vais t'y emmener.

– Pas question.

– Mais il te faudra des heures pour la trouver.

Il ne répondit rien. La panique s'empara de moi.

– Lève-toi, ordonna-t-il.

Je perçus un soupçon d'hésitation dans sa voix, qui me réconforta un brin : notre chef si bien organisé ne disposait pas d'un plan précis. *Réfléchissons...* Comment s'évader ? La migraine engourdissait mes neurones. Je sentais le sang couler sur mes joues.

– Par pitié, détache-moi les mains. Je perds l'équilibre.

– Pas question.

Il souleva sa chemise en flanelle, révélant un ventre plat... et un petit pistolet, qu'il dégaina.

– Et pas de blague, hein ? Avise-toi de tomber, de courir ou de crier, et j'irai buter ton fils quand ton mari aura le dos tourné, pigé ?

– Oui, grognai-je.

Je cherchais une solution, tout en titubant à travers la longue cuisine obscure. Pourquoi les gens de PBS étaient-ils rentrés sans se soucier de moi ? Ils avaient dû me croire partie vers la télécabine. *Évite de rester seule.* Pourquoi n'avais-je pas écouté Tom ?

– Que vas-tu faire de moi ?

– Facile. Tu vas mourir en heurtant un arbre. Tu es sortie du Bistro, tu t'es perdue, et boum ! Avec toute la neige qui va tomber cette nuit, personne ne verra qu'il ne s'agissait pas d'un accident. Avance !

Nous approchions du couloir menant à l'escalier du sous-sol. *Réfléchis.* Que conseillent les flics en pareille situation ? *Parlez au criminel. Prononcez son nom.*

– Eileen est mon amie, Jack. Je voulais seulement l'aider, et...

– Foutaises ! dit-il en enfonçant le pistolet dans mes côtes. Je savais que tu cherchais quelque chose, et j'ai compris que ça concernait Nate quand je t'ai vue débarquer avec Rorry. J'ai interrogé Magill, il m'a parlé de la caméra, et j'ai tout de suite compris. Tu n'es pas du côté d'Eileen ! Tu roules pour les flics, et c'est pour ça que tu es venue à Killdeer. Pour me piéger, pour percer les trafics de Portman. Mais tu ne me voleras pas Eileen. Je t'empêcherai de lui dire que j'ai tué Fiona.

– C'est pourtant la vérité, n'est-ce pas ? La cassette le prouve. Mais comment as-tu assassiné Portman ? Je croyais que tu étais en cuisine à l'heure de sa mort.

Il émit un petit rire avant de me pousser à nouveau.

– Accable ton personnel de travail, et il ne remarque pas que tu t'absentes...

– Et c'est toi qui as provoqué ma sortie de route, Jack ?

Il ouvrit la porte donnant sur l'escalier. Il n'avait pas besoin de répondre : c'était forcément lui qui m'avait projetée dans le décor.

– Allez, descends.

– Mais dis-moi, Jack, Eileen savait-elle que tu avais payé Portman pour qu'il te libère ?

– Elle le savait sans le savoir vraiment, répondit-il fièrement. Je lui ai réclamé dix mille dollars par mois pendant six mois, mais elle ne m'a jamais demandé pourquoi. Pension alimentaire ? (Il m'enfonça son canon dans les côtes). Indemnisation des proches ? (Un deuxième coup dans les reins). Corruption ? (Il éclata de rire, en continuant de me pousser.) Quand on ne veut pas savoir, il suffit de ne pas demander.

Nous atteignîmes le premier sous-sol, où nous accueillit une affreuse odeur de poubelles.

– Un instant, Jack, haletai-je. Laisse-moi reprendre mon souffle.

Je m'adossai au mur et fermai les yeux.

– Alors tu as manipulé Barton Reed, ton vieux compagnon de détention ? Tu savais qu'il avait un cancer, qu'il prenait du Duragesic et qu'il haïssait Portman.

Jack haussa les épaules. Un si bel homme... On lui aurait donné le Bon Dieu sans confession.

– Portman sentait les flics s'approcher à grands pas, alors il a décidé de mettre les voiles. Mais avec tout ce que je lui avais filé, s'il se faisait pincer je tombais avec lui, et je repartais faire un tour en prison. Alors, une seule solution : me débarrasser de lui. Faire croire à un coup de Reed n'était pas une mauvaise idée, vu qu'il n'en avait plus pour longtemps, de toute façon. Manque de pot, il a découvert mon stratagème, et a voulu se venger en me dégommant sur la piste. Et cet abruti a failli tuer Eileen. Tu te rends compte ? On n'était même pas encore mariés.

– Parce que tu comptes refaire avec Eileen ce que tu as raté avec Fiona ?

Pour toute réponse, son flingue me piqua les reins.

– Allez, on repart.

L'arme était un calibre 22, précis seulement à faible distance. Six coups, sauf si Jack avait des réserves dans ses poches. Nous poursuivîmes notre descente, vers le second sous-sol menant aux conteneurs. Je devais réagir au plus vite. Car il n'hésiterait pas à m'abattre.

J'envoyai d'un coup mon pied dans ses tablettes de chocolat. Il glapit de surprise et de douleur, et atterrit contre le mur. Je lui assénai dans la foulée un revers chassé dans les reins, qui le mit à genoux, puis courus le plus vite possible, sans but précis sinon de sauver ma peau. Je dévalai les marches, traversai le couloir, et suivis les rails jusqu'aux conteneurs. J'entendais Jack lancé dans l'escalier à mes trousses, fulminant.

Il y avait cinq conteneurs alignés. Quand l'équipe de nuit prenait-elle son service ? Je me faufilai le long du mur, me demandant dans quelle benne plonger. Dans la plus éloignée, bien sûr. À moitié pleine de détritus, celle-ci était suspendue à une poutre à roulements et collée contre la double porte.

J'escaladai péniblement la paroi, soulevai le couvercle et plongeai dans les ordures, me retenant de vomir.

Un coup de feu retentit. Jack tirait dans les conteneurs. Une deuxième, puis une troisième détonation. C'était la fin, me dis-je, entamant une prière pour Arch et Tom, pendant que j'ondulais du bassin pour m'enfoncer au maximum.

Soudain, un claquement métallique résonna dans le corridor, suivi d'un bruit de roulement mécanique, et la benne s'ébranla. Des voix masculines s'élevaient au loin. L'équipe de nuit, peut-être ? Je baignais dans la laitue pourrie et le gras de viande. Les types m'entendraient-ils si j'entrouvrais le couvercle pour les appeler au secours ? Je ne pouvais prendre ce risque, avec Jack si proche – et armé. Deux nouveaux déclics, et les portes s'ouvrirent, poussées par les cortèges de conteneurs s'avançant lentement dans la nuit. Jack tira de nouveau, cette fois-ci dans ma benne. Puis celle-ci fut happée par le câble du téléphérique et je m'élançai dans les airs, au-dessus des pistes.

L'air du dehors était glacial. L'opérateur du téléphérique pouvait stopper les conteneurs, mais ne pouvait les faire remonter – seul son homologue d'en bas avait cette possibilité. Autrement dit, Jack ne pouvait me ramener à lui, et j'aurais vite quitté le rayon d'action de son petit calibre 22. Allait-il s'en prendre aux ouvriers ? J'en doutais fort. Ce soir il n'avait qu'une seule cible : moi.

Crâne, joues, j'avais mal partout. Et cette odeur... Parviendrais-je un jour à l'éliminer de mes cheveux ? Révulsée, je m'agitai frénétiquement. Les parois et le couvercle étaient percés. Une lumière apparut peu à peu dans l'un des trous. La lune, presque pleine.

Le descente parut interminable. J'imaginai la scène vue du sol : la benne brillante suspendue à six mètres de hauteur, filant bruyamment dans la nuit.

Je devais délier mes poignets. Je n'eus d'autre moyen que de chercher avec la langue le bout du ruban adhésif, puis de l'arracher méthodiquement avec les dents. Le sang qui me ruisselait des joues ne facilitait pas la tâche. Mais au moins pendant ce temps j'évitais de penser aux remugles, au froid, aux balancements et grincements du conteneur.

Je venais de me libérer quand la benne toucha terre et se mit à glisser au ralenti. Combien de temps avais-je passé à l'intérieur ? Dix, vingt minutes ? Et qu'avait fait Jack de son côté ? Je savais qu'il conservait son équipement de ski au Bistro. Aurait-il tenté un schuss au clair de lune ?

Le conteneur s'immobilisa d'un coup. Soulevant le couvercle, je m'aperçus avec horreur qu'il restait quelques centaines de mètres de rails jusqu'à l'entrepôt. Pour preuve, celui-ci n'était même pas en vue ! Jack avait dû couper le moteur depuis là-haut. La poisse.

Je scrutai les alentours. Un bouquet d'arbres, et ce qui ressemblait à un chemin déblayé. Le cœur palpitant, j'ouvris grand le couvercle et remontai à la force des bras. Rorry avait-elle prévenu Tom ? Avait-il envoyé quelqu'un à ma recherche ?

Sautant à terre, je vis que le chemin était bordé d'une clôture en plastique orange. La route du chantier ! Elle me ramènerait à la Rover, dont je conservais une deuxième clef dans la housse de la roue de secours.

Je partis en courant sur la route. Au bout de quelques secondes, le froid et l'essoufflement me brûlaient les poumons. Je crus soudain entendre un bruit. Je m'arrêtai, observai la piste bleutée par la lune et distinguai la silhouette d'un skieur. Je me retournai et repris ma course effrénée. Avais-je la moindre chance de gagner la voiture avant que Jack m'ait rattrapée ? Mon esprit houspilla mes jambes asphyxiées. Combien de mètres me séparaient du parking ? J'en aurais bien pour quinze minutes, à supposer que je tienne ce rythme aussi longtemps. Alors je courus, courus, pendant ce qui me parut une éternité, et j'atteignis enfin la fourche d'où partait le sentier. Je fis halte quelques instants pour reprendre mon souffle.

Une série de glissements métronomiques s'éleva dans mon dos, comme les flux et reflux d'une mer montante. Par-dessus mon épaule, j'aperçus Jack, poussant sur ses bâtons, balançant son poids d'un ski à l'autre tel un skieur de fond. Il lui restait moins de vingt mètres à parcourir. Je savais en mon for intérieur qu'il m'aurait rejointe avant le parking.

Et qu'il lui restait au moins deux balles...

Alors sur un coup de tête je bifurquai à gauche, vers la Vallée des Élans. Jack était rapide en descente ou sur du plat, mais à moins d'être Superman, il ne pourrait gravir une pente à skis. Mon objectif était désormais la cabine du gardien de la zone d'extension.

La lune révélait des nuages bas roulant dans le ciel. À quelle distance la loge se trouvait-elle ? Un, deux kilomètres ? Jack serait obligé de s'arrêter pour ôter ses skis. Et ses chaussures. Car personne ne peut courir avec de telles masses aux pieds. *Tu peux le battre, Goldy. Continue de courir et tu réussiras.*

Les glissements continuaient. D'un bref coup d'œil je vis qu'il gagnait du terrain. Je crus même entrevoir un sourire sur son visage.

– Goldy ! implora-t-il. Arrête-toi. Parlons un peu !

C'est ça, mon grand. Je poursuivis ma course, et ralentis en pénétrant dans une zone d'obscurité totale. De grands pins s'élevaient sur la droite, projetant des ombres sur la route. *Cours, mais surtout ne tombe pas. Ou tu seras cuite.*

J'entendis Jack déchausser. Mais pourquoi me suivait-il, bon sang ? Il ne pouvait être jugé deux fois pour le meurtre de Fiona. Pourquoi ne pas fuir, plutôt que de se salir davantage les mains ? Parce qu'il m'avait avoué le meurtre de Portman, pardi. Parce qu'il ne voulait pas renoncer à la fortune d'Eileen. La cassette prouverait au monde entier que Jack avait tué son épouse pour mettre la main sur ses millions. Eileen le quitterait, et il irait en cabane pour l'assassinat de Portman et le décès du conducteur de pick-up qui m'avait précédée dans le ravin.

La côte augmentait brusquement au départ de l'ancien sentier de randonnée. La lueur que je distinguais au loin pouvait-elle être la loge du gardien ? Ou n'était-ce qu'un mauvais tour de mon imagination ?

Le vent sifflait dans les pins. La lune éclairait de petites branches de bois sec jonchant la croûte de neige. En briser une risquerait de révéler ma position à Jack. Avait-il atteint l'intersection du sentier ? À quelle vitesse pouvait-il courir en chaussettes ? Il avait presque dix ans de moins que moi, et un corps d'athlète. J'avais tout intérêt à accélérer la cadence.

Quelques minutes plus tard, je craignais d'avoir raté l'embranchement vers la Vallée des Élans. Puis soudain je l'aperçus, sur la gauche, protégé par une immense barrière de troncs couchés, assortie d'un panneau indiquant : « Risques d'avalanches – Interdit au public ». La panique s'empara de moi. Je ne pouvais escalader les troncs, qui s'empilaient jusqu'à trois mètres de haut. La vallée demeurait pourtant le chemin le plus rapide vers la zone d'extension et son vigile.

Puis tout d'un coup je me rendis compte que la route que je suivais traversait la Crête des Élans. Entre deux rafales de vent, j'entendis ahaner. Jack était tout près.

Je chuchotai une prière, puis me lançai à l'assaut du col, malgré mes deux points de côté.

Dix minutes plus tard, j'atteignais l'endroit d'où Cinda avait amorcé sa funeste descente dans le film de Nate. La pente à mes pieds était magnifique, un grand monticule de sucre raide et glacé scintillant sous la lune. Quelques traces de skis naissaient ici, qui menaient directement à la loge du gardien, dont la lumière jaune brillait dans la nuit. Je vis au loin que la route continuait vers le somment boisé de la crête, puis tournait à droite jusqu'au parking entourant la cabane.

Jack n'accusait qu'une trentaine de mètres de retard, et ses foulées demeuraient régulières – malgré les chaussettes, malgré la glace et la neige.

Réfléchis. Le chemin le plus rapide consistait à couper à travers champs dans le sillage des skieurs. Mais c'était beaucoup trop dangereux, surtout après les lourdes chutes des derniers jours. Cela dit, je n'avais pas le temps de suivre la route jusqu'au parking, car Jack n'hésiterait pas, lui, à dévaler la pente, afin de m'intercepter en bas.

Reste au milieu des arbres, décidai-je. *Longe la futaie qui s'étire entre la route et la pente. C'est ta seule chance. Reste tapie dans l'ombre, et à l'approche de la cabane appelle au secours*. Je fonçai tête baissée.

Parvenue au faîte de la crête, je me retournai une dernière

fois. Jack avait quitté la route pour suivre les traces de skis. Il savait où je me rendais, et comptait bien m'y précéder. Pire, il portait des baskets. Il avait dû les fourrer dans ses poches avant de quitter le Bistro. Ce type ne renonçait pas comme ça.

Mais moi non plus.

– Au secours ! hurlai-je en galopant au milieu de la route. (Plus que cinq cents mètres...) Au secours ! Hep, gardien ! Sortez de votre loge ! Au secours ! Ici, sur la route ! À l'aide !

Bien que la cheminée en zinc continuât de fumer, aucune silhouette n'apparut à la fenêtre, aucune porte ne s'ouvrit. La panique me reprit d'un coup. Ils avaient embauché un sourd ou quoi ?

Jack avait parcouru les deux tiers du chemin. Il filait aussi vite qu'Hermès, Pan ou tout autre dieu grec réputé pour sa rapidité, alors que je me traînais lamentablement. Encore trois cents mètres... Le vent redoublait. Il ne servait plus à rien de crier à l'aide, car c'était perdu d'avance. J'allais mourir sur cette montagne. Comme Fiona, Nate et Doug avant moi.

Pan ! À une quinzaine de mètres Jack me tirait dessus, les deux mains sur la crosse de son arme. Je tâchai de zigzaguer dans ma course, mais chaque foulée me rapprochait de lui. Nous longions deux droites dont la loge marquait le point d'intersection.

À dix mètres de l'arrivée je me cachai derrière un arbre, à bout de forces.

– Inutile d'insister, Goldy ! lança Jack en continuant d'avancer, le pistolet braqué dans ma direction.

Il n'était plus qu'à cinq mètres de la cabane.

– Au revoir ! cria-t-il en tirant à nouveau.

La détonation remua l'air glacial et se répercuta sur les flancs de la montagne. Je fermai les paupières, tétanisée.

Me vint l'image d'un cours de catéchisme avec Rorry. Nous évoquions Josué et les murailles de Jéricho. Puis je rouvris les yeux et levai la tête. La lune semblait vaciller entre les branches. Avais-je été touchée ? Le tir de Jack résonnait sans fin dans mon crâne. *Le peuple cria et on sonna les trompettes...* La terre tremblait, la lune oscillait dans le ciel. *Et la muraille croula sur place.* M'agrippant à l'arbre, j'avisai la piste qui s'était mise à gronder. Une gigantesque plaque de neige s'était détachée de la montagne. *Le peuple poussa un grand cri.* La coulée prit une hauteur vertigineuse, comme l'implosion d'un gratte-ciel. Le bruit m'assaillit les tympans. Une brume neigeuse me brûla les pupilles. *Et la muraille croula sur place.* Mes genoux fléchirent, mais je restai cramponnée à l'arbre. Une vague de dix mètres de haut fonçait droit sur nous.

Un épais nuage jaillit du sol. Jack Gilkey cria et tomba. Puis il fut aspiré et balayé par la marée blanche qui me frôla.

23

On m'évacua en hélicoptère. Il avait fallu le rugissement de l'avalanche pour sortir le gardien de sa loge ; captivé par un match de football à la radio, il n'avait rien entendu de mes cris ni des coups de feu. En m'apercevant, il avait aussitôt appelé les secours.

Tandis que nous volions vers Denver, je confiai à deux adjoints du shérif tout ce que j'avais découvert sur Jack Gilkey et ses doubles jeux avec Fiona Wakefield, Doug Portman et Barton Reed. Malgré mes rouspétances, les secouristes tinrent à me conduire à l'hôpital pour un examen complet. Quand une femme grelottante, souillée d'ordures et de sang vous jure qu'elle va bien, on n'est pas toujours disposé à la croire...

– Écoutez, madame, dans l'état où vous êtes vous ne pourriez même pas acheter un ticket de bus, me dit-on. Et cette cheville semble bien amochée. Vous avez dû vous la tordre lorsque vous agrippiez l'arbre.

Je hochai distraitement la tête, tout en contemplant le Continental Divide sous son manteau de neige, et les rangées de phares des minuscules voitures sur la nationale. Des colliers de rubis dans un sens, de diamants dans l'autre.

Vous ne pourriez même pas acheter un ticket de bus... Là se situait peut-être le cœur du problème : on ne peut pas tout acheter. Jack avait tenté d'acheter sa liberté en soudoyant Doug Portman ; à l'instar de Fiona Wakefield, Eileen Druckman avait cru pouvoir acheter un jeune mâle amoureux et attentionné ; c'était pour offrir une meilleure vie à son épouse enceinte que Nate Bullock avait tourné le film qui le tuerait. Moi-même je tombais dans le piège, en voulant appâter à coups de bonbons ou de bijoux les petites amies potentielles d'Arch. Et l'attrait de l'argent avait eu raison de mes scrupules à démarcher Portman dans le dos de Tom.

Jusqu'au lendemain soir je fus dorlotée, pansée, traitée, questionnée, et sermonnée. Tom fit irruption aux urgences, flanqué d'Arch et de Todd. Ce dernier se précipita au chevet de sa mère ; Arch me rapporta des sodas du distributeur et – Dieu le bénisse ! – un lingot du caramel de Julian. Tom me transmit les dernières infos puis contacta Rorry pour la rassurer. Les sauveteurs de Killdeer avaient retrouvé le corps sans vie de Jack Gilkey. Arthur Wakefield était poursuivi pour effraction et vol de courrier – et l'avocat qu'il avait embauché ne buvait pas une goutte d'alcool.

Entre deux séances de rayons X, je rendis visite à ma vieille amie Eileen. J'avais tenu à lui annoncer moi-même la terrible nouvelle. Ce que je fis, en douceur.

Todd se jeta dans ses bras pour la consoler. Elle lui tapota le crâne et répéta en sanglotant qu'elle était « désolée, tellement désolée ». Todd, quant à lui, se disait serein ! D'autant que les infirmières l'autorisèrent à passer Noël avec sa mère, en l'installant dans la chambre voisine. Eileen pleura de plus belle, cette fois-ci de joie.

Affaiblie, la cheville bandée, et tremblante sur mes béquilles, je me glissai pour la messe de minuit sur le banc de Julian et Marla, qui m'accueillirent avec des yeux ronds. Tom et Arch s'assirent de l'autre côté. Sur la rangée de derrière, trois de mes anciens élèves pouffaient dans leurs costumes de bergers artisanaux. Ils me tapèrent sur l'épaule pour recueillir mon jugement. Je levai deux pouces approbateurs. Tom m'embrassa sur la joue, Marla remit aux pré-ados une poignée de bonbons, et Julian nous lança des clins d'œil. Même Arch sourit. *On ne peut pas tout acheter,* songeai-je. *Car tout vient sous forme de cadeau.*

– J'ai encore trois infos, me chuchota Tom pendant que l'organiste s'échauffait. Tu es prête à les entendre ? (J'inspirai le parfum revigorant de l'encens de Noël puis hochai la tête.) Primo, on a mis la main sur une disquette retraçant tous les trafics de Portman. Il l'avait cachée dans une boîte à cigares ayant appartenu à un général de la guerre de Sécession. Secundo, on a retrouvé la cassette de Nate là où tu l'avais laissée, dans le congélateur du Bistro. Cinda Caldwell a reconnu s'être trouvée avec lui au moment de sa mort. Elle a fondu en larmes, et promis de plaider coupable de toutes les charges que l'on voudrait. Le procureur s'est dit touché par son offre, mais le délai de prescription était dépassé concernant son incursion hors piste et, aussi curieux que ça puisse paraître, tuer quelqu'un en déclenchant une avalanche n'est pas un crime si la victime se trouve elle-même hors piste. Elle a juré d'organiser des conférences sur la sécurité en montagne et de reverser une partie de ses bénéfices aux associations de familles de victimes d'avalanches. Elle s'est trouvé une nouvelle vocation ! (Sur ces mots, il sortit de sa poche un document plié en quatre.) Et ceci, Miss G., est ton dernier certificat d'inspection. Tu es reçue. Le type est tombé raide dingue de tes canalisations. Presque autant que je suis raide dingue de toi.

Je l'étreignis si fort que son rire hoqueta comme celui d'un Père Noël. L'organiste donna le coup d'envoi, et l'église bondée entonna le cantique d'ouverture. Nous priâmes et suivîmes le prêche, puis vint le moment des intentions de prières. À la lecture du papillon qu'on lui remit, le visage du prêtre s'illumina :

– Une ancienne paroissienne vient de donner naissance à un garçon de trois kilos deux cents. Joshua Nathan Bullock est venu au monde à 15 h 30 cet après-midi.

L'assemblée sourit et se mit à applaudir. Le sapin de Noël géant scintillait dans la lumière des spots. Je pris Arch dans mes bras, et il se laissa faire de bon cœur.

– C'est la meilleure nouvelle de toutes, lui dis-je à l'oreille.

– Joyeux Noël, maman, répondit-il.

Je le serrai plus fort encore.

Quel bonheur d'avoir un fils...

Remerciements

L'auteur souhaite remercier les personnes suivantes : Jim, J.Z., Joe Davidson ; Jeff et Rosa Davidson ; Kate Miciak, brillant éditeur ; Sandra Dijkstra, l'agent le plus dynamique qui soit ; Susan Corcoran, publicitaire hors pair, et Jessica Belluci, non moins excellente ; Lee Karr et le groupe qui se réunit chez elle ; ma sœur Lucy Mott Faison, qui teste et re-teste mes recettes à basse altitude ; John William Shenk, de JKS, et Karen Johnson, de Ravens Catering, pour leur indéfectible patience face à mes interrogations ; Monica Koziol, chef du Front Range, pour son aide, ses conseils et ses explications sur le métier de chef à domicile ; les érudits et ô combien serviables Wayne Belding et Jeff Mathews, de chez Boulder Wine Merchant, pour leurs avis experts ; Katherine Goodwin Saideman, pour sa lecture attentive de mon manuscrit ; Emyl Jenkins ; le commandant Debra Grainger, du département de police d'Arvada ; Richard Staller ; Triena Harper, première adjointe au coroner, et Jon Cline, du bureau du coroner du comté de Jefferson ; John Lauck, du bureau du district attorney du premier district judiciaire du Colorado ; Linda Gustafson, de Vail ; Greg Morrison, chef de la police de Vail ; Allan Stanley, membre de la Commission des libérations anticipées de l'État ; Carol Devine Rusley ; Julie Wallin Kaewert ; Kevin Devine, du centre de prévention des avalanches de Lake Tahoe ; Nicole Mains, entraîneur personnel au Boulder Country Club ; Jim Gray et Shirley Carnahan, du Boulder

Renaissance Consort ; Elaine Mongeau, King Soopers Pharmacy, Evergreen ; Janine Jones, Chris Wyant, et Mark Kimball, The Alpenglow Stube, Keystone Resort ; Nate Klatt et Tiffany Tyson, attachés de presse, et Sally Reed, directeur de plateau chez KRMA-TV, Denver ; Jim Buchanan ; Keith Abbott ; Bob Egizi, chef de sécurité chez Vail Associates ; Suzanne Jarvis, de Village Security, Beaver Creek Resort ; Tim Batdorff, Toscanini, Beaver Creek ; Alan Henceroth, et Jim Gentling, Arapahoe Bassin Ski Area ; Meg Kendal, gynécologue-obstétricienne, Denver-Evergreen ; Russell Wiltse, du département d'études cinématographiques de l'université du Colorado, Boulder ; et comme toujours, pour son savoir, sa patience et ses suggestions, le sergent Richard Millsapps, du bureau du shérif du comté de Jefferson, Golden, Colorado.

Table des recettes

Nems à la mexicaine, sauce guacamole épicée, 44
Gâteaux de crabe du Chesapeake, sauce gribiche, 46
Biscuits glacés au gingembre, 48
Filets de porc du snowboarder, 95
Cookies cacao coma, 96
Chili con queso, 145
Muffins montagnette à la marmelade, 146
Strudel au poulet Sonora, 172
Porridge suisse du skieur, 264
Pain Julian aux cinq céréales, 265

Composé par P.C.A.
44400 – Rezé

Impression réalisée sur CAMERON par

BRODARD & TAUPIN
GROUPE CPI

La Flèche

pour le compte des Éditions Michel Lafon
en avril 2002

Imprimé en France
Dépôt légal : mai 2002
N° d'impression : 13017
ISBN : 2-84098-808-9
LAF 193